本书系国家社科基金艺术学重大项目
"中国式现代化背景下艺术理论发展研究"（22ZD04）成果

公转自转之间

徐粤春 —— 著

Between Revolution And Rotation

中国文联出版社

图书在版编目（CIP）数据

公转自转之间：新时代中国自主文艺评论话语构建 / 徐粤春著. -- 北京：中国文联出版社，2025.5.
ISBN 978-7-5190-5921-7

Ⅰ．I206.7-53

中国国家版本馆CIP数据核字第202534WJ25号

作　　者	徐粤春
责任编辑	张凯默
责任校对	秀点校对
装帧设计	武　艺

出版发行	中国文联出版社有限公司	
社　　址	北京市朝阳区农展馆南里10号	邮编：100125
电　　话	010-85923025（发行部）　010-85923091（总编室）	
经　　销	全国新华书店等	
印　　刷	廊坊佰利得印刷有限公司	

开　　本	880毫米×1230毫米　1/32
印　　张	11.25
字　　数	219千字
版　　次	2025年5月第1版第1次印刷
定　　价	58.00元

版权所有·侵权必究
如有印装质量问题，请与本社发行部联系调换

自　序

2024年年底，中央电视台（以下简称"央视"）纪录频道播出《党领导下的百年文艺》文献纪录片。"央视剧评"约我写一篇该片评论。我第一反应婉拒了，这是我对各类约稿的本能态度，因为忙，也因为身份的要求。对方说："这个重大题材的评论非你莫属。"这句话触动了我，作为一位党员评论工作者，作为文艺评论事业具体负责人，这个时候应该有所担当，沉吟片刻我便应承了下来。三天后如期交稿，评论文章名为《历史真理与艺术真理的统一》。

文章很重要的观点就是引用了社会公转律与文艺自转律的理论，即文艺跟社会间有公转律存在，同时文艺本身也有文艺自己的发展法则，也就是文艺自转律。文章提出中国共产党领导的百年文艺就是遵循社会公转律与文艺自转律，实现了历史真理与艺术真理的统一，才取得了无与伦比的辉煌成就，该文献纪录片即很好地反映了这条主线。

评论发出后取得很好的反响，在央视新媒体有上百万的阅读量，许多读者留言对评论文章的赞赏，对公转自转理论的认同。评论与文献纪录片一样，很好地宣传了党的文艺方针政策，宣传了马克思主义文艺理论，取得良好社会效果，我为不辱使命感到高兴。本人深知这是马克思主义的魅力，是马克思主义文艺理论的成功。评论所做的工作只是把蒙盖在真理表面的尘埃拭去，让其本身内蕴的光华向世人绽放。

这些年我一直在做这样的工作。

负责中国文艺评论协会工作以来，我一直把党的文艺创新理论在文艺评论界的学习、宣传、研究和阐释作为首责。文艺评论家都是高知分子，他们都是在专业上有多年积累、很高造诣的专家。"无片面不深刻"，这在学术研究中似乎是个悖论。专家在专业焦点上深入掘进，会取得深刻洞见，但与此同时，有可能囿于学科范畴和专业视野，忽略了专业领域之外的系统影响。作为专业研究的学术探寻是没有问题，但作为面向大众的文艺评论，可能有失真实、有失全面。

因此，不能只就文艺谈文艺，还要研究制约文艺的政治、经济、科技、法律、伦理、传媒、教育等社会各方面，把文艺的自转与公转结合起来。这就是我们常说的，用历史的、人民的、艺术的、美学的观点评价作品。

理论是评论的基础，谈评论，离不开谈理论。理论系统本身是有结构的，基础理论、一般理论、部门理论、应用理论、关联理论等构成理论世界，这些都是我们开展文艺评论的依托，专业理论仅仅是理论系统中的一个部分。不同层面的理论视野中，评论的景观是不一样的，合适的理论应用会产生有价值的评论发现。

理论产自时代，实践不止，理论创新不停。我们党的创新理论，来自强国建设、民族复兴伟业的人民的创造，是新时代思想理论的精华，是回答时代之问、历史之问、实践之问的自主知识体系。评论家学习党的创新理论，掌握新时代的世界观和方法论，再与专业理论融合应用，这样的评论才全面精准。

需要点出的是，全面精准是对整体评论生态的期许，并不是对每一篇文艺评论的要求。任何一篇文章都有它自身的性情、味道、风格、面容，个性是它的生命，不能要求四平八稳面面俱到，我们期待整个评论生态健康繁荣、生机盎然，呈现满目葱茏、杂花生树的多样与平衡。

文艺本身是人的精神感性的外化和凝结，它抒发个体情感，表达生命体验，而文艺评论是对文艺的回应，它兼具理性与感性，是两者之间的言说方式，具有鲜明的间性特点。评论本身也是作品，也要讲求可读性，我们喜欢深刻睿智、生气灵动的评论，不喜欢寡淡肤浅、面若槁木的评论。文艺评论家置身现场，在与作品的对话和感应中创造出评论，也是一种生命的创造。现在热议人工智能对文艺评论的冲击，在我看来，人工智能虽然可以给文艺评论极大赋能，但它只能当助手和工具，它不能做真正的"作者"，因为它没有在"现场"，并不是生命之间的对话和感应，它产生的评论只是依据算法对数据的排列组合，无法产生"灵韵"和"生气"。

这些年，出于工作的需要和个人的兴致写了一些文章。这些文章大体都是"公转"与"自转"之间重要话题，本书因此得名。

是为序。

目录

烛火微光

文艺评论作为一种对话性的言说方式 / 3

以文艺实践创新推进文艺理论创新 / 11

试谈新时代马克思主义文艺理论的研究路径 / 17

马克思主义与中华优秀传统文化相结合的光辉典范 / 27

以人民为中心是关键 / 42

贯彻两个理论 扎根两个实践 / 50

构建中国自主的文艺评论话语 / 55

文艺创作中的辩证思维 / 63

文艺评论要有正气底气朝气锐气灵气 / 70

时代潮涌

中国式现代化是中国文艺现代性的打开方式 /77

锚定新时代文艺评论的历史坐标 /89

认识把握新时代文艺的突出特征 /97

以又一次思想解放推动新一轮文化发展 /105

当代审美的嬗变与动向 /111

当代中国艺术发展新态势 /130

新中国工业文学七十年回顾与展望 /143

中国工业成就的文学印记 /178
　　——第二届中国工业文学大赛长篇小说读记

建党百年主题电影创作的突出特点 /189

聚焦"做人的工作"汇聚新时代文艺评论强大力量 /195

明方向　上台阶　强队伍　开新风 /203
　　——新时代新征程文艺评论十年回望

书写新时代文艺评论新篇章 /217
　　——中国文艺评论家协会十年历程回望

百年广东文艺：党领导文艺工作的生动实践 /225

艺象点击

在场与在线 /241

新时代民族文艺要为铸牢中华民族共同体意识作贡献 /245

以典型形象唤醒中国记忆传承中国精神 /257
——写在焦裕禄同志100周年诞辰之际

中国文联的五次会址变迁 /262

重组 重建 重塑 /274
——略谈数字媒介时代的文艺评论变革

曲艺自带评论属性 /280

弱水一瓢

历史真理与艺术真理的辩证统一 /287
——评文献纪录片《党领导下的百年文艺》

人民文艺的巨制大作 /293

传艺 弘道 铸魂 /296
——充盈新时代气象的电视艺术大作

不惑春晚历久弥新 /301

柴米油盐里的中国　/ 305

创新赓续千年文脉　科技赋能万卷丹青　/ 308

栖息不妨落高枝　/ 312
　　——读散文集《愿随所爱到天涯》

《问苍茫》：史、思、诗浇筑的电视剧高峰之作　/ 316

一场点史成诗的舞蹈想象　/ 323

这还原历史的文学切片，叫《家山》　/ 328

人人都藏着稻草人　/ 333

冷峻背后的细腻丰饶　/ 339
　　——读《守拙集》有感

从吾土吾民中生发　/ 343

后　记　/ 349

烛火微光

文艺评论作为一种对话性的言说方式

回顾既往研究，文艺评论讨论了美学、诗学、艺术和文学理论，却忽略讨论本身，即使有也不过是附带提及而已。文艺评论要在本体上发挥作用，就应当从人类精神维度，理解其本体作用与意义。

理性与感性及文艺评论

人类精神存在有两种方式，即感性方式和理性方式。从人类精神成长史看来，感性与理性的关系是一个从统一到分离再到统一的过程。

最初，人类原始思维处于感性与理性混沌未开的状态，那个时候，生产生活与精神活动融为一体，巫术、占卜、祭祀与渔猎、采集、战争等紧密结合，神话、岩画、原始舞蹈、原始歌谣等原始艺术样式混杂其中，具有审美和实用双重功能。

随着生产力的发展，人类精神不断成长。古希腊早期哲学家开始意识到人在认识世界的时候，思维能够超越已有的观念，观察到感性经验和理性思维之间的差异和对立关系，在通往知识的过程中，思维的推理逐渐开始代替经验的直观。埃利亚学派的巴门尼德明确把感性经验与理性思维的关系陈述出来。苏格拉底、柏拉图、亚里士多德奠定了西方理性主义精神，在这个过程中对"感性"和"美"进行探析，成为文艺评论萌发前的孕育形态。文艺评论最初以历史研究的面目出现，先是艺术家列传，代表作有文艺复兴早期的洛伦佐·吉贝尔蒂的《述评》；后来是艺术史研究，代表作有启蒙运动时期温克尔曼的《古代艺术史》。

随着欧洲近代哲学的发展，理论思维不断深化，从哲学中出现了美学分支，以康德、黑格尔、席勒、鲍姆嘉通为代表的人类思想巨擘，为运用理论思维观察感性提供了框架和工具。特别是康德对"美"和"崇高"的批判性分析,"感性"和"美"的关系在理论上得到彻底的逻辑阐明。在莱布尼茨到沃尔夫的重理性轻感性的潮流中,鲍姆嘉通提出建立"感性学"的科学(国内翻译为"美学"),使得人们重新关注人类精神的另一领域——感性。夏尔·巴托等人深入研究审美和艺术的规律,提出了许多重要范畴和概念,为文艺评论提供了理论工具。

真正步入实践场域,与艺术创作相伴相生的文艺评论,诞生于18世纪中期,以法国沙龙展中的狄德罗的艺术评论为标志。这个时候,文艺评论考察、评价和影响同时代的艺术创作,突出评论的在场和及物,有强烈的问题意识和批评精神,形成了独立且自主的文体,成为艺术体系不可或缺的组成部分。

关于理性与感性的演化关系及文艺评论的发展,在中国传统思想文论中有不同的过程,但大体脉络与西方类似,这里无须赘述。

恩格斯曾经说过:"一个民族要想站在科学的最高峰,就一刻也不能没有理论思维"[①]。人之所以成为人,很重要的是因为其生成了理论思维方式,这是人类文明进化的标志。

---

① [德]恩格斯:《自然辩证法》,北京:人民出版社,1971年,第8页。

理论思维推动科学的发展，探求和解答了许多自然界的奥秘，为人类改造自然、创造财富、提升文明程度提供了原动力。与此同时，感性思维从劳动实践中独立出来，出现了艺术创造，它为人类满足情感需求、表达观念、实现自我提供了方法和工具。

感性和理性成为把握世界的两种截然不同的方式，它们既相互对立，又相互依存。感性与理性分离后，作为人类精神主体的两个维度，一刻也没有停止对话和调适。意大利艺术史家廖内洛·文杜里认为，"审美判断是普遍概念与个人直觉之间的一种联系"①。文艺评论作为对话与调适的言说方式，就是普遍概念与个人直觉的一种联系。艺术创作是以感性为主、理性为辅的一种精神建构活动，文艺评论则是以理性为主、感性为辅的一种价值判断活动。作为人类感性与理性的桥梁，文艺评论实现情感与认知的平衡、互促与矫正，达成人类生命存在的完整与圆满。从这点来看，文艺评论与时政评论、军事评论、经济评论、社会评论、体育评论等其他评论有着本质的区别。文艺评论的重

---

① 参见［意］廖内洛·文杜里：《艺术批评史》，邵宏译，北京：商务印书馆，2017年，第23页。

要文化价值还有待认识，文艺评论的理论范式还有待建构，文艺评论的学科建设还有待推进。

文艺评论何以对话

文艺评论是评论者在文艺欣赏的基础上，在相关理论的指导下，对文艺作品、现象、思潮、人物等进行描述、阐释和评价的行为。文艺评论作为感性与理性的桥梁、理论与实践的纽带、学术与社会的连接，通过关系性言说实现对话和调适目的。

从存在论来看，文艺评论实现两种生命存在方式的沟通、对话、协同和缝合。感性以直觉作为表征，不用表达，无须符号，是一种意识流变。理性以概念、判断、命题为表征，以逻辑演绎和归纳为演进。康德提出"二律背反"，他认为没有直觉的概念都是空泛的，没有概念的直觉都是盲目的。两种生命存在方式既相互排斥，又相互依存，通过文艺评论的方式保持沟通和对话。文艺评论是解决"二律背反"的有效方式，是生命存在的本质需要。

从认知论来看，作为一个独立主体，认知需要整一的、协同的、互证的，而不是对立的、分割的、断裂的。感性认知的特征是真切性、个体性、主观性；理性认知的特征是抽象性、群体性、客观性。人的认知图式是完整的、系统的、自洽的，是互相解释和互相说明的，要求达到一致性和互文性。但两种认知天然对立，需要文艺评论纾解其紧张关系，填补和缝合其中的观念差距，从而实现认知的和解与完善。

从实践论来看，感性与理性的统一实现艺术的产生，感性与理性结合得越高级，艺术的形式越是综合越是复杂，越需要文艺评论的介入和参与。文艺评论运用文艺理论，总结艺术规律，以美学的、艺术的观点对作品进行价值判断和技术分析，帮助提升创作和鉴赏水平。文艺评论还可打通文艺内外，以历史的、人民的观点挖掘和彰显作品的文化蕴藉和精神价值，褒优贬劣、激浊扬清，在大局中明确方位，发挥作用，实现更大价值。

文艺评论三种对话方式

文艺评论作为感性与理性的对话方式，主要通过三种途径实现，即描述、评价、阐释。

西方"罗马文法批评"指出："古代存在过三个不同的

批评术语，这就是语文家（philologos）、批评家（critikos）和文法家（grtammatikoso）"①。与此对应，描述即以文本方式对感性的转译（语文家），评价是带有主体价值立场的方式（批评家），阐释则依据一定理论方式进行分析与解释（文法家）。

描述绝不是对作品的重复，而是对作品的文本提取和转译。描述什么，不描述什么，首先是一个选择提取的过程。评论家根据他的理解、目的以及趣味进行选择，通过理性文本的方式进行描述。这个理性文本可以是文字、语音、图画、视频等。这些理性文本本身也可能是艺术形态，如果其中的逻辑含量不足，就可能成为艺术再创作，失去评论的本意。描述的过程，是信息提取和语义呈现的过程，也是信息遗漏和语义屏蔽的过程。评论家的感受力、概括力、表达力的不同，让这个描述结果有很大不同。

描述的理性文本成为评论剩余工作的基础。专业的文艺评论将依据一定的理论进行阐释，对理性文本的蕴藏的意思与意义展示出来。理性认知具有更深刻、更普泛的理

---

① 王焕生：《古罗马文艺批评史纲》，南京：译林出版社，1998年，第81页。

论力量,是对规律的把握和启发,因而阐释会深化对作品的理解,揭示创作奥妙,掘进审美意义,进而达成艺术创作鉴赏深层实现。同时要看到,理论则是固化的认知工具,是依据对一定时代、一定地域的实践的提炼而形成的,产生于特定环境,是对那个时代问题的回答,运用到另一个时代另一个地域的作品时,可能会出现强制阐释和过度阐释的现象。歌德所言"理论是灰色的,生命之树常青",是对阐释工作的一个提醒。

评价是文艺评论最具主观色彩的环节。描述与阐释尽管具有浓厚的主观色彩,但毕竟客观性是其外在要求。评价由于依据的是主体尺度,会因为评论家的个体的政治倾向、价值观念、学术追求、研究专长以及趣味、偏好、身份、环境等的不同,对作品价值的判断有很大的不同。这些因素同样对描述和阐释发生影响,但不会像评价如此直接。尽管评价具有鲜明的主观色彩,只要其所依据的理论足够科学、足够包容、足够适配,评价就会越公允,越能得到认可、引发共鸣。因此,做好理论建设,是文艺评论的重要基础和前提。

以文艺实践创新推进文艺理论创新

中国特色社会主义步入新时代，新时代文艺需要新时代文艺理论去认识、把握和指引。习近平总书记关于文艺工作的重要论述不仅是新时代文艺工作的指导思想，也是推动新时代中国文艺理论体系建设的重要指南。

建设理论体系，实质是一种理论创新。理论创新有两条基本路径。一条是在观念层面，理论的自我衍生和发展，主要通过文献研究、抽象思辨、逻辑推演、考据论证等方式，表现为理论抽象的学术活动，具有深刻、全面、系统，富于洞察力和预见性的特点，但有时可能会陷于脱离实际、自说自话玩概念游戏。另一条是在实践基础上的理论反映、提炼和归纳，它与时代同行，紧密关注实践发展，回答现实问题，回应人民关切，推动时代发展，充满生机和动力，但有时容易短视片面。两种路径各有长短，统合互济是科学的治学方法。

中国文艺理论资源具有多种构成和来源，可以说是左右逢源、东西兼得，我们有作为指导地位的马克思主义文艺理论、有作为根脉基础的中国传统文艺理论、有作为重要影响的西方文艺理论。不同的理论体系，各自有各自的范畴、概念、话语系统，各自有各自的研究重心、学理特色和学术品格，如何把它们整合、贯穿、打通，实现中国文艺理论的创新飞跃，一直是晚清以来中国文艺理论工作者的夙愿。第一条路径的理论创新，即观念层面自我衍生和发展，一直在探索，虽然王国维、朱光潜、宗白华等许多前辈大家作出过卓越贡献，但文艺理论体系建构远未完成。新中国成立后，周扬、蔡仪、何其芳、杨晦、陈翔鹤等开启接续探索。1958 年，周扬曾经到北京大学中文系做讲座，报告题目即为《建立中国的马克思主义美学》，提出了马克思主义文艺理论民族化的构想和宏愿。周扬作为当时中国文艺主要直接领导者，他推动文艺理论界开启马克思主义文艺理论民族化的探索，开设报纸专栏讨论，尝试编写大学教材，但从实践效果来看并不理想，理论融合更多是停留在点缀式、互文式层面，没有达到整合贯通。其中最困难的问题是，如何用一种范畴、概念去表述另一种基本范畴、概念，比如，中国的道器、风骨，西方的崇高、荒诞，马克思主义的生活、典型，等等。只要翻译就会失真，这几乎成为无法突破的瓶颈，也许是永不能抹平的墙缝，导致理论大厦的构筑一直无法完成。

尽管在理论融合层面并不顺利，但与此同时，在文艺实践层面，革命文艺、传统文艺、西方文艺的融合发展并未有困顿停滞，在不同时期都取得长足的进步。如革命时期，民族歌剧《白毛女》、音乐《黄河大合唱》；建设时期，芭蕾舞剧《红色娘子军》、现代京剧《智取威虎山》；改革开放时期，影视艺术、造型艺术、舞台艺术、广场艺术；等等，实践融合发展走在了理论融合创新的前面。这些以复合杂交面孔出现的作品，因时而起、应时而兴、顺时而变，呈现出新的审美观念和艺术境界，触发感应人民大众的审美情感，满足现实的需要，受到广泛欢迎和喜爱，成为具有中国特色、中国气派、中国风格的时代经典。这些文艺创新，充分调动和运用各种文艺思想资源、理论资源、观念资源、方法资源、技巧资源，打破了类型化思维的藩篱，在体裁、题材、风格、手段、方法上放飞艺术想象，在造就优秀作品的同时，客观上实现了不同文艺类型融合。

从这段历史可以看到，构建新时代的中国文艺理论体系，绝不能仅仅依靠理论的自我运动，还应该是实践层面的现实推动。在观念路径屡屡碰壁无法突破的时候，我们应该更加注重在实践路径上的理论创新。习近平总书记看望文艺界、社科界委员时的重要讲话指出，文艺创作、学术创新拥有无比广阔的空间，号召广大文艺工作者坚定文化自信、把握时代脉搏、聆听时代声音，坚持与时代同步伐、以人民为中心、以精品奉献人民、用明德引领风尚。在文艺记录新时代、书写新时代、讴歌新时代的同时，我们的文艺理论评论工作者应该瞪大眼睛、竖起耳朵，敞开怀抱，对如火如荼、野蛮生长的文艺实践进行观照，在体察、扫描、透视、把脉、诊治中进行理论归纳和理论建构，充实和丰富我们文艺理论的时代内容，真正矗立起新时代中国文艺理论大厦。

具体而言，可从如下方面着力：

一是反映时代精神。文艺理论作为一种观念形态，一定是一个特定社会、特定时代的产物。作为中国特色社会主义新时代的文艺理论，必然会反映我们的时代精神，反映中国人民实现伟大复兴中国梦的奋斗精神、创造精神、改革精神和开放精神，这种时代精神熔铸在中国文艺理论体系内，具有新时代的烙印和特征。把握时代脉搏，聆听时代声音，回答时代课题，是我们构建新时代文艺理论体系的时代使命。

二是把握审美风向。人类社会发展经历了农业社会、工业社会，步入了信息社会，时间空间折叠压缩，审美形态也发生了跃迁，一些传统审美范畴和美学观念退隐，一些新的审美范畴和美学观念又兴起，我们的文艺理论体系必须要因应这种划时代的嬗变，提出与之相对应的理论学说，进一步认识艺术的本质和功能，坚守人类审美理想和审美初心，坚定文艺界的艺术自觉和艺术自信。

三是关注新文艺现象。高度关注信息科技对文艺创作、传播、鉴赏、消费、评论的深刻影响，研究人工智能艺术、虚拟现实艺术、电子游戏艺术等网络文艺、数字艺术的发展现状和未来前景，研究新文艺业态、新文艺组织、新文艺群体，提升对新文艺现象的理论概括和理论思维能力，创新理论范式和理论模型,使之成为新时代文艺理论体系的重要组成。

四是聚焦代表性作品。衡量一个时代的文艺成就最终要看作品,衡量一个文艺理论体系最终也要看其对作品的阐释力和解读力。文艺理论体系要有的放矢,这个"矢"就是作品。通过对代表性作品的精神高度、思想内涵、文化意味、艺术价值进行理论分析、鉴赏批评,引导现实创作和社会审美,把理论建构落地、落实、落细、落小,使新时代中国文艺理论体系建立在坚实的文艺大地上。

试谈新时代马克思主义文艺理论的研究路径

回顾新中国成立以来马克思主义文艺理论的传播，从大的时代背景和理论格局来看，有过两次重要经历——苏联式马克思主义文艺理论和西方马克思主义（以下简称"西马"）的系统传入。

第一次经历发生在新中国成立之初，学习苏联模式马克思主义文艺理论成为主要任务，这对于传播马克思主义文艺观、奠定马克思主义文艺理论的指导地位发挥了重要作用。但是，受当时学习苏联的政策形势影响[①]，理论往

[①] 对俄苏文艺政策的追随集中体现在第一次文代会、《人民文学》杂志，以及作为当时文艺工作领导者的周扬的工作指示。周扬以自身的权威地位肯定了苏联文艺工作的先进性，并号召全国文艺工作者以苏联文学作为"最正确的、最重要的指南"，根据苏联文学的经验和方针开展自己的文艺工作。

往直接脱胎于经典作家和苏联理论家的文字语录①，偏重文艺外部研究阐释，马克思主义文艺理论在这个阶段的发展和接受偏离了中国文艺实践的内在逻辑和发展轨道，不够重视从文艺内部进行创作、审美的理论生长。

第二次经历，随着改革开放的进行，"西马"在国内广泛传播。②"西马"研究著作的翻译，对丰富马克思主义文艺理论的学术资源和开阔理论视野起到了重要作用。然而，"西马"是欧美发达资本主义语境下马克思主义传播的一个重要分支，植根西方社会历史和文化传统，立足西方资本主义发展实际，对西方现代化进行批判性反思，呈现出鲜明的"学院化"特征，在中国的传播导致观念直接移用和理想主义的盛行，以及理论与实践的严重脱节，其理论解释力和现实说服力越来越受到质疑。③

从两次马克思主义文艺理论中国化的历程可以看到，

---

① 体现在新中国成立后引入苏联作品的数量的大规模增长和翻译水平的大幅度提高上，通过大量引入苏联文艺理论教材、著作，塑造中国文艺理论形态。

② 参见曾军、汪一辰《"西方马克思主义"在新中国初期的理论旅行及其引发的理论问题》，《文艺争鸣》2020年第5期。

③ 参见王雨辰《论"西马"在中国的解释史与接受史》，《学术交流》2021年第1期。

理论的旅行与在地必须要做好与中国实际的结合。结合得越好，文艺理论对文艺实践指导性、解释力、有效性就越强，理论就越有活力，越受欢迎；结合得不好，文艺理论与文艺实践相脱离、相隔膜，陷于观念层面自我衍生，结果是自说自话、乏人问津。

因此，新时代马克思主义文艺理论的建构，不仅是马克思主义文艺理论历史形态的生发和成长，更是社会主义运动中理论和实践的发展在文艺观念上的反映、归纳和提炼。中国特色社会主义是发展新时代马克思主义文艺理论的现实基点。

习近平新时代中国特色社会主义思想坚持马克思主义立场观点方法和科学社会主义基本原理，全面系统地回答了新时代坚持和发展中国特色社会主义的一系列重大理论和实践问题，为马克思主义中国化、时代化作出了原创性贡献，是当代中国马克思主义、21世纪马克思主义。习近平新时代中国特色社会主义思想的世界观和方法论，为文艺理论工作者认识世界、分析现象、研究问题提供了强大的思想武器，为发展新时代马克思主义文艺理论提供了基本的立场、观点、方法。习近平总书记站在坚持和发展中国特色社会主义、实现中华民族伟大复兴的全局和战略高度,强调把马克思主义基本原理同中国具体实际、同中华优秀传统文化相结合。"两个结合"成为发展中国特色社会主义的必由之路,也必然成为发展新时代马克思主义文艺理论的必由之路。

2014年,习近平总书记在文艺工作座谈会上发表重要讲话,这是指导新时代文艺工作和文化建设的纲领性文献,之后,习近平总书记对文艺工作多次发表重要论述,特别是2023年正式提出的习近平文化思想,举起了新时代党的文化旗帜。习近平文化思想立足新时代历史方位和时代要求,围绕繁荣发展社会主义文艺、建设社会主义文化强国这个主题,阐明了新时代社会主义文艺的立场价值、使命任务、地位作用、方针原则等重大问题,既破解了一段时间以来困扰文艺理论和实践的普遍性问题,也回答了当代中国文艺遇到的特殊问题。习近平总书记强调,立足中华民族伟大历史实践和当代实践,用中国道理总结好中国经验,把中国经验提升为中国理论,既不盲从各种教条,也不照搬外国理论,实现精神上的独立自主。[①] 习近平总书记

---

① 参见习近平《在文化传承发展座谈会上的讲话》,《求是》2023年第17期。

进一步指出,加快构建中国特色的哲学社会科学,归根结底是建构中国自主的知识体系。[①] 这些论述,为我们发展新时代的马克思主义文艺理论提供了直接思想指引。可以说,新时代马克思主义文艺理论就是不折不扣的中国理论,是具有中国自主知识体系的中国理论。

文艺理论工作者应该深入学习习近平新时代中国特色社会主义思想,特别是习近平文化思想,把政治话语转化为学术话语,把工作要求转化为理论自觉,聚焦新的概念术语和新的论断命题开展重点攻关,不断开拓新视角、新范式、新路径,推动中国化马克思主义文艺理论开辟新境界、取得新发展。

我以为,可以从以下四个路径推进。

第一,话语转化与适用。 习近平文化思想中关于文艺工作的重要论述,构建起一个立场鲜明、观点系统、判断科学、逻辑严密、学理深厚的科学理论体系,蕴含丰富而深刻的范畴、术语、命题、论断。比如,"坚持以人民为

---

① 参见《习近平在中国人民大学考察时强调 坚持党的领导传承红色基因扎根中国大地 走出一条建设中国特色世界一流大学新路 王沪宁陪同考察》,《人民日报》2022年4月26日。

中心的创作导向"①"深入生活、扎根人民"②"坚定文化自信"③"守正创新"④"中华美学精神"⑤"历史的、人民的、艺术的、美学的观点"⑥"大历史观、大时代观"⑦，等等，为构建新时代马克思主义文艺理论体系提供了直接的学术话语和理论资源。应该继续集中力量深化对这些核心话语的学术化表达、学理性阐释、体系化研究，分层次有步骤地推进政治话语的学术转化，实现政策的学术对接，促进文艺理论与文化文艺政策的深度融合与良性互动。

第二，内部理论的生长。从大的时间范围来看，马克思主义文艺理论体系的建设在整体上偏重于"外部研究"，对于"内部研究"着力不够。如果说外部规律是马克思主义文艺理论的基本框架，强调了文艺与经济基础、社会领域之间的互动关系，以及文艺在社会发展中的特殊作用和

---

① 习近平：《在文艺工作座谈会上的讲话》，《求是》2024年第20期。
② 习近平同志在中国共产党第十九次全国代表大会上的报告《决胜全面建成小康社会 夺取新时代中国特色社会主义伟大胜利》的文化部分。
③ 习近平：《在文化传承发展座谈会上的讲话》，《求是》2023年第17期。
④ 习近平：《在文化传承发展座谈会上的讲话》，《求是》2023年第17期。
⑤ 习近平：《在文艺工作座谈会上的讲话》，《求是》2024年第20期。
⑥ 习近平：《在文艺工作座谈会上的讲话》，《求是》2024年第20期。
⑦ 习近平：《在中国文联十一大、中国作协十大开幕式上的讲话》，《中国文艺评论》2022年第1期。

地位，内部规律则是注重对文艺创作、接受、鉴赏、文本层次、艺术风格等艺术的、美学的规律的研究。当代学者通过研习经典著作，结合中国文艺的发展实际，在总结提炼马克思与恩格斯的经典文艺论述的基础上生发了诸如"艺术反映论""艺术实践论""艺术典型论""现实主义论"等成果，这些成果聚焦文艺内部规律，注重打通"内部研究"与"外部研究"的理论区隔，对于丰富发展马克思主义文艺理论起了很好的示范作用。当前，文艺理论工作者可以结合新的时代条件，在做好经典马克思主义原典、原著、原意的学习、研究、阐释的同时，在"内部研究"中加大投入，推出更多新成果。

第三，文艺实践中的理论生成。特别是对现实提出问题的理论回答。当前现实中出现的一些新情况，虚拟现实、虚拟生活的出现，让我们思考，这是现实吗？这是生活吗？生活是艺术的唯一源泉这个原理还有效吗？我们该怎么理解这些新问题、新现象？这就需要对现实主义理论进行再研究，对一些基础概念、范畴重新思考、重新审视。这是马克思主义文艺理论知识生产和理论创新的一个很重要的方向。再就是对关联理论的新研究，比如美学所关注的审美情感就是我们理论创作的基础。审美情感来源于日常生活，随着日常生活的变化，审美情感也发生重大变化。现在的生活节奏越来越快，频率越来越高，时空高度压缩，而且是万物互联、即时互通，这会使人类的情感生活发生很大的变化。比如，思念与离愁，这种人类情感发生了时代嬗变，未来的作品把它们作为表现题材的可能性降低。还应该对应用理论的新掘进，例如现在风靡的短视频艺术、直播艺术、人工智能艺术，它们跟实践贴合得最紧密，需要新鲜的理论对其进行观照。

第四，与其他理论资源的对接。坚持马克思主义文艺理论在文艺实践的指导地位，并不是否认和取消其他理论的存在价值和现实作用。发展新时代马克思主义文艺理论绝不是包办代替所有文艺理论，而是在整个文艺理论体系中坚持核心位置和指导地位，对接各种有益的理论资源和话语资源，形成良好对话和协同关系，共同推动中国特色社会主义文艺事业繁荣发展。

中国古代文艺理论属于中华民族独有的文艺话语系统，是中国自主的文艺评论话语的根脉，其中的很多观念、范畴都达到对文艺普遍规律的深刻揭示，在经过重新审视、筛选和现代转化之后，是完全可以对接现代马克思主义文艺理论体系之中的。应创新继承这些优秀文化遗产，保持对中华文化价值和美学精神的高度信心，深入挖掘古代文艺理论背后的美学思想与文化内涵，发展具有民族文化底色的文艺理论话语，推动中华美学精神与当代审美追求相结合，让马克思主义文艺理论在内容和形式上显示出日益鲜明的中国风格与中国气派。

发展马克思主义文艺理论必须积极应对20世纪以来西方文艺理论的影响，不仅要重视与知识谱系相近的"西马"文艺理论，还要关注以表现主义文论、直觉主义文论、存在主义文论等为代表的非理性转向，以及以形式主义文论、新批评文论、结构主义文论等为代表的语言论转向，在系统研究的基础上批判其唯心主义和形而上学的实质，批判吸收其中的"合理内核"，使之成为丰富和发展马克思主义文艺理论的有用材料。

总之，发展新时代马克思主义文艺理论，既不是苏联模式的文艺理论和文艺实践的再版，也不是国外马克思主义研究对象和研究方式的翻版，而是在习近平新时代中国特色社会主义思想的指导下，坚持把马克思主义基本原理同中国具体实际相结合,同中华优秀传统文化相结合,密切结合新时代文艺实践经验,继承创新中华传统文艺理论精华,批判借鉴西方文艺理论有益成分,直面当代文艺发展现实问题,在成功回答新时代艺术之问、审美之问中进行的理论创新。

马克思主义与中华优秀传统文化相结合的光辉典范

在庆祝中国共产党成立 100 周年大会上的讲话中,习近平总书记明确提出推进马克思主义中国化的"两个结合",将马克思主义基本原理同中华优秀传统文化相结合,与同中国具体实际相结合并列,从而将马克思主义与传统文化的结合问题提到了前所未有的高度。"观今宜鉴古,无古不成今。"中华民族几千年历史创造和延续的中华优秀传统文化,是中华民族的根和魂,是我们在世界文化激荡中站稳脚跟的根基。坚持把马克思主义基本原理同中华优秀传统文化相结合,就是要用马克思主义的立场、观点和方法,推动中华优秀传统文化创造性转化和创新性发展。

具体到文艺领域，习近平总书记关于文艺工作的重要论述，厚植于中华优秀传统文化，以马克思主义文艺理论为基础，以当今文艺实践与发展现状为现实依据，创造出对于马克思主义文艺理论具有中国特色的民族化、本土化的科学阐释模式，是新时代中国特色社会主义文艺实践的美学结晶，是马克思主义文艺理论的中国面貌和当代形态。

马克思主义与中华优秀传统文化在文艺思想内核上的结合

突出"人民性"是马克思主义文艺理论与中华优秀传统文化在文艺思想内核上的共同特点。历史唯物主义最基本的出发点就是人民创造了历史。马克思认为："旧唯物主义的立脚点是'市民社会'，而新的唯物主义的立脚点则是人类社会或社会化的人类。"马克思主义文艺理论也因此具有了人民性的特征，要求文艺创作要为无产阶级、为普通大众服务，极具代表性的是列宁对于"艺术属于人民"所作的精辟论述。与西方理论相比，中国的"人民性"是有深厚根基的。在延续几千年的中华文化传统中，民本思想始终存在，从"重民"到"保民"再到"爱民"，从"民贵君轻"到"君舟民水"再到"民为邦本",民本思想在传统文化中绵延不绝。但不可否认,中国传统文化中的民本思想主要体现了封建统治阶级的利益与愿望,为的是"致君尧舜上,再使风俗淳"。在马克思主义文艺理论中国化的过程中,中国传统民本思想经过马克思主义的改造,人民性成为党的文艺思想的灵魂,成为社会主义文艺创作的基础和起点。从毛泽东提出"人民文学"的观念,到邓小平称"人民是文艺工作者的母亲",到江泽民提出"在人民的历史创造中进行艺术的创造",再到胡锦涛提出"在人民的伟大中获得艺术的伟大",人民性始终是一以贯之的思想内核。

"以人民为中心"是习近平总书记关于文艺工作重要论述的核心理念和原则。习近平总书记在文艺工作座谈会上的讲话中指出,社会主义文艺,本质就是人民的文艺。"以人民为中心,就是要把满足人民精神文化需求作为文艺和文艺工作的出发点和落脚点,把人民作为文艺表现的主体,把人民作为文艺审美的鉴赏家和评判者,把为人民服务作为文艺工作者的天职。"习近平总书记在中国文联十一大、中国作协十大开幕式上的讲话中指出,一百年来,党领导文艺战线不断探索实践,走出了一条以马克思主义为指导,符合中国国情和文化传统,高扬人民性的文艺发展道路。这些论述是马克思主义关于文艺与人民关系的最新表述,是马克思主义文艺观的思想精髓和时代表达。笔者以为,可以从三方面来理解体会。

一是以人民为中心认识美的本体。习近平总书记指出,"人民既是历史的创造者、也是历史的见证者,既是历史的'剧中人'、也是历史的'剧作者'"。作为历史的创造者,人民群众在长期的劳动实践中,赋予了美以具体内容和形式。艺术家遵循美的规律,契合美的要求,用题材、内容、叙事、情节、形象直接反映人民实践、描绘人民群像、表达人民情感,进而发现美、创造美,这是文艺创作以人民为中心的直接表现。

二是以人民为中心透视文艺价值。习近平总书记指出,"一部好的作品,应该是经得起人民评价、专家评价、市场检验的作品",这与马克思所说的"人民历来就是作家'够资格'和'不够资格'的唯一判断者"一脉相承。满足人民的审美需求,是以人民为中心的基本体现。人民作为文艺审美的鉴赏家和评判者,在作品中与创作者潜在对话,促使文艺创作在实践中校正自己的标尺,真正地观照人民的生活、命运、情感,表达人民的心愿、心情、心声,符合人民的价值、利益、福祉。

三是以人民为中心廓清创作误区。习近平总书记指出,"文艺创作方法有一百条、一千条,但最根本、最关键、最牢靠的办法是扎根人民、扎根生活"。人民就是生活,生活就是人民。人民性既是文艺的本体论,又是文艺的价值论,还是文艺的方法论。文艺工作者深入生活、扎根人民,就是要超越"为艺术而艺术"的狭隘观念,不能只写一己悲欢、杯水风波,要把文艺与社会生活的方方面面联系起来,努力开阔文艺创作的广袤空间,在社会实践中吃透生活底蕴,确立题材对象,汲取艺术养分,创作更多属于人民的精品力作。

马克思主义与中华优秀传统文化在文艺工作方法上的结合

马克思主义唯物辩证法是认识世界和改造世界的根本方法,揭示了世界普遍联系和永恒发展的普遍规律,既是科学的世界观,同时也是认识世界和改造世界的根本方法。

恰如恩格斯所说，"马克思的整个世界观不是教义，而是方法。它提供的不是现成的教条，而是进一步研究的出发点和供这种研究使用的方法"。这种认识世界和改造世界的根本方法能够在中国的文化土壤中生根发芽，与中华传统文化中古已有之的朴素唯物主义和辩证法思想密切相关。比如，荀子的"天地之变，阴阳之化"，《道德经》中的"有无相生，难易相成，长短相形，高下相倾，音声相和，前后相随"，再如宋代张载的"太虚即气"唯物主义本体论，均充满了辩证思维，体现了朴素唯物主义和朴素辩证法的统一。中华传统文化中的朴素唯物主义和辩证法思想在与马克思主义相结合之后，绽放出艳丽的理论之花。

习近平总书记高度重视对唯物辩证法的学习、掌握与运用。他在《辩证唯物主义是中国共产党人的世界观和方法论》中指出，要"学习掌握唯物辩证法的根本方法，不断增强辩证思维能力，提高驾驭复杂局面、处理复杂问题的本领"。具体到文艺领域，习近平总书记关于文艺工作的重要论述蕴含的丰富的唯物辩证法思想，从哲学层面回答了文艺领域的若干重大问题，指引我们在差异中寻共识，在矛盾中求和谐，在对立统一中管窥新时代中国文艺发展的重要路径。笔者以为具体体现在如下关系中。

一是继承与创新的辩证统一。习近平总书记指出,"要把握传承和创新的关系,学古不泥古、破法不悖法,让中华优秀传统文化成为文艺创新的重要源泉"。传统是文化的根脉,创新是文艺的生命。传统不是历史,而是存在于当下的现实。把握基因传承与文化创新的辩证关系,把传承与创新统一于现实,既要汲取中华民族最基本的文化基因中所蕴含的力量,又要积蕴"创意造言,皆不相师"的勇气,努力做到学古不泥古、破法不悖法,让中华优秀传统文化成为文艺创新的重要源泉。

二是形式与内容的辩证统一。习近平总书记指出,"互联网、大数据、人工智能等催生了文艺形式创新,拓宽了文艺空间","一切创作技巧和手段最终都是为内容服务的"。当今时代,文艺的生产形式、方式方法出现许多新特点,带给广大文艺工作者关于未来的无限想象,也给一些艺术创作的观念和实践带来恐慌和失据。但无论社会、时代、技术如何发展,艺术终归要回到其自身的目的性上来,过分依赖技术手段、被媒介发展拖着走的文艺,只能徒有形式,缺乏内容,具有指点迷津、反拨错误倾向创作的重大意义。

三是民族自信与世界眼光的辩证统一。习近平总书记勉励广大文艺工作者，"要有信心和抱负，承百代之流，会当今之变，创作更多彰显中国审美旨趣、传播当代中国价值观念、反映全人类共同价值追求的优秀作品"。一方面，只有坚定文化自信，以富有中国特色、体现中国精神、蕴藏中国智慧的优秀作品，展现可信、可爱、可敬的中国形象，才能进行有效的文化交流，赢得真诚的文化尊重。另一方面，文艺具有缝合文化差异，克服意识形态偏见，构建人类命运共同体的重大价值。寻求艺术作品中激发个体情感的深切表现，启发观众的情感共鸣，这不仅是文艺作品能够成功的关键，也是提升文艺作品国际传播能力的重点。此外，还有历史大势与生活质感、基因传承与文化创新、主体人格与艺术品格等辩证关系的论述，形成了完备系统的文艺方法论述。

马克思主义与中华优秀传统文化在文艺创作路径上的结合

马克思主义和中国传统文化都具有鲜明的现实性和实

践性品格。"哲学家们只是用不同的方式解释世界,而问题在于改变世界",马克思主义经典作家从辩证唯物主义的立场出发,认为实践是人的生命之本和立命之本。中国传统文化也强调关注现实,贯穿于中国哲学始终的"知""行"关系就是这种实践精神最本质的体现。具体到文艺领域,两者都强调文艺与现实生活的关系。恩格斯在《致斐迪南·拉萨尔》中指出:"我们不应该为了观念的东西而忘掉现实主义的东西,为了席勒而忘掉莎士比亚。"马克思主义经典作家在对文艺与现实关系的探讨中,将"细节的真实"与"真实地再现典型环境中的典型人物"作为"充分现实主义"的基本原则,强调艺术典型的个性与共性的统一,并阐明了倾向性和真实性的辩证关系。中国古代文论也要求文艺积极地介入和干预生活,从孔子的诗"可以怨"到司马迁的"发愤著书";从白居易的"文章合为时而著,歌诗合为事而作",到杨万里的"闭门觅句非诗法,只是征行自有诗",均强调文艺作品对政治、社会进行现实观照。但古代文论中这种观照现实的原则路径历来也存在着文艺工具论倾向,突出夸大文艺的社会功能,轻视文艺自身规律和意识形态特征。同样,在马克思主义传入中国的过程中，驳杂的理论流派一度被认为是正宗的马克思主义文艺理论，其中所包含的夸大文艺的工具论观念、漠视文艺自身规律、强调文艺的阶级性、强化典型人物的公式化特征等倾向，一度偏离了现实主义观点的理论轴线。

习近平总书记在关于文艺工作的重要论述中多次强调要重视现实主义创作。我们可以从三个方面来理解总书记关于现实主义的重要论述。

一是现实主义的精神维度。习近平总书记在文艺工作座谈会上指出，"应该用现实主义精神和浪漫主义情怀观照现实生活"。由此看来，现实主义不仅是一种创作方法，而且是一种创作精神。现实主义精神，既是一种原理，又是一个体系；既是一股潮流，又是一场运动。这种立足于中国本土实践的现实主义精神，是我们为解决人类共同文化困境提供的一种中国经验。广大文艺工作者当以现实主义精神观照现实生活，观照社会变革和文明进步中人类精神的生长，观照悲观者对人类命运的担忧甚至失望，用光明驱散黑暗，用美善战胜丑恶，让人类以强大的自信迎接无法预知的未来。

二是现实主义的时代维度。习近平总书记指出，"任何一个时代的经典文艺作品,都是那个时代社会生活和精神的写照,都具有那个时代的烙印和特征。任何一个时代的文艺,只有同国家和民族紧紧维系、休戚与共,才能发出振聋发聩的声音"。我们当下所说的现实主义、现实题材,根植于中国特色社会主义伟大实践,密切联系着中国生动的社会文化现实。文艺创作要有历史在场感和时代在场感,感国运之变化、立时代之潮头、发思想之先声,在文艺创作中反映新时代的历史变迁,描绘新时代的精神图谱,用文艺的笔触将时代潮流凝固在历史长河中。

三是现实主义的艺术典型维度。习近平总书记在中国文联十大、中国作协九大开幕式上的讲话中,特别提到文艺作品中典型人物的塑造问题,"典型人物所达到的高度,就是文艺作品的高度,也是时代的艺术高度。只有创作出典型人物,文艺作品才能有吸引力、感染力、生命力"。这里的典型人物具有恩格斯所说的"一个'这个'"的本质含义,是个性与共性的统一。现实主义的历史是由人民书写的,人民就是生活,生活就是人民,文艺的宏大叙事与生动的细部描写必须统一起来。文艺创作只有遵从艺术规律,感知人民的喜怒哀乐、标刻个体特征和生活底色,才能洞悉生活本质，才能把握时代脉动，才能创作出无愧时代、直抵人心、叩击灵魂的精品力作。

马克思主义与中华优秀传统文化在文艺评价标准上的结合

自有文艺作品传播、消费和接受以来，文艺评论就随之产生和发展了。文艺评论既是中国传统文艺理论的重要组成部分，也是马克思主义文艺理论的重要思想内容。恰如恩格斯在《诗歌和散文中的德国社会主义》一文中所说："我们绝不是从道德的、党派的观点来责备歌德，而只是从美学的和历史的观点来责备他"，马克思主义文艺批评以辩证唯物主义和历史唯物主义为指导，提出将"美学观点"和"历史观点"作为批评的最高标准，以此来审视作品是否符合艺术规律和美学法则，评价作品的历史作用和历史价值。中国古代文艺批评思想自先秦萌芽，最初以伦理道德批评和社会历史批评为主，如孔子的"诗三百，一言以蔽之，曰：'思无邪'"，着力强调文艺伦理道德价值及对人的教化功能；孟子的"颂其诗，读其书，不知其人，可乎？是以论其世也"，则强调联系作品产生的社会历史状况。而自魏晋南北朝起,中国古代文艺批评思想才开始注重审美批评,着眼于文艺作品中美的构成及审美价值,努力从文艺创作本身来思考文艺的价值。这些中国传统文艺批评思想同马克思主义文艺理论的社会历史批评具有内在的一致性,在艺术观念与审美实践方面有着鲜明的共通性。

马克思主义的文艺批评,既是历史地变化发展的,又具有开放的包容性。党的十八大以来,中央高度重视文艺评论工作,习近平总书记多次对文艺评论作出专门重要论述,提出以马克思主义文艺理论为指导,继承创新中国古代文艺批评理论优秀遗产,批评借鉴现代西方文艺理论,打磨好文艺批评这把"利器"。这正是马克思主义与中华优秀传统文化在文艺评价体系上进行结合的集中体现,有融合更有创新、有继承更有突破。

一是突出文艺评论的重要性。习近平总书记不仅把文艺评论作为文艺事业的重要组成部分,而且把评论作为党领导文艺工作的有效方法和有力手段。在文艺工作座谈会上,习近平总书记专门就文艺评论作了充分论述,指出文艺批评是文艺创作的一面镜子、一剂良药,是引导创作、多出精品、提高审美、引领风尚的重要力量。在中国文联十大、中国作协九大开幕式上，在致中国文联中国作协成立70周年的贺信中，在中国文联十一大、中国作协十大开幕式上，习近平总书记强调加强和改进文艺评论工作，进一步指出了文艺评论在党和国家文艺事业中的重要地位，明确了文艺评论对于文艺创作重要而独特的作用。

二是增强文艺评论的针对性。习近平总书记指出，要"把好文艺评论的方向盘，运用历史的、人民的、艺术的、美学的观点评判和鉴赏作品"。这是厚植于中华传统文化土壤，立足于新形势下文艺工作，对马克思主义文艺批评标准的新认识，具有很强的现实针对性。"历史的"观点在很大程度上是针对当前文艺实践中调侃崇高、扭曲经典、颠覆历史的创作乱象以及"去历史化""去中国化""去主流化"的不良倾向提出来的；"人民的"的观点凸显了人民在社会主义文艺中的地位，突出强调"以人民为中心的创作导向"，解决好文艺工作者在创作中"为了谁、依靠谁、我是谁"的问题；"艺术的"观点用来评判和鉴赏作品，强调了要尊重文艺自身发展规律，保持文艺的独特价值，不能用简单的商业标准取代艺术标准，不能让文艺沦为市场的奴隶；"美学的"观点则重申了文艺的审美价值，克服文艺市场上存在的"审丑"现象和以西方理论裁剪中国人审美的不良倾向。

三是提升文艺评论的组织性。习近平总书记强调，要以专业、权威的文艺评论，引导创作、引导市场、引导观众。2021年8月，中共中央宣传部等五部门联合印发的《关于加强新时代文艺评论工作的指导意见》（以下简称《指导意见》），对如何把好文艺评论方向盘、开展专业权威的文艺评论、加强文艺评论阵地建设、强化组织保障工作提出了系统化要求。中国文艺评论家协会组织推动全国文艺评论界学习贯彻习近平总书记关于文艺评论工作的重要指示批示精神，贯彻落实《指导意见》，文艺评论工作的组织化程度不断提升，文艺评论事业呈现新气象。

新时代的文艺发展，离不开对马克思主义文艺理论的深层理解与把握，离不开对中华优秀传统文化的继承。我们要按照"两个结合"的总体路径，深入学习贯彻习近平总书记关于文艺工作的重要论述，不断推动马克思主义文艺理论的民族化、本土化，推动中华优秀传统文化的辩证继承与创新发展，实现新突破，开拓新境界。

以人民为中心是关键

习近平总书记在文艺工作座谈会上的重要讲话指出，以人民为中心，就是要把满足人民精神文化需求作为文艺和文艺工作的出发点和落脚点，把人民作为文艺表现的主体，把人民作为文艺审美的鉴赏者和评判者，把为人民服务作为文艺工作者的天职。这些论述是马克思主义关于文艺与人民关系的最新表述，是马克思主义文艺观的思想精髓和时代表达，是当代中国文艺工作者的实践指南。把握以人民为中心的创作导向，最重要最关键的是，对文艺中"人民"属性的理解。

以人民为中心认识美的本体

审美是文艺的目的之一。什么才是让人动心的美？马克思在《1844年经济学哲学手稿》中指出，美是人的本质的对象化，美感是享受生活的愉悦感。人民群众是历史的创造者，在长期的劳动实践中，赋予了美以具体内容和形式，艺术家遵循美的规律，契合美的要求，通过自身的艺术创作，发现了美，创造了美。在人民的历史创造中进行艺术创造，这句话的含义有两层，一是人民创造历史的同时创造艺术，二是人民的历史创造与艺术创造有时是同步的，人民的历史实践定义了美，并成为美的一种表现。

用题材、内容、叙事、情节、形象直接反映人民实践、描绘人民群像、表达人民情感，这是文艺创作以人民为中心的直接表现。路遥的长篇小说《平凡的世界》最重要的成功因素，是高度集中、非常典型地反映出改革开放年代人民的生活和人民的情感，其中角色让人们能够找到自己的影子。不仅如此，小说还揭示出奋斗与梦想、时代与成功、个体与社会的深刻关系，给人以智慧和力量，得到了广大读者的喜爱，成为一部可以经受时间考验的文学经典。

许多优秀的现实主义题材作品因为坚持以人民为中心的创作导向，抓住美的本质，受到人民的欢迎。

音乐、绘画、舞蹈、摄影等"纯艺术"，喜欢它们的人不分地域、不分国度、不分种族。这些所谓的"纯艺术"，来自艺术家的艺术天分，是纯粹的个人创造，似乎与人民、与社会、与生活、与实践没有关系。但是人们喜爱这些艺术作品，完成对其审美，并不是毫无理由。康德说美是无目的的合目的性，指艺术家创造美时应该没有功利目的，有强烈功利目的者，不容易创造好作品；虽然创作没有既定的目的，但如果是美的，其结果却是符合目的的，也就是符合人类社会的规律。黑格尔在康德美学的基础上，认为美是理念的感性显现，指出了美与理念的内在逻辑关系，说明没有孑然而立的"纯艺术"，背后总有思想、理念、观念的蕴含。

正如《美的历程》所指出的，积淀在作品中的情理结构，与人们的心理结构有相呼应的同构关系和影响，人类的心理结构是一种历史积淀的产物。只有共同的而不是个别的、社会的而不是个体的、现实的而不是意象的，才真正能够积淀下来，成为人们共同的心理结构，也就是"人民"及其实践成为审美的内在因子,才会实现所谓对"纯艺术"的鉴赏。

以人民为中心的创作导向,符合马克思主义认识论的基本原理,是唯物史观在文艺领域的具体呈现。文艺工作者坚持以人民为中心的创作导向,有助于正确地看待社会历史,把握历史的本质,感受生活的本色,领悟艺术的真谛,从而获得无比开阔的创作视野。

以人民为中心透视文艺价值

习近平总书记指出,人民的需要是文艺存在的根本价值。一部好的作品,应该经得起人民评价、市场检验、专家评价。人民评价是人民在文艺审美、文化消费后的反馈;市场检验是在市场经济条件下人民评价的表现方式;专家评价则通过专业的知识、理性的分析、综合的考量,力求完整、准确地反映作品的艺术价值和社会价值。

满足人民的审美需求,是以人民为中心的基本体现。完整的艺术活动,必然包括艺术家的创作(生产)和受众的鉴赏(消费)两个核心环节,缺了任何一个环节都不能称之为审美。受众的审美需求得到满足,爱读、爱看、爱听、爱唱、爱跳，这是对作品价值的基本评价。一般而言，这个受众群体越大，作品流传越久远，作品的艺术魅力就越可靠。文艺如果仅仅满足于小群落、小圈子的审美趣味，只是顾影自怜，就偏离了"人民"这一中心。当然，高端文艺、高雅艺术同样来自人民的生活、人民的实践，但它的鉴赏和品位需要以相当的文化素养和社会阅历为基础，因而不容易成为大众文艺，即所谓阳春白雪、曲高和寡。大众文艺与高雅艺术并不是对立的，大众的也可以是高雅的。人民是文艺作品的鉴赏者和评判者，文艺创作和评论应该在实践中校正自己的标尺，封闭化、圈子化、阁楼化和贵族化都会把创作和评论赶进死胡同。

在市场经济大潮中，一些文艺作品成为市场的奴隶，打着"满足群众文化需求"的旗号，持着"喜欢就是好"的片面认识，迎合受众的感官刺激，色情的、暴力的、恐怖的、猥琐的、反智的等低俗产品大行其道，降低文艺审美品格，放弃文艺精神追求，成为颓废的、萎靡的、消沉的、迷幻的精神鸦片、文化毒品，严重损害了人民群众的精神利益。优秀的文艺作品具有高远的社会理想，以实现人民福祉、引领人民进步为目标，在揭露、鞭挞丑恶的同时，关怀人生，温润心灵，昭示光明，催人奋进，为维护和实现人民的长远利益、根本利益作出贡献，这才是真正坚持以人民为中心的创作导向。当前，我国正处在民族复兴关键期、社会变革转型期，要使人民有信仰、民族有希望、国家有力量，铸造全体国人共同的价值之魂是当务之急。因此，文艺创作坚持以人民为中心，以文艺弘扬社会主义核心价值观，是每一个有责任、有担当的文艺工作者的职责。

以人民为中心廓清创作误区

把人民作为表现主体，不能狭隘地理解为只写普通百姓。不管是什么题材，只要体现人民的要求，就是把人民作为表现主体。因此，在创作中，伟人可以写，英雄可以写，模范可以写，不仅可以写，而且应该重点写，因为他们身上集中地体现了人民的情感、经历和追求。《历史转折中的邓小平》表现中国一代伟人邓小平的丰功伟绩；傅抱石、关山月合作的山水画《江山如此多娇》表现新中国欣欣向荣、勃勃生机的美好景象；歌曲《天路》用词曲的意象美、旋律美、声音美颂扬青藏铁路，表达了西藏人民走出落后、走向富裕和幸福的美好愿景。这些作品或以伟人为主角，或把景物作为表现对象，表达了这个时代典型化的历史实践和人民的理想，是实实在在把人民作为表现主体和对象的文艺精品。

深入生活，是坚持以人民为中心的创作导向的必由之路。文艺工作者深入生活、扎根人民，就是在社会实践中吃透生活底蕴，汲取艺术养分，创作更多有筋骨、有道德、有温度的文艺精品。电视剧《马向阳下乡记》在创作前，主创人员在农村体验了半年多，走访了40多个村子，采访了60多位村支书。该剧源于对农村生活的真实感悟，用喜剧的风格反映现实，探讨农村在土地流转等深层次改革中遇到的种种问题，真实地反映了广大农民在变革当中的生存状态、精神追求。新鲜浓郁的泥土芬芳、如临其境的矛盾呈现、引人向上的艺术基调，使该剧成为广受欢迎的农村题材作品。

当前，网络文学快速发展，但也存在一些需要重视的问题。一些网络作家足不出户、闭门造车，没有深入火热的生活和实践当中，因而使创作呈现出虚无、干瘪、空壳的形态，只剩下情节的雷同、叙述的重复、内容的荒诞、旨意的低矮，与优秀文艺作品展现的五彩斑斓的生活、高远博大的境界有不小的距离，难以成为文学经典。

坚持以人民为中心的创作导向，不能简单理解为只鼓励现实题材，忽视历史题材。历史是一面镜子，它照亮现实，也照亮未来。历史题材承载着历史警示、历史经验、历史教训和历史反思，积淀了深厚的人民的实践和认知。当前，历史题材创作也出现了不少问题，随意地剪裁、消费、涂改我们的历史文化遗产，陷入戏说、调侃、搞笑等过度娱乐之中，大量的历史题材作品不仅无法引起人民深沉的共鸣，反而会引起对中华优秀文化的误读和误解。解决这些问题，最根本的还是要始终坚持和把握以人民为中心的创作导向。

贯彻两个理论　扎根两个实践

习近平总书记在党的二十大报告中指出，要"深入实施马克思主义理论研究和建设工程，加快构建中国特色哲学社会科学学科体系、学术体系、话语体系，培育壮大哲学社会科学人才队伍"。中国文艺理论学会第十六届年会暨"中国文艺理论知识体系的构建与反思"学术研讨会紧扣"中国文艺理论知识体系的构建与反思"这个主题，具体关注到马克思主义文艺理论、中国古代以及当代文艺理论、西方文艺理论的基本原理、关键概念和核心命题，关注到文学理论、艺术理论与哲学美学的会通，梳理中国文艺理论现代化进程，讨论后人类时代、新媒介带来的新变，思考中国文艺理论评论体系建构等核心问题。

一个理论体系的构建，不仅是理论的自我衍生和发展，更是实践发展在理论中的反映、提炼和归纳。理论不是自言自语，不是自我确证，理论如果脱离实际，那么它本身也就失去了意义。在当代中国，要建设中国自主的文艺理论体系，必须认真考察当今时代来自理论和实践的深刻影响。笔者以为，尤其要重视两个理论和两个实践。

第一个理论：中国化时代化马克思主义。习近平新时代中国特色社会主义思想坚持马克思主义立场观点方法和科学社会主义基本原理，全面系统地回答了新时代坚持和发展中国特色社会主义的一系列重大理论和实践问题，为马克思主义中国化时代化作出了原创性贡献，是当代中国马克思主义、21世纪马克思主义。其思想中的世界观和方法论（包括"两个结合""六个必须坚持"），为文艺理论工作者认识世界、分析现象、研究问题提供了强大的思想武器，为构建中国文艺理论体系提供了基本的立场、观点、方法。

第二个理论：习近平文化思想。习近平文化思想是在新时代中国特色社会主义文化建设实践中形成的，是新时代党领导文化建设实践经验的理论总结，是习近平新时代中国特色社会主义思想的文化篇。习近平文化思想中关于文艺工作的重要论述，构建起一个立场鲜明、观点系统、判断科学、逻辑严密、学理深厚的科学理论体系，其蕴含的丰富而深刻的文艺理论范畴、术语、命题、观念，为构建中国文艺理论体系提供了直接的思想指引和理论资源。

学习贯彻习近平新时代中国特色社会主义思想特别是习近平文化思想，把政治话语转化为学术话语，把工作要求转化为学术追求，聚焦新的概念术语和新的论断命题开展科研攻关，是构建当代中国文艺理论体系的重要内容。

第一个实践：当代中国社会实践。习近平总书记在2023年10月16日出版的第20期《求是》杂志上发表的重要文章《开辟马克思主义中国化时代化新境界》中指出："一切划时代的理论，都是满足时代需要的产物""理论的飞跃不是体现在词句的标新立异上，也不是体现在逻辑的自洽自证上，归根到底要体现在回答实践问题、引领实践发展上"。文艺理论的发展从来都不只是学术性问题，不是闭门造车、坐而论道、流于空想。反观当下，理论界用西方理论剪裁中国人审美的现象比比皆是，过度阐释、强制阐释的现象比较普遍。当代中国正经历着广泛而深刻的社会变革，也正在进行着宏大而独特的实践创新。这种伟大实践，给理论创造、学术繁荣提供了强大动力和广阔空间，为中国文艺理论体系的构建提供了充分的时代条件。这就要求我们的研究紧紧结合中国社会发展实践，深刻把握民族复兴的时代主题，时刻关注中国式现代化的进展和成就，将其作为宏观背景和基础条件，由此探讨文艺理论如何在与社会实践的互动中实现自身发展，把学术追求、理论生命同国家前途、民族命运、人民愿望紧密结合起来。

第二个实践：当代中国文艺实践。马克思在《资本论》中强调，"研究必须搜集丰富的材料，分析它的不同的发展形态，并探寻出这各种形态的内部联系。不先完成这种工作，便不能对于现实的运动有适当的说明"。对于文艺理论而言，丰富的材料蕴含在多样的文艺实践中。面对中国式现代化对文艺理论工作提出的新目标、新要求、新期待，面对当代文艺理论及实践出现的新情况、新现象、新潮流，面对全球化、媒介化、消费化语境下文艺领域面临的新变化、新趋向、新挑战，亟须文艺理论和评论不断作出有力阐释。我们应该强化问题意识和实践路径，从文艺实践中发现问题、研究问题、回答问题，在成功回答新时代审美之问、艺术之问中，构建具有强大阐释力、说服力、引领力的中国文艺理论体系。

贯彻两个理论、扎根两个实践正在成为文艺理论工作者的文化自觉、理论自觉和学科自觉，正在成为我们的学术共识。当然，我们还要清醒地认识到，文艺理论体系构建在强调中国化、时代化的同时，绝不意味着忽视世界化和历史化的文艺理论资源和成果。我们也应以开放的姿态、包容的胸怀，主动学习借鉴人类创造的一切优秀文明成果，努力破解"古今中西之争"，创造熔铸古今、会通中西的属于我们这个时代的文艺理论成果。

构建中国自主的文艺评论话语

党的二十大报告提出"加快构建中国特色哲学社会科学学科体系、学术体系、话语体系"，2022年4月习近平总书记在中国人民大学考察时指出"加快构建中国特色哲学社会科学，归根结底是建构中国自主的知识体系"，党的二十届三中全会通过的《中共中央关于进一步全面深化改革　推进中国式现代化的决定》明确提出"构建中国哲学社会科学自主知识体系"。从"中国特色"到"中国自主"，这是思想认识上的一次深化，提出中国特色的目的是实现中国自主，构建中国特色的本质是完成中国自主。当前，哲学社会科学各领域都在贯彻习近平总书记重要讲话精神、党的二十届三中全会精神，积极构建中国自主的知识体系。

文艺理论评论界应深入理解、领会习近平总书记重要讲话的精神实质，在建设中国特色文艺理论评论体系中，自觉构建中国自主的文艺评论话语。

这既是一项宏大的历史性任务，也是紧迫的现实性课题。有学者指出，西方文明借助自身模式独立发展，在西方中心主义的语境中，成为人类文明的主导者、引领者，自近现代与改革开放以来，当这套西方中心主义的文明观念随着西方经济、科技等的强大实力持续辐射到经历了历史、文化动荡的中国，随之而来的后果，便是造成中国传统话语体系的失语、破碎及对象化，也就丧失了言说的机制和环境。其结果，在当代文艺实践中出现"以洋为尊、以洋为美、唯洋是从""把作品在国外获奖作为最高追求""以西方理论剪裁中国人审美""去思想化、去价值化、去历史化、去中国化、去主流化""中国文艺在世界上走不远、传不开、唱不响"等现象。彻底改变这种现象，离不开构建中国自主的文艺评论话语。

第一，加强对自身文化主体性的体认，重续中国自主的文艺评论话语的根脉。党的十八大以来，以习近平同志为核心的党中央站在坚持和发展中国特色社会主义、实现中华民族伟大复兴中国梦的全局和战略高度，反复强调传承中华文明、坚定文化自信，就是认识到文化与一个民族的精神命脉、精神力量、精神独立性的根性关系。正如习近平总书记在文化传承发展座谈会上的讲话中指出，"任何文化要立得住、行得远，要有引领力、凝聚力、塑造力、辐射力，就必须有自己的主体性""有了文化主体性，就有了文化意义上坚定的自我，文化自信就有了根本依托"。

可以说，有了文化主体性，就有了自己的文化身份和话语权，就有了与其他文明交流对话的平等地位。中华文明是世界上唯一绵延不断且以国家形态发展至今的伟大文明，具有突出的连续性。几千年来，孕育在中华文明历史长河中的中华优秀传统文化，是文艺创作的根脉和源泉，是文艺理论的母体和基因。黑格尔曾说，"只有当一个民族用自己的语言掌握了一门科学的时候，我们才能说这门科学属于这个民族"。马克思高度重视语言的意义，基于对形而上学的反思，在批判黑格尔与费尔巴哈的基础上，把作为物性符号的语言引入具体的社会实践过程。构建中国文艺评论话语，只有立足于我们民族自身的语言，说"中国话"，才有可能实现中国自主。

中国古代文艺理论优秀遗产是中华优秀传统文化的重要组成部分，是中华文明在文艺知识理论层面的反映，有着丰富而深刻的美学思想、理论范式、知识体系、问题领域、研究方法和话语系统，是我们构建中国自主的文艺评论话语的基础。比如：先秦时期的"诗言志""诗无邪""兴、观、群、怨""礼乐教化""道法自然"；魏晋南北朝时期的"文气""缘情""滋味"以及《文心雕龙》的系统性文章学；隋唐五代时期在"思、境、象、味"的理论开拓，"品"与"格"的确立；宋元金时期的平淡、功夫、兴趣，推崇"远"与"逸"的境界；明清时期的情景说、格调说、童心说、性灵说；等等。中国古代文艺理论形成完整的知识体系，属于中华民族独有的文艺话语系统，是中华文明在文艺领域的具体表征，是中国自主的文艺评论话语的根脉，我们理应倍加珍惜，扎扎实实做好创造性转化、创新性发展工作，把它传承好、发展好。

第二，以中国化时代化马克思主义为指导，把握中国自主的文艺评论的魂脉。习近平总书记在中共中央政治局第六次集体学习时强调："马克思主义中国化时代化这个重大命题本身就决定，我们决不能抛弃马克思主义这个魂脉，决不能抛弃中华优秀传统文化这个根脉。"党的二十大报告强调,"马克思主义是我们立党立国、兴党兴国的根本指导思想"。构建中国自主的文艺评论话语,必须坚持马克思主义文艺理论的指导地位。但是从当前情况来看,对中国化时代化的马克思主义文艺理论的学习研究阐释还有很大空间,一定程度上还存在不接地气、不解决问题的现象。

构建中国自主的文艺评论话语,最重要、最根本、最紧迫的,是学习贯彻习近平新时代中国特色社会主义思想特别是学习贯彻习近平文化思想。习近平新时代中国特色社会主义思想,是中国化时代化马克思主义,其世界观和方法论,为文艺理论评论工作者认识世界、分析现象、研究问题提供了强大的思想武器,为构建中国文艺理论自主知识体系提供了基本的立场、观点、方法。习近平文化思想中关于文艺工作的重要论述,构建起一个立场鲜明、观点系统、判断科学、逻辑严密、学理深厚的科学理论体系,其蕴含的丰富而深刻的文艺理论范畴、术语、命题、观念,为构建中国文艺理论体系提供了直接的思想指引和理论资源。文艺理论评论工作者应深入学习贯彻习近平新时代中国特色社会主义思想特别是习近平文化思想,把政治话语转化为学术话语，把工作要求转化为学术追求，是构建中国自主文艺评论话语的首要任务。比如，坚持以人民为中心的创作导向是习近平总书记关于文艺工作重要论述的核心论断。这一论断具有本体论、认识论、方法论、价值论的丰富内涵，是最具有时代气象和中国特色的理论样态，也是有别于古今中外形形色色文艺理论的理论创造，是中国自主的文艺评论话语的标志性概念，应该集中力量学理化、体系化。

第三，在立足社会实践、扎根文艺实践中，生发中国自主文艺评论话语。正如习近平总书记在《开辟马克思主义中国化时代化新境界》中强调："一切划时代的理论，都是满足时代需要的产物……理论的飞跃不是体现在词句的标新立异上，也不是体现在逻辑的自洽自证上，归根到底要体现在回答实践问题、引领实践发展上。"伽达默尔称，精确定义的、明确的术语，只有当它们嵌入语言的生活时，才能生存并起交往的作用。我们所面对的文艺评论话语，从本质上讲，并不是完全抽象的话语形式，也不是封闭在所谓"纯学术"自身中的问题，而是与文艺创作相伴相生的。只有当我们真正契合、切近文艺多样的创作实践时，撇开完全抽象的"理想语言"时，我们才算在思想上、行动上做好了充足的准备。因此，当代中国文艺理论体系的构建，除了要在历史的积淀中寻找理论资源外，还要在现实的土壤中进行创新实践。

当代中国不仅正经历着广泛而深刻的社会变革，也正在进行着宏大而独特的实践创新。这种伟大实践，给理论创造、学术繁荣提供了强大动力和广阔空间，为中国自主文艺话语的构建提供了充分的时代条件。这就要求我们的研究紧紧结合中国社会发展实践，深刻把握强国建设、民族复兴的时代主题，时刻关注中国式现代化的进展和成就，将其作为宏观背景和基础条件，由此探讨文艺评论如何在介入社会实践中实现自身发展。面对中国式现代化对文艺评论工作提出的新目标、新要求、新期待，面对全球化、媒介化、消费化语境下文艺领域的新变化、新趋向、新挑战，面对当代文艺评论自身出现的新情况、新现象、新潮流，急需文艺评论不断更新话语、发展话语，不断作出有力阐释。我们应该强化问题意识和实践路径，从文艺实践中发现问题、研究问题、回答问题，在成功回答新时代审美之问、艺术之问中，构建具有强大阐释力、说服力、引领力的中国自主的文艺评论话语。比如，关于现实主义是马克思主义文艺理论的重要主张，马克思从批评黑格尔出发，提出了反映论。现在"现实"出现新情况，虚拟现实、虚拟生活出现，虚拟现实还是现实吗？生活是艺术的唯一源泉的原理还有效吗？文艺评论工作者要根据实践的最新发展，对基础理论进行再研究后作出令人信服的回答。

值得注意的是，构建中国自主的文艺评论话语，绝不意味着忽视和排斥国外的文艺理论资源和成果，而应视为不可或缺的重要一维。我们应对可能出现的文化自负和文化自大保持足够的警觉，以开放的姿态、包容的胸怀，积极推动文明交流互鉴，主动学习人类创造的一切优秀文明成果，努力破解"古今中西之争"，创造熔铸古今、会通中西的属于我们这个时代的文艺评论话语。

文艺创作中的辩证思维

习近平总书记在中国文联十一大、中国作协十大开幕式上发表重要讲话，讲话通篇闪耀着马克思主义真理光辉，其中蕴含的唯物辩证法思想，从哲学层面回答了文艺领域的若干重大问题，对于文艺创作具有极强的指导价值。

历史大势与生活质感的辩证统一。习近平总书记指出，"要树立大历史观、大时代观，眼纳千江水、胸起百万兵，把握历史进程和时代大势，反映中华民族的千年巨变，揭示百年中国的人间正道"。茫茫九脉流中国，纵横当有凌云笔。感受历史脉搏，探究历史规律，聆听时代声音，回答时代课题，用文艺的笔触将不朽镌刻在历史的丰碑上、融化在时代的潮流中，是新时代赋予广大文艺工作者的使命。

总书记同时指出，"只有深入人民群众、了解人民的辛勤劳动、感知人民的喜怒哀乐，才能洞悉生活本质，才能把握时代脉动"。历史是由人民书写的，生活就是人民，人民就是生活，恰如马克思所说，"任何人类历史的第一个前提无疑是有生命的个人的存在"。文艺的宏大叙事中必须蕴含生动的细部描写，要反映人民的喜怒哀乐和冷暖悲欢，标刻个体特征和生活底色。那些真实的、现实的、朴实的个体和那些微小的、生动的、鲜活的质素构成了活泼泼的艺术世间。电视剧《大江大河》既描绘了改革开放的壮阔画卷，也抒写了宋运辉等小人物的情感命运，涓涓细流汇成大江大河；电影《长津湖》2021年成为中国影史票房冠军，影片既全面还原了抗美援朝那段波澜壮阔的历史，又饱含温情刻画了浴血奋战的英雄形象，"燃点"与"泪点"写就荡气回肠。

基因传承与文化创新的辩证统一。习近平总书记指出，"要挖掘中华优秀传统文化的思想观念、人文精神、道德规范，把艺术创造力和中华文化价值融合起来，把中华美学精神和当代审美追求结合起来，激活中华文化生命力"。传统是文化的根脉，创新是文艺的生命。传统不是历史，而是存在于当下的现实。把握基因传承与文化创新的辩证关系，当如探寻流之于源的奥义，把传承与创新统一于现实，既要汲取中华民族最基本的文化基因中所蕴含的力量，又要积蓄"创意造言，皆不相师"的勇气，努力做到学古不泥古、破法不悖法，让中华优秀传统文化成为文艺创新的重要源泉。近年来，传统艺术形式与新媒介的碰撞，展现了基因传承与文化创新相统一的多重可能性，《中国诗词大会》用现代技术手段营造传统文化意象，将诗文、图画、影像相结合，使古老的诗歌重回现代文化生态之中；《典籍里的中国》融合"戏剧+影视+文化访谈"的呈现方式，让传统典籍中的文字"活"了起来，让古老而瑰丽的文化密码清晰了起来，国风、国潮、国韵已成为中国文艺新气象的重要组成部分，逐渐融入当代社会生活，焕发出时代生机，走进寻常百姓家。

承载形式与呈现内容的辩证统一。习近平总书记指出，"互联网、大数据、人工智能等催生了文艺形式创新，拓宽了文艺空间""一切创作技巧和手段都是为内容服务的。科技发展、技术革新可以带来新的艺术表达和渲染方式，但艺术的丰盈始终有赖于生活"。当今时代，文艺新技术滚滚而来，文艺新类型层出不穷，文艺新形态大量涌现，文艺的生产形式、方式方法出现许多新特点，带给广大文艺工作者关于未来的无限想象，也给一些艺术创作的观念和实践带来恐慌和失据。但无论社会、时代、技术如何发展，艺术终归要回到其自身的目的性上来，过分倚赖技术手段、被媒介发展拖着走的文艺，只能徒有形式、缺乏内容。生活依然是创作不竭的源泉，深入生活、扎根人民是文艺创作的不二法门。反映生活、抒发情感、表达自我、寻求共鸣的文艺的本性没有变，决定文艺的思想内涵、精神高度、审美价值的衡量标准没有变，文艺创作的基本规律、基本原则、基本路径没有变。习近平总书记关于文艺的形式和内容的辩证论述，有针对性地解答了当前创作中的困惑，具有指点迷津、反拨错误创作倾向的重大意义。

民族自信与世界眼光的辩证统一。习近平总书记勉励广大文艺工作者，"要把目光投向世界、投向人类""要有信心和抱负，承百代之流，会当今之变，创作更多彰显中国审美旨趣、传播当代中国价值观念、反映全人类共同价值追求的优秀作品"。任何一种文艺都具有其民族身份和文化标识。只有高度的文化自信，才有有效的文化交流，才能赢得真诚的文化尊重。要坚定文化自信，以富有中国特色、体现中国精神、蕴藏中国智慧的优秀作品，展现可信、可爱、可敬的中国形象。英国现代社会学家赫伯特·里德在其《艺术的真谛》一书中曾断言，世界上没有任何一个国家能像中国那样，享有如此丰硕的艺术财富。唐诗宋词的格律、京剧昆曲的唱腔、书法绘画的文脉向世人展现出也正在展现着中华文化的独特魅力。审美无国界、情感有共鸣，文艺还具有缝合文化差异、填补意识形态鸿沟、构建人类命运共同体的重大价值。寻求艺术作品中激发个体情感的深切表现，启发观众的情感共鸣，这是文艺作品能够成功的关键，也是提升文艺作品国际传播能力的重点。近年来，在"走出去工程"的助推下，众多制作精良、类型多元、贴近现实的中国影视剧频频"出海"，受到海外观众的高度关注和好评就是很好的例证。

主体人格与艺术品格的辩证统一。习近平总书记指出，"那些在历史长河中经久不衰的经典，都体现了文学家、艺术家襟怀和学识的贯通、道德和才情的交融、人品和艺品的统一"[1]。文艺创作是培根铸魂的事业,文艺工作者是社会聚光灯下的群体,有山清水秀的文艺生态,才有铸就文艺高峰的广阔天地;有心怀"国之大者"的家国情怀,才有跑好实现中华民族伟大复兴进程中属于文艺这一棒的使命担当。清代文学家刘熙载说:"书,如也,如其学,如其才,如其志,总之曰:如其人而已。"艺术家的才情、学识与其作品的审美品格密不可分,艺术家的品行、志向与其作品的成就价值密切相关,因此才有"诗品出于人品"之说。屈原坚守至死不渝的爱国情操,方能写就《楚辞》;岳飞怀抱精忠报国的孤胆赤诚,才能写出《满江红》;常香玉坚持"戏比天大"的从业理念,才能塑造出令人永久品味的艺术形象;牛犇矢志不渝追求进步,在从艺做人上成为业界表率。习近平总书记关于主体人格与艺术品格的辩证论述,继承中华美学精神,焕发当代中国文艺的时代光彩,对于文艺创作和文艺行风建设都有重要指导意义。

郭沫若曾在《中国古代社会研究》中疾呼:"没有辩证唯物论的观念,连'国故'都不好让你们轻谈。"立足当

---

[1] 习近平:《在中国文联十一大、中国作协十大开幕式上的讲话》,《中国文艺评论》2022年第1期。

下，唯物辩证法仍是我们深入学习领会习近平新时代中国特色社会主义思想的重要方法，指引我们在差异中寻共识，在矛盾中求和谐，在对立统一中管窥新时代中国文艺发展的重要路径。

文艺评论要有正气底气朝气锐气灵气

文艺评论具有价值引导、精神引领、审美启迪的重要作用，是我们党领导文艺工作的重要途径和方式。党的十八大以来，以习近平同志为核心的党中央高度重视文艺评论工作，习近平总书记多次就文艺和文艺评论工作作出重要论述和指示批示，对文艺评论在新时代发挥更大作用寄予殷切期望。

党的二十大擘画了全面建成社会主义现代化强国、以中国式现代化全面推进中华民族伟大复兴的宏伟蓝图，作出了推进文化自信自强，铸就社会主义文化新辉煌的重大部署。2023年6月2日，习近平总书记出席文化传承发展座谈会并发表重要讲话,强调在新的起点上继续推动文化繁荣、建设文化强国、建设中华民族现代文明,是我们在新时代新的文化使命。新时代新征程是当代中国文艺的历史方位,时代为我国文艺繁荣发展提供了前所未有的广阔舞台,文艺评论事业也迎来前所未有的历史机遇。

坚定正确方向,昂扬评论正气。导向是文艺的灵魂,也是评论的生命。当今时代,面对多元的文化格局、多样的文艺思潮、多变的价值观念对文艺领域的影响和冲击,把好文艺评论方向盘尤为重要。习近平总书记关于文艺工作的重要论述,坚持马克思主义文艺理论的基本观点,厚植于中华优秀传统文化,立足当代中国文艺发展实践,是马克思主义文艺理论民族化、本土化的科学阐释模式,是新时代中国特色社会主义文艺实践的美学结晶,是中国化时代化的马克思主义文艺理论。我们要坚持以习近平总书记关于文艺工作的重要论述和文艺评论的重要指示批示精神为指引,听党话、跟党走,守正道、走大道,促进提高文艺作品的精神高度、文化内涵和艺术价值,满足人民文化需求、增强人民精神力量、丰富人民精神世界,真正履行好文艺评论引导创作、推出精品、提高审美、引领风尚的使命。

厚植理论根基，灌注评论底气。艺术创作是以感性为主、理性为辅的一种精神建构活动，文艺评论则是以理性为主、感性为辅的一种价值判断活动。理性认知是对规律的把握，具有更深刻、更普泛的理论力量，专业的文艺评论依据一定的理论进行阐释，会深化对作品的理解，揭示创作的奥妙，掘进审美的意义，进而达成艺术创作鉴赏的深层实现。尽管评价具有鲜明的主观色彩，只要其所依据的理论足够科学、足够包容、足够适配，评价就会越公允，越能得到认可、引发共鸣。要开展专业权威的评论，必须以思想理论为武器，因此，做好理论建设，是文艺评论的重要基础和前提。我们要继承创新中国古代文艺批评理论优秀遗产，批判借鉴现代西方文艺理论，不断探索具有全球视野和时代前瞻的中国自主知识体系，运用更具阐释力、影响力、引领力的中国理论，回答中国问题，指导中国实践，避免出现用西方文艺理论剪裁中国文艺实践的现象。

紧跟时代步伐，永葆评论朝气。文艺是时代的先声，文艺评论是时代先声的回响。洞悉生活本质，才能把握时代脉动。文艺评论是感性与理性的桥梁、理论与实践的纽带、学术与社会的连接,通过关系性言说实现对话和调适目的。文艺评论的这一性质决定了必须突出评论的在场和及物。当代中国不仅正经历着我国历史上最为广泛而深刻的社会变革,也正在进行人类历史上最为宏大而独特的实践创新,这便要求文艺评论工作者必须要有历史在场感和时代在场感,站稳中华立场,承百代之流、会当今之变,投身火热时代,深入蓬勃实践。

倡导批评精神,提振评论锐气。习近平总书记指出,"文艺批评要的就是批评,不能都是表扬甚至庸俗吹捧、阿谀奉承"[①]。文艺批评是文艺创作的一面镜子、一剂良药,批评精神是文艺批评的灵魂和风骨。要善于敏锐发现问题并深入地分析问题根源,在大是大非问题上表明立场,在艺术质量和水平上实话实说,坚持标准、坦诚相见,好处说好、坏处说坏,反对无原则地吹捧和恶意贬损。对各种不良文艺作品、现象、思潮,应表明态度,加以评析,指出改进的方向和做法,建设性地开展文艺评论,真正做到褒优贬劣、激浊扬清。要抵得住利益的诱惑,保持独立公正的姿态,不被"票子、圈子、面子"裹挟,心怀诚意地与

---

① 习近平:《在文艺工作座谈会上的讲话》,《求是》2024年第20期。

创作者交流，形成平等良性的对话。注重区分政治原则问题、思想认识问题、学术观点问题和艺术表达问题，坚持具体问题具体分析，开展科学、正确、全面的评论。

力求文质兼美，涵育评论灵气。文艺评论既是理性的抽象思辨，也是感性的审美鉴赏，应融科学与艺术、智慧与美感、理性与才情为一体。文艺评论工作者应当自觉培养一双观察的慧眼，品味生活冷暖和人间百态，追踪文艺欣赏趣味和文艺消费热点，洞悉审美趋势的新变化，全面提升学养、涵养、修养，增强审美判断力、鉴赏力和人文关怀。要坚持继承与创新辩证统一、形式与内容辩证统一、文明自信与世界眼光辩证统一，以深入浅出的内容、鞭辟入里的分析、生动活泼的语言、质朴清新的文风，提升文艺评论的战斗力和说服力，做到悦耳悦目、悦心悦神，以文质兼美的评论作品赢得读者欢迎和喜爱。

文艺评论工作者要把思想和行动统一到习近平总书记重要讲话精神上来，深刻把握中华文明的突出特性、"两个结合"的重大意义，自觉担负起新的文化使命，为扎实推进中华民族现代文明和社会主义文化强国建设作出贡献。

时代潮涌

中国式现代化是中国文艺现代性的打开方式

2023年3月14日，在中国文艺评论家协会、中国文联文艺评论中心、中共广西壮族自治区委员会宣传部、广西壮族自治区文联共同主办的"中国式现代化与中国文艺现代性"主席论坛上，各位演讲嘉宾从各自学术领域、研究方向出发，围绕"中国式现代化与中国文艺现代性"展开了广泛而深入的研讨交流，展现了多角度、多方位、多层次的理论分析和建构。此前，我也初步了解了一下《中国文艺评论》的主题征文情况，发现无论是现场发言，还是大家提交的论文中，既有对中国式现代化、中国文艺现代性的历史演进等根本性问题的研究，也有对中国式现代化视域下文艺创作与文艺评论等具体问题的探讨；既有对中国式现代化进程中文艺发展路径的历史性回顾，也有对当前文艺理论评论领域前沿热点问题的回应和关切；既有对中国文艺现代性本质属性的界定与探讨，也有将中国文艺现代性置于中西比较视域下的跨文化研究。

　　嘉宾们的探讨，既呈现出明晰的学理思维路径，又蕴含着生动的事理分析方法。大家提出的许多新思路、新观点，对我们理解中国式现代化的本质要求、考察中国式现代化与中国文艺现代性的关系、探索中国文艺现代性的具体路径具有很强的启发性。通过论坛的研讨，大家凝聚了共识，统一了认识：一是在中国式现代化新征程中，对中国文艺"为何""何为""如何为"的问题有了集中的思考，进一步明确了文艺肩负的职责和使命；二是在中国文艺现代性的讨论中，对未来中国文艺的方向目标、源流脉络、本质特性等有了更深的认识，提升了文化认知，坚定了文化自信，更加笃信地走中国特色文艺发展道路；三是对"现代性"这个重大学术概念有了更加宽阔、更加包容的理解，赋予了时代和本土的内涵，为融通中外学术资源，构建中国自主的文艺理论评论体系作出了有价值的学术探索；四是通过征稿、研讨、刊文等系列学术活动，文艺理论评论工作者的学术追求与国家的文化建设重大任务进一步结合起来，学者的学术责任与社会责任高度融合在一起；等等。

此前有学者曾指出，"现代性是一个未完成的设计"，同样，我们也可以说，"中国式现代化与中国文艺现代性"是一个未完成的理论命题，也是一项长久的实践课题。对于文艺理论评论工作者来说，需要持续深入地推进研究，从学术基础、实践导向、国际视野、历史维度诸方面，深入研究阐释中国式现代化的中国特色、本质要求、重大原则，讲清楚中华民族伟大复兴和中国式现代化的关系，讲清楚中国式现代化与中国文艺现代性的关系，并将相关研究讨论转化为知识话语、研究范式和学术理论，进而增强文艺理论评论的文化自觉、理论自觉和学科自觉。

本文试图基于中国式现代化的视角，梳理中国文艺现代性的三重逻辑和四条路径。

现代化不仅是人类社会普遍经历的历史过程，也是中国近代以来为实现民族复兴梦想所选择的道路。党的十八大以来，习近平总书记多次在不同场合对"中国式现代化"

这一概念进行丰富，并对其基本特征作了重要论述。在2021年十九届六中全会通过的第三个历史决议中，明确指出以中国式现代化推进中华民族伟大复兴。2022年召开的党的二十大更是深刻阐述了中国式现代化的科学内涵，初步构建中国式现代化的理论体系，这是对中国式现代化理论的重大丰富和发展，深化了对中国式现代化内涵和本质的认识，向全党全国人民发出了以中国式现代化全面推进中华民族伟大复兴的动员令。2023年2月，习近平总书记在学习贯彻党的二十大精神研讨班开班式上又进一步指出，概括提出并深入阐述中国式现代化理论，是党的二十大的一个重大理论创新，是科学社会主义的最新重大成果。他强调，中国式现代化是我们党领导全国各族人民在长期探索和实践中历尽千辛万苦、付出巨大代价取得的重大成果，我们必须倍加珍惜、始终坚持、不断拓展和深化。

文艺事业是党和人民的重要事业，是社会主义现代化建设中的重要组成部分。推进中国式现代化，必然会讨论中国文艺的现代化，那么必然会对学术领域重要概念"现代性"进行重新的审视和理解。

笔者以为，所谓现代性，是指对现代社会特性与品质的概括与总结。回顾以往，这种概括与总结不断变化，因此"现代性"成为多义流变的历史性概念。不同的领域，有不同的表述；不同的时代，有不同的内涵；不同的思想理论体系，有不同的追求。从学科划分来看，黑格尔从哲学角度，将启蒙带来的理性精神作为现代性的本质规定；安东尼·吉登斯从社会学角度认为"现代性是现代社会或工业文明的缩略语"；波德莱尔在文学、艺术、审美领域，认为现代性是对不可逆转、快速流逝的现代时间意识的一种概念表述。从时间划分来看，有文艺复兴、宗教改革、启蒙运动、工业革命等多种现代的开端划分法。恰如英国社会学家兰蒂所说："现代性既是一个文化观念，也是社会哲学观念，还是一种有关现代社会更加宽泛的陈述……它不只是纯粹制度的或文化的，而是两者结合在一起的。"现代性本身可能是且应该是多元的，或者更确切地说，现代性应该是且事实上已然或多或少呈现出多种多样的或多元发展的现实可能性，而非单一不变的或一元化的。每一个文明体将根据自身的尺度，确定发展目标、发展阶段和发展进程，从而标注上属于自己的"现代性"的内涵，因此拥有自己的"现代性"的打开方式。尽管现代性这一概念来自西方理论，但移植中国必然会有一个内涵置换的中国化和时代化的过程。今天我们探讨中国文艺现代性问题，必须立足于当代中国立场、中国视角、中国尺度。因此，可以说中国式现代化是中国文艺现代性唯一正确且合理的打开方式。

基于中国式现代化的规定性，中国文艺现代性主要呈现出三重逻辑，也可以看作中国式现代化与中国文艺现代性的三重关系。

从历史逻辑来看。习近平总书记在学习贯彻党的二十大精神研讨班开班式上的重要讲话中指出，"中国式现代化，深深植根于中华优秀传统文化，体现科学社会主义的先进本质，借鉴吸收一切人类优秀文明成果，代表人类文明进步的发展方向，展现了不同于西方现代化模式的新图景，是一种全新的人类文明形态"。在中国式现代化过程中，传统文化一直存在并发挥着积极作用。作为概念的现代性尽管是多义的，但其时间维度是无法被否定的。在西方理论的某些语境中，"现代"代表着对"过去"的否定和反叛，但中国式现代化征途上的中国文艺现代性是具体的、历史的，不是割断传统文化与现代文化联系的现代性，不是全盘否定和抛弃传统文化的现代性，而是积蕴着中华优秀传统文化的根脉，积淀着中华民族最深沉的精神追求，包蕴着中华民族最根本的精神基因。与此同时，在中国式现代化进程中，从新民主主义革命时期、社会主义革命和建设时期，到改革开放和社会主义现代化建设新时期，再到中国特色社会主义新时代，党和人民在伟大斗争中孕育的革命文化和社会主义先进文化，凝聚着中华民族共同经历的奋斗历程，代表着中华民族独特的精神标识，也规定着中国文艺现代性的历史逻辑。

从理论逻辑来看。习近平总书记在学习贯彻党的二十大精神研讨班开班式上的重要讲话中强调，"我们在认识上不断深化，创立了新时代中国特色社会主义思想，实现了马克思主义中国化时代化新的飞跃，为中国式现代化提供了根本遵循"。马克思主义中国化为中国式现代化提供了理论遵循，推动中国革命、建设、改革的伟大实践。马克思主义中国化的历史进程又是与中国文艺现代性的生成和建构结合在一起的，共同交织在中国式现代化建设的伟大实践之中。以马克思主义为指导、符合中国国情和文化传统、高扬人民性的文艺发展道路，正是中国文艺现代性的理论逻辑，也是中国文艺现代性的内生动力。立足当下，习近平总书记关于文艺工作的重要论述，以马克思主义文艺理论为基础，以当今文艺实践与发展现状为现实依据，对马克思主义文艺理论进行具有中国特色的民族化、本土化的科学阐释，为中国文艺繁荣发展指明了前进方向。

从实践逻辑来看。马克思、恩格斯在讨论现代性时，对资本主义社会"现代化"充分发展的同时、"现代性"却陷于重重矛盾之中的失衡状态进行揭露，对个体生存在经济、政治、文化中的扭曲与异化状态进行批判。在一定意义上，西方马克思主义也是针对"现代性"与"现代化"的失衡，在寻找突破的路径，虽然时常会导入乌托邦的歧途。而中国式现代化与中国文艺现代性却是沿着一条互相促进的实践模式在发展的。党的二十大报告明确指出，中国式现代化是物质文明和精神文明相协调的现代化。物资富足、精神富有是社会主义现代化的根本要求。文艺的现实关切和价值引领作用得到充分彰显。同时，党的二十大报告提出"推进文化自信自强""推出更多增强人民精神力量的优秀作品""增强实现中华民族伟大复兴的精神力量"，这正是新时代新征程中推进中国文艺现代性的实践要求。

我们探讨了在中国式现代化视域下，中国文艺现代性的三重逻辑。我们认识到，探讨中国文艺现代性，实质就是探讨新时代新征程中国文艺的发展方向问题，也就是在全面建设社会主义现代化国家进程中，中国文艺应该是一个什么样子，具备什么样的特性，为实现中国式现代化发挥什么样的作用。这里作一个简要的概括，中国文艺现代性可以通过四个路径去实现。

第一，高扬人民属性。习近平总书记在中国文联十一大、中国作协十大开幕式上的讲话中指出："源于人民、为了人民、属于人民，是社会主义文艺的根本立场，也是社会主义文艺繁荣发展的动力所在。"人民性是社会主义文艺的根本属性，坚持以人民为中心的创作导向，是中国文艺现代性的根本方向。在 2023 年的中国文艺评论家协会主席论坛上，我曾围绕"马克思主义与中华优秀传统文化相结合的文艺路径"这一主题，谈到过"人民性"的问题。"人民性"是马克思主义文艺理论与中华优秀传统文化在文艺思想内核上的一致性，也应当是中国文艺现代性的标尺。以人民为中心的创作导向是我们党文艺创新理论的核心，是对人类文艺创作规律、审美规律的科学把握。以人民为中心，实现了个体创作与集体审美的平衡统一，实现了细节真实与整体真实的平衡统一，实现了艺术想象与生活现实的平衡统一，实现了文艺创作的内部规律和外部规律的平衡统一。高扬人民性，不仅具有中国特点，也具有世界意义，因而必然具有现代性。

第二，坚定文化自信。 文化自信是一个国家、一个民族发展中最基本、最深沉、最持久的力量。没有文化自信的民族，是不可能形成独立的文明形态的，也是不可能实现民族的现代化的。文化自信是中国式现代化的重要表征。一方面，文化自信承载着中国式现代化的价值依托，生成并涵育着中国式现代化的精神追求和文化形态。中华文化源远流长，代表着中华民族独特的精神标识，为中华民族生生不息、发展壮大提供了丰厚滋养，是文化自信的最大底气，是文艺现代性的重要源泉。另一方面，中国式现代化构筑了文化自信的物质基础和现实来源。曾有西方学者片面地声称"世界上任何国家和地区要进化到现代社会即高等社会，就必须经历西方国家所走过的路，西方社会是现代社会的唯一来源"。但中国式现代化打破了"西方化＝现代化"的迷思，也为中国文艺现代性注入了自信自立的时代内容。

第三，扎根中国实践。实践是理论之源，文艺现代性必然是实践中活生生的存在，需要我们在立足中国实践、构建中国理论、回答中国问题中把握。一方面，深刻把握社会实践的时代主题，时刻关注中国式现代化的进展和成就，将其作为中国文艺现代性的宏观背景和基础条件；另一方面，深入研究文艺实践的发展和成果，在与文艺实践的互动中探寻现代性的内涵与表征。新时代中国文艺蓬勃发展的实践，急需文艺理论和评论不断作出有力阐释。中国文艺现代性的探寻，本身就是构建中国自主文艺理论的重要步骤。我们应当以中国化时代化的马克思主义为指导，继承中国古代文艺理论遗产，立足中国百年人民文艺的形成历史、独特属性和发展成就，探索具有全球视野和时代前瞻的中国自主的文艺理论评论体系；运用更具阐释力、影响力、引领力的中国文艺理论，回答"什么是真善美、什么是假恶丑，怎样弘扬真善美、怎样批驳假恶丑"这个新时代审美之问、艺术之问。

第四，坚持开放包容。习近平总书记在给希腊学者的复信中写道："知古鉴今，继往开来。历史充分证明，只要坚持兼容并蓄、开放包容，人类文明就能不断发展繁荣。"中国文艺现代性尊重世界文明多样性，以文明交流超越文明隔阂、以文明互鉴超越文明冲突、以文明共存超越文明优越。在文明的交流互鉴中，一方面，我们要坚定文化自信，站稳中华立场，同时警惕不能走向文化自大和文化封闭。另一方面，吸收借鉴消化国外文艺理论的优秀成果，而不是不加分析辨别地生硬使用，避免出现用西方理论剪裁中国人审美的现象。只有这样的中国文艺，才能得到世界范围更加广泛的理解、认同和喜爱，获得更加广阔的发展空间，呈现出勃勃生机。

锚定新时代文艺评论的历史坐标

运用历史的观点开展文艺评论是经典马克思主义文艺理论的重要观点,也是习近平总书记关于文艺评论重要论述的鲜明主张。1859年,恩格斯在《致斐·拉萨尔》信中提出,"我是从美学观点和历史观点,以非常高的、即最高的标准来衡量您的作品的"。2014年,习近平总书记在文艺工作座谈会上的讲话中指出,"把好文艺批评的方向盘,运用历史的、人民的、艺术的、美学的观点评判和鉴赏作品",其中第一视角就是"历史"。党的十九届六中全会审议通过的《中共中央关于党的百年奋斗重大成就和历史经验的决议》(以下简称《决议》),坚持正确党史观、大历史观,总结党的百年奋斗重大成就和历史经验,重点阐释党的十八大以来党和国家事业取得的历史性成就、发生的历史性变革及积累的新鲜经验，是新时代文艺评论的基本历史依据，具有正本清源、树立标准、奠定基点的重大意义。

第一，《决议》是一部浓缩的精华版的党史、国史，为新时代文艺评论提供正本清源的"史实"依据。

历史事实，简称史实，是历史上真实发生的事情。以历史观点开展文艺评论必须要建立在坚实的史实基础上。作为党的百年奋斗历史全景式的总结，《决议》最鲜明的特点是实事求是、尊重史实。《决议》以历史阶段性发展和历史实践为基础，高度凝练回顾了党从幼年走向成熟、从弱小走向强大的艰辛过程，记录了我们党从"夺取新民主主义革命伟大胜利"到"完成社会主义革命和推进社会主义建设"到"进行改革开放和社会主义现代化建设"，再到"开创中国特色社会主义新时代"等历史时期的思想理论、政治主张、路线方针政策、制度机制不断发展的历史轨迹，实事求是记述了党为中国人民、中华民族、马克思主义、人类进步事业作出的卓越贡献，是一部浓缩的精华版的党史、新中国史、改革开放史、社会主义发展史，是党史学习教育最生动最有说服力的教科书。《决议》是我们党和国家基于历史事实对百年奋斗的历史记录,代表全党全国统一的认识、统一的主张和统一的意志,具有鲜明的"正史"性质和"信史"品格,为新时代文艺评论提供了正本清源的"史实"依据。

历史和现实都证明,文艺包含着对人类历史的记录、对现实生活的反映及对未来社会的想象,是一种艺术化了的"历史"叙述。文艺评论通过对文本的历史分析,还原来源成分、钩沉积淀蕴藉、追寻精神基因、梳理文化脉络,可以有效地发掘作品的历史精神和历史价值,提升历史创作水准和历史审美境界。党的历史给了创作者无穷的滋养和无限的想象空间,但创作者不能用无端的想象去描写历史,更不能使历史虚无化。文艺评论工作者有责任告诉人们真实的历史,以及历史中最有价值的东西。红色文艺经典记录着党领导人民创造的历史伟业,是红色基因的精神写照,也是中国共产党人精神谱系的生动载体。当前,"戏说"历史的做法经过理论评论纠正已有很大改变,但以"去历史化""去中国化""去主流化",甚至极不严肃的戏谑方式"改写"经典、丑化英雄、消解崇高的现象时有发生。习近平总书记强调:"只有树立正确历史观,尊重历史、按照艺术规律呈现的艺术化的历史，才能经得起历史的检验，才能立之当世、传之后人。""戏弄历史的作品，不仅是对历史的不尊重，而且是对自己创作的不尊重，最终必将被历史戏弄。"文艺评论必须把《决议》作为正本清源的"史实"坐标，把握好历史事件的主要脉络、基本事实、话语体系和叙述方式，突出对重大现实、重大革命、重大历史题材的创作引导，把作品主题是否符合历史趋势、当代需要并艺术地感召未来作为重要考量，不断增强历史自信和文化自信，坚决向调侃崇高说不、向扭曲经典说不、向颠覆历史说不、向丑化英雄说不，勇做文艺健康生态的"忠诚卫士"。

第二，《决议》提出一系列新思想、新论断、新经验，为新时代文艺评论提供标准的"史识"资源。

历史认识是"史识"的简称，是运用一定的历史理论和历史观念研究分析历史事实得出的科学认识。《决议》提出一系列新思想、新论断、新经验，是我们党在新时代最新鲜、最丰富、最系统的"史识"。《决议》以历史和现实相贯通、理论和实践相结合、国内和国际相关联的宽广视角，对我们党百年奋斗的伟大意义和历史经验作了全方位、立体式的系统阐述,体现了党的十八以来党中央关于党的历史的新认识,既是重要的政治成果,也是重要的历史科学成果,为新时代文艺评论提供了标准的"史识"资源。

《决议》揭示党的初心使命和百年奋斗的主题主线为中国人民谋幸福、为中华民族谋复兴,以及践行初心使命、围绕主题主线取得实践和理论上的重大成就;《决议》指出中国特色社会主义进入新时代取得的历史性成就和历史性变革,作出了两个"确立"(确立习近平同志党中央的核心、全党的核心地位,确立习近平新时代中国特色社会主义思想的指导地位)的重大政治论断和重大历史结论;《决议》总结党的百年奋斗的五个方面的历史意义和十个方面的历史经验,揭示了党始终掌握历史主动的根本原因和始终走在时代前列的根本途径;《决议》提出了以史为鉴、开创未来的重要要求,为了实现第二个百年奋斗目标,号召全党坚定历史自信,把握历史大势,在历史进程中把握历史主动实现历史目标。

这些"史识"是我们党站在中国特色社会主义新时代这个新的历史方位对党的历史认知的基本判断和基本结论。这些判断和结论经过党的决议作出后,成为"史识"标准,成为文艺评论的认识标准和立论依据。文艺评论工作者要把思想认识统一到《决议》作出的历史判断、历史论述和历史评价中来,对重大成就、历史经验、主要论断、基本结论、根本要求进行全面学习、彻底掌握,成为开展文艺评论的思想来源和理论武器。与此同时,文艺评论工作者还应立足本职、发挥优长,做好文艺领域涉及重大历史问题、理论问题和政策问题的研究阐释和科学解读,为文艺界学习宣传贯彻落实全会精神提供学术支撑。

第三,《决议》通篇闪耀着马克思主义唯物史观真理的光芒,为新时代文艺评论提供坚实的"史观"基础。

科学的历史观是从真实历史事实得出正确历史认识的思想理论基础。唯物史观把唯物主义和辩证法彻底贯彻到社会历史领域,科学地回答了社会历史的基本问题,揭示了人类社会发展的客观历史过程和一般规律。《决议》高屋建瓴、视野宏大、思想深邃,通篇闪耀着马克思主义唯物史观的光芒,贯穿着辩证唯物主义和历史唯物主义的立场观点方法,既是对历史规律的深刻揭示,也是对现实问题的透彻分析。《决议》始终站在政治和全局的高度,用具体历史的、客观全面的、联系发展的观点来看待党的历史,是准确认识把握历史发展规律和党的百年历史的根本方法，是树立正确的国家观、民族观、历史观、文化观、审美观基本遵循，为文艺评论提供了坚实的"史观"基础。

文艺评论坚持唯物史观和正确党史观，不仅要在文艺史的微观视野中，准确判断文艺作品的艺术价值，更要在大历史观的视域中，在中华民族的历史进程和发展走向上，在人类文明演进与世界历史变迁的脉络中，运用马克思主义的立场观点方法，评判文艺作品、文艺现象、文艺思潮对于时代、国家与人民的意义和价值。《决议》是马克思主义唯物史观在党的百年历史的生动运用，准确把握党的历史发展的主题主线、主流本质，正确认识和科学评价党史上的重大事件、重要会议、重要人物，正确处理历史连续性与历史阶段性关系、全面总结与突出重点的关系、总结成就与分析失误的关系，为文艺评论提供根本的思想指引和理论奠基。坚持唯物史观和正确党史观，还要善于辨析文艺领域形形色色的唯心史观，认识清楚历史虚无主义否认历史本质和历史规律的实质，在文艺创作中以碎片认知解构历史认知的整体性，以抽象概念抽空历史实践的具体性，以娱乐手法侵蚀历史科学的严肃性，在思想上有很强的迷惑性，在实践中有很大的危害性，应该开展科学全面的理论分析和健康说理的文艺批评，引导树立正确的历史观、创作观和审美观。

在中华民族伟大复兴的关键时期，世界百年未有之大变局正在加速演进，是新时代文艺评论的历史背景和时代方位。《决议》为文艺评论锚定了历史坐标，对于文艺评论界坚持以历史的观点开展文艺评论，进一步发挥引导创作、推出精品、提高审美、引领风尚的作用具有重要意义。

认识把握新时代文艺的突出特征

2014年，习近平总书记主持召开文艺工作座谈会并发表重要讲话，回答了文艺工作一系列方向性、全局性、根本性问题。这篇讲话是习近平关于文艺工作论述的重要篇章，是习近平文化思想的重要载体，是习近平新时代中国特色社会主义思想在文艺领域的重要运用，成为新时代文艺工作重要理论依归和行动指南。

十年来，中国共产党带领全国人民胜利实现了第一个百年奋斗目标，在中华大地上全面建成了小康社会，开启了全面建设社会主义现代化国家，向着第二个百年奋斗目标进军的新征程。在新时代新征程中，文艺领域出现了许多新面貌、新气象、新形态，出现了属于我们这个时代的文艺特征。

一个时代有一个时代的文艺。在一段历史时期中，文艺领域会产生一种相对稳定的、共同的、能够反映这段时期的时代风貌、国家面貌、人们的精神状态和审美旨趣的文艺形式和美学表达。新时代新征程是当代中国文艺的历史方位。新时代文艺是文艺工作者们自觉担负新时代新征程新的文化使命，走好中国特色社会主义文艺发展道路，以丰富多彩的文艺形式展现中华历史之美、山河之美、文化之美，书写中国人民奋斗之志、创造之力、发展之果，全方位全景式展现新时代精神气象的文艺。自觉认识、深刻把握新时代文艺的主要特征，将文艺实践经验上升为文艺理论认识，用以指导文艺创作、生产、评论和传播，对繁荣发展文艺事业、建设文化强国具有重要意义。从实践来看，新时代文艺有如下四个突出特征。

第一，人民性是新时代文艺的鲜明底色。

社会主义文艺，从本质上来讲，就是人民的文艺。高扬人民性是党领导百年文艺发展道路最根本最鲜明的特征。"坚持以人民为中心的创作导向"，这一论断坚持以马克思主义基本原理为指导，继承创新中国古代文艺理论优秀遗产，批判借鉴现代西方文艺理论，是坚持以人民为中心发展思想在文艺领域的体现，是反映当代中国文艺理论本体论、认识论、方法论、价值论的核心观点。十年来，文艺界坚持文艺源于人民、为了人民、属于人民的根本立场和基本方法，从人民的伟大实践和丰富多彩的生活中汲取营养，不断进行生活和艺术的积累，不断进行美的发现和美的创造，创作出无数反映人民心声、抒发人民情感、表现人民奋斗、增强人民精神力量的精品力作，中国文艺的人民底色愈加鲜亮夺目。比如影视艺术方面，新时代以来，以党的奋斗历程为着眼点，用细腻的中国叙事、感人的家国情怀讲述中国故事，弘扬新时代主流价值观的新主流电影展现了独特的价值和影响力。《战狼》系列、《流浪地球》系列、"我和我的"国庆系列三部曲、《红海行动》、《湄公河行动》、《中国机长》、《万里归途》等新主流影片，在塑造人物时，无不从人性的深度来呈现对个体生命的关注，体现以人为本的人文价值。电视剧《装台》《人世间》《繁花》等，表现了不同年代、不同地区中国的山河巨变和人民的不懈奋斗，塑造了刁大顺、蔡素芬、周秉昆、周秉义、阿宝等生动鲜活的人民形象，引发无数观众共鸣。2024

年春节档《第二十条》《热辣滚烫》《飞驰人生2》《熊出没·逆转时空》等电影，凭借良好的口碑和品质，八天累计总票房80.16亿元，打破了2021年同期78.42亿元的历史纪录；观影总人次1.63亿，同比增长26.4%，同样创造了新的国内纪录。这些成绩最大的归因就是人民性。什么时候文艺创作坚持以人民为中心，就会走上越来越宽的大道；什么时候文艺创作没有坚持以人民为中心，就会误入越走越窄的歧途。人民性是新时代文艺的底色，也是广大文艺工作者应当坚守的文艺立场。

第二，中华优秀传统文化是新时代文艺的丰厚滋养。

中华文明是世界上唯一绵延不断且以国家形态发展至今的伟大文明，具有突出的连续性。几千年来，孕育在中华文明历史长河中的中华优秀传统文化，是文艺创作的生命根脉和历史源泉。文艺创作不仅要有当代生活的底蕴，而且要有文化传统的血脉。在文化传承发展座谈会上，习近平总书记进一步提出"第二个结合"，将中国特色社会主义道路置于五千多年波澜壮阔的中华文明史中，进一步铸牢了我们的道路根基，也为文艺创作打开了更深远广阔的理论和实践创新空间。十年来，广大文艺工作者承接中华文明更加主动自觉，文艺创作接通了历史的脉络，激发了深厚的文明积淀，传承了优秀的美学传统，谱写了许多融汇古今的当代华章。比如电视文化节目《中国诗词大会》《中国书法大会》《典籍里的中国》，舞剧《只此青绿》《五星出东方》《瓷影》《锦鲤》，电影《长安三万里》《封神第一部》等，以深厚的历史底蕴为蓝本，融合了多种传统文化元素和民族符号，充分挖掘、弘扬中华优秀传统文化超越时空的价值，推动其创造性转化、创新性发展，向世界传递着东方文化之美。新时代文艺贯通文明根脉，并非简单地运用传统要素，更不是机械地崇古复古，而是反映川流不息、源源不断的中华文明在当代的发展。不忘来时路，方知向哪行。贯通文明根脉是大历史观、大文明观、大时代观在文艺创作上的反映。新时代文艺激活了中国人蕴含于文化基因中的深层文化心理结构，实现了中华美学精神与当代审美追求相结合，国潮、国风、国韵成为新时代文艺的重要表征，成为新时代文艺的重要标识和新时代最为鲜亮的文化特征。

第三，强国建设、民族复兴是新时代文艺的核心主题。

推动文艺繁荣发展，最根本的是要创作生产出无愧于我们这个伟大民族、伟大时代的优秀作品。十年来，在以中国式现代化全面推进中华民族伟大复兴的征程上，文艺工作者紧扣强国建设、民族复兴的时代主题，将空前的文化自信和高度的文化自觉熔铸于文艺创作中，将以爱国主义为核心的民族精神和以改革开放为核心的时代精神表现在各个门类的艺术作品中，为时代画像、为时代立传，为时代放歌、为时代明德。比如，在造型艺术上，如何用美术语言进行历史叙事并凸显时代精神，一直是美术界关注的热点话题。以"不忘初心　继续前进——庆祝中国共产党成立100周年大型美术创作工程"为代表的主题性展览，紧贴时代脉动，总结新时代艺术语言，以视觉语言讲述中国故事，展现时代图谱。为中国共产党历史展览馆序厅创作的大型漆壁画《长城颂》，形象浓缩了中国共产党百年奋斗的沧桑岁月，以映满朝霞的长城呈现这一恢宏、壮阔、雄伟的历史意象。新时代文艺生动反映了新时代中华儿女改革创新、勇毅前行的奋斗历程，立体呈现了当代中国广泛而深刻的社会变革，讴歌了中国共产党为人民谋幸福、为民族谋复兴的伟大实践，表现了当代中国推动建设人类命运共同体的胸怀和担当。任何一个时代的经典文艺作品，都是那个时代社会生活和精神的写照，都具有那个时代的烙印和特征。文艺工作者们敏锐捕捉新时代的典型形象、典型意象、典型气象，创造出属于这个时代的新文化，让新时代文艺成为讴歌新时代、奋进新征程的嘹亮号角，为激励亿万人民投身中国式现代化建设作出了重要贡献。

第四，新技术是新时代文艺的重要支撑。

互联网技术和新媒体改变了文艺形态，催生了一大批新的文艺类型，也带来文艺观念和文艺实践的深刻变化。信息技术的裂变式发展，为文艺提供了裂变式的动力。以"高科技、高效能、高质量"为主要特征的新质生产力迅猛发展。当前，新质生产力已经在实践中形成并展示出对高质量发展的强劲推动力、支撑力。新质生产力为文艺带来新质创造力。科技从来没有像今天这样，对艺术产生了颠覆性影响，深刻改变了文艺的创作方式、产业形态和发展格局，带来了文艺生产关系的全新变革。数字艺术、网络文艺和跨媒介艺术等新兴文艺形态勃然兴起，新美学、新场景、新应用、新消费、新传播、新样式、新手段走进了生活。比如，数字影像技术对戏剧舞台、电影屏幕、电视节目和展览展示等进行重塑，逐渐改变了人们的观赏方式和审美体验。2022年中国国家博物馆的《中国历代绘画大系》成果展，以图像、文字、视频、新媒体等多元展示手法，呈现中国古代绘画的丰富成就，真正展现了中国传统绘画"可行、可望、可游、可居"的美好意境。近两年热议的人工智能写作、人工智能绘画、人工智能音乐、人工智能视频等不断拓宽艺术的边界，不断挑战着人类的文艺创造能力。科技之于文艺，已从工具发展到伙伴，如今仍在进化中。

面对不断涌现的各种新科技，艺术家要有开放的心态，积极拥抱新技术、利用新手段，努力寻找技术与艺术的结合点，探索新的文艺形态，创作新的文艺作品。同时，广大文艺工作者又要有艺术定力，坚信人类在文艺创作中会始终处于主体地位，坚持"深入生活、扎根人民"这一最根本、最关键、最牢靠的创作办法，坚守创新这一通往文艺高峰的必由之路，在科技与艺术的碰撞中永远掌握主动权。

以上四点是笔者对新时代文艺特征的总结概括。新时代中国文艺还在进一步成长发展之中，广大文艺工作者要坚持文化自信，坚持守正创新，坚持开放包容，进一步增强历史主动精神，勇于担负新的文化使命，努力创造属于我们这个时代的新文化和新文艺。

以又一次思想解放推动
新一轮文化发展

思想解放是思想理论与社会实践相适应的阶段性跃升。当代中国正经历着我国历史上最为广泛而深刻的社会变革，也正在进行人类历史上最为宏大而独特的实践创新，必然会带来一场广泛而深刻的思想解放。习近平总书记在文化传承发展座谈会上的重要讲话，对中华文化传承发展的一系列重大理论和现实问题作了深入系统阐述。其中关于文化建设的新思想、新观点、新论断，是我们党应对世界百年未有之大变局，从实现中华民族伟大复兴战略全局出发，为推进中国式现代化建设作出的重大的思想理论准备，是又一次思想解放和认识突破。

一、中华民族的文明自觉达到前所未有的高度

习近平总书记指出,"中华优秀传统文化有很多重要元素……共同塑造出中华文明的突出特性",并以连续性、创新性、统一性、包容性、和平性等五个特性对中华文明进行精准概括。作为"世界上唯一没有中断的文明",中华文明积淀着最深沉的精神追求,包蕴着最根本的精神基因;"守正不守旧、尊古不复古",中华文明体现出守正创新的正气和锐气;"国土不可分、国家不可乱、民族不可散、文明不可断",各民族文化融为一体,为中华民族生生不息、发展壮大提供了丰厚滋养;"民胞物与、协和万邦、天下大同",中华文明尊重世界文明多样性,对世界文明敞开兼收并蓄的开放胸怀;"为而不争""利而不害",中华文明坚持交流互鉴而不搞文化霸权,以文明交流超越文明隔阂、以文明互鉴超越文明冲突、以文明包容超越文明优越。这是我们党第一次对中华文明形态的特征进行科学归纳和提炼,体现了中华民族自我认知的主动和成熟,对于凝聚全社会成员的认知共识、思想共识、价值共识、情感共识和行为共识具有基础性根本性意义,在理论上具有不可估量的价

值和贡献，这是一次重大的思想解放。

作为人类文明精华的马克思主义与作为中华文明基因的中华优秀传统文化相结合，前提是彼此契合，结果是互相成就，意义是筑牢道路根基、打开创新空间、巩固文化主体性。习近平总书记对于"第二个结合"的科学阐述，回答了马克思主义与中华优秀传统文化相结合的历史必然性、现实必要性和未来可行性，是探索中国特色社会主义道路的规律性认识，必将成为我们未来取得成功的重要法宝。"第二个结合"是又一次的思想解放，是我们党对马克思主义中国化时代化历史经验的深刻总结，是对中华文明发展规律的深刻把握，表明我们党对中国道路、理论、制度的认识达到了新高度，表明我们党对建设中华民族现代文明的历史主动性达到了新高度。

二、中华民族文化自信更加坚定更加从容

1840年，鸦片战争开始，由于西方列强入侵和封建统治腐败，中国逐步成为半殖民地半封建社会，国家蒙辱、人民蒙难、文明蒙尘，中华民族遭受前所未有的劫难，由于在政治、经济、社会、科技、文化、军事、制度等全方

位落后，一些社会成员对域外文明特别是西方文明的认知视角和交往姿态发生了从俯视到仰视的倾斜。在中国共产党的领导下，我们夺取新民主主义革命伟大胜利，完成社会主义革命和推进社会主义建设，进行改革开放和社会主义现代化建设，开创中国特色社会主义新时代，中华民族迎来了从站起来、富起来到强起来的伟大飞跃，中国特色社会主义道路自信、理论自信、制度自信、文化自信不断增强，一些社会成员对域外文明特别是西方文明的认知视角和交往姿态开始从仰视向平视回归。

习近平总书记指出："在新的起点上继续推动文化繁荣、建设文化强国、建设中华民族现代文明……坚定文化自信，就是坚持走自己的路……立足中华民族伟大历史实践和当代实践，用中国道理总结好中国经验，把中国经验提升为中国理论……实现精神上的独立自主。"[1] 这些科学论断，把文化自信摆在更加突出的位置，对如何推进文化自信工作提出根本要求。文化自信是中华民族发展中最基本、最深沉、最持久的力量。中华文明承载着文化自信的价值依托，生成并涵育着中华民族的精神追求和文化形态，是文化自信的最大底

---

[1] 习近平：《在文化传承发展座谈会上的讲话》，《求是》2023年第17期。

气。只有坚持高度的文化自信，才能破除西方中心论、西方优越论、文明替代论和文明冲突论，才能进行平等有效的文明交流互鉴。这就要求我们站稳中华立场，深入研究中国文化实践的发展和成果，在与文化实践的互动中加强对文化建设的规律性认识，在新时代中国文化蓬勃发展的实践中，不断探索具有全球视野和时代前瞻的中国自主知识体系，运用更具阐释力、影响力、引领力的中国理论，回答中国问题，指导中国实践。与此同时，应敞开文化心胸，推进外来文化的本土化，积极吸收借鉴各国文化有益成分和先进成果，其中避免不加分析辨别地生硬搬用西方理论，避免出现用西方文化理论剪裁中国文化实践的现象。

三、新时代文艺繁荣发展的方向路径越来越清晰

习近平总书记的重要讲话着眼于强国建设、民族复兴，立足于赓续中华文脉、建设现代文明，是建设中华民族现代文明和社会主义文化强国的行动指南，是新时代文艺繁荣发展的根本遵循。在文艺繁荣发展中要秉持开放包容精神，"把目光投向世界、投向人类"。以文艺创作寻求激发个体情

感的深切表现，缝合文化差异，启发观众的情感共鸣，以富有中国特色、体现中国精神、蕴藏中国智慧的优秀作品，讲好中国故事、传播好中国声音、阐释好中国风范，展现可信、可爱、可敬的中国形象，使中国文艺得到世界范围更加广泛的理解、认同和喜爱，获得更加广阔的发展空间。在繁荣发展文艺中要坚持守正创新，处理好传承与创新的关系。传统是文化的根脉，创新是文艺的生命。传统不是历史，而是存在于当下的现实。把握传承与创新的辩证关系，当如探寻源之于流的奥义，把传承与创新统一于现实，既要汲取中华民族最基本的文化基因中所蕴含的力量，又要积蕴"创意造言，皆不相师"的勇气，努力做到学古不泥古、破法不悖法，让中华优秀传统文化成为文艺创新的重要源泉。

文艺理论评论工作者要把思想和行动统一到习近平总书记重要讲话精神上来，深刻把握中华文明的突出特性，深刻把握"两个结合"的重大意义，深刻把握更好担负起新的文化使命，坚持马克思主义中国化时代化，传承发展中华优秀传统文化，促进外来文化本土化，通过自己的学术探索、理论构建和评论实践，为培育和创造新时代中国特色社会主义文化作贡献。

当代审美的嬗变与动向

一个时代有一个时代的审美。作为特殊的观念形态，审美从来就和所处时代的经济社会发展紧密联系起来。如果以巨大的历史时空标尺去丈量，我们会发现人类在走过农业社会、工业社会，进入信息社会过程中，人们的审美形态也走过了古典、现代和后现代。古典主义、现代主义大致可以与农业社会、工业社会相对应，而后现代，只是对现代主义反思、反省、反抗的名词代称，并不是正面的概念界定。我们正处于信息社会狂飙突进之时，这场信息技术革命带来了生产劳动、政治经济、文化价值颠覆性重构，必然对人们精神生活领域带来前所未有的改变，必然在审美领域留下愈来愈明显的时代印记。

一、艺术终结之问再起

在人类历史终结论之前，人类艺术终结论早已被讨论。自 20 世纪 70 年代以来，我们一再听到西方关于"艺术的死亡"和"艺术史的终结"的惊呼。这些令人不安的结论不仅是先锋艺术家的经验之谈，还是一些学者的思辨性结论。黑格尔的历史哲学观只是将艺术看作人类精神进程中的一个短暂的阶段，艺术的发展从象征型到古典型，再到浪漫型，并最终向纯精神状态演化，于是，艺术的死亡和艺术史的终结就成为人类历史发展的一个必然逻辑。正是根据种种历史决定论和艺术进化论的影响，西方艺术家开辟了观念和形式不断求新的现代艺术之路。法国艺术家杜尚的《泉》的创作是最具代表性的事件。一件陶瓷小便器具被放在了博物馆，平常甚至有点低下的作品形式在高雅殿堂中聚焦，在注意力中呈现，出现了美学的意义，这时艺术完全是主观表达。这时候的美没有绝对标准，完全依赖受众的体验，你感觉它是艺术那就是艺术。这时候的审美形态显而易见与以往大相径庭，无怪乎艺术终结之论燃起。

20世纪那场艺术终结的讨论，只是人们对艺术的一个历史形态变化发展为另一个历史形态，原有的艺术理论框架已经不能解释困惑和不安。艺术并没有死亡，但确实到了时代场域转移、理论范式转换的时代，必须用一种更加包容、更加广博、更加高明的理论去阐释艺术实践。如同人们对宇宙的描述，牛顿的万有引力定律已经无法描述宇宙的新发现时，爱因斯坦的广义相对论作为更加高明的理论出现了。

进入21世纪，随着信息科技飞速发展，艺术终结论这个话题将会又一次被点燃。信息技术定义了人类新的生活样式，人工智能代替了人的劳动，社会中大部分的职业都被无意识的机器取代，而且比有意识的人类做得更好。大部分的人们变成了无用阶级，他们的生活只有消费没有生产，只有享受没有创造，只有消遣没有奋斗，他们没有去征服的力量，也没有被征服的价值，听起来他们的世界只有艺术，只有审美。他们的血肉肌体逐渐被机器零件（关节、骨骼、血液、皮肤、眼睛、耳朵、嘴巴）取代，也许只剩下大脑——意识的承载体，这时的人类甚至不是人应有的形象——一个脑袋两只手两条腿，最后演化、简约为意识团。无用阶级并不是遥远的想象,在广东深圳龙华新区,有一群被网友们尊称为"三和大神"的年轻人。他们游走于三和人才市场的边缘,手提蓝白"大水"、吃着5元钱"挂逼面"、夹着"红双喜"散烟,以各种姿势"瘫"在大街上。他们"打一天工,玩三天",极力降低物质欲望,电脑游戏才是他们的生活,电脑里的主人公才是真实的自己。

在无用阶级世界里,主客体界限模糊起来。作为主体的人的物质形态在消解,肌体被替换为机器零件,物理活动被最大限度降低,物质欲望极大减退,现实社会关系已经忘弃。作为客体的现实世界被虚拟世界替代,人造的、虚假的、象征的世界,预设下的场景、情节、故事和结局,一切都是台本。主客体关系粗略、单调、苍白——诱导式的心理样态,重复性的行为模式,只有低层生物欲望的简单满足,无法具有真正的学习、掌握和进步,无法从中寻找规律、挖掘意义、实现价值。虚拟世界与真实世界的真正差别,是人与自然之间的本质关系——实践性被彻底抽离了。"全部社会生活在本质上是实践的。"(马克思《关于费尔巴哈的提纲》)劳动创造了人和人类社会,创造了人的思想观念，其中包括创造了美。虚拟生活不是劳动实践，自然无法创造美，这个时候，我们会猛然发现——美的源头枯竭了。

　　人工智能代替人类创作使人们对艺术终结再一次担心。无论是诗歌、绘画、作曲等古典艺术创作，还是动漫、电影、视频等现代艺术样式，或是观念艺术、行为艺术、生活艺术、抽象艺术等后现代艺术形态，人工智能已大举入侵，大有取而代之之势。人工智能通过算法"制造"出艺术，其基本生成方法为复制、克隆、剪接，并非艺术家的创造性劳动，没有生命和灵性注入，缺乏真情实感浸染，是无法真正打动人的。模拟巴赫的音乐、伦勃朗的肖像画、微软"小冰"的诗歌，不论有多么惟妙惟肖，也只是在与人类艺术比较中确定它们的艺术水准，在复制中获得打动人的神奇奥妙。从来没有人工智能艺术超过人类艺术家创造的艺术，因为究根结底，它只是模仿，再高明的模仿也是模仿。它永远从属于人类创造，一旦人类创造的火光熄灭，人工智能的制造就没有了燃料，最终也会湮灭。如果让人工智能代替人类创作，让算法艺术家代替人类艺术家，艺术终结在信息时代就真的来临了。

虚拟生活脱离实践，消灭了美的本质规定性，无用阶级的出现，消灭了审美主体，人工智能艺术的出现消灭了审美客体，信息社会的艺术终结绝非危言耸听。这场艺术终结论与上一次不同的是，它并不只是审美领域的独立事件，它实质是人类发展整体性危机的一个局部。科技发展的不确定性犹如脱缰野马，在人类发展新的哲学去认识和把握科技的同时，也需要发展新的美学和艺术理论去认识和把握艺术发展。

二、时空折叠下的美学之殇

随着生产方式和生活方式改变，物理时空距离影响人们心理效应，审美情感也会改变，用以表达审美情感的审美范畴会发生改变，其中一些会逐渐消亡。长达数千年的农业文明时代，生活节奏缓慢，社会结构稳定，社会发展近乎停滞。这种社会形态产生了普遍的思想情感——"思念"与"离愁"，当这种心理效应脱离于具体生活情境，沉淀塑造为人的心理结构的时候，就上升为可以人们交互沟通的审美情感。

思念和离愁是中国古诗词的重要题材，几乎所有的诗人都写过关于思念离愁的诗,留下许多千古名篇。比如关于思念的诗,"只愿君心似我心,定不负相思意"(李之仪《卜算子·我住长江头》),"玲珑骰子安红豆,入骨相思知不知"(温庭筠《南歌子词二首/新添声杨柳枝词》),"入我相思门,知我相思苦"(李白《三五七言/秋风词》),"两情若是久长时,又岂在朝朝暮暮"(秦观《鹊桥仙·纤云弄巧》),"花自飘零水自流。一种相思,两处闲愁"(李清照《一剪梅·红藕香残玉簟秋》)。关于离愁的诗,"多情自古伤离别,更那堪,冷落清秋节"(柳永《雨霖铃·寒蝉凄切》),"月有盈亏花有开谢,想人生最苦离别"(张鸣善《普天乐·咏世》),"衰兰送客咸阳道,天若有情天亦老"(贺铸《行路难·缚虎手》),"独自莫凭栏,无限江山。别时容易见时难"(李煜《浪淘沙令·帘外雨潺潺》)。古代交通不便,人与人相见不易,每一次相遇和重逢都要跋山涉水,克服地理空间的限制,因此是那么难得与珍贵。相遇和重逢之后的分离经年累月,在时间的煎熬和发酵中,相思与离愁与日俱增,当这种情感作为文艺主题时,饱含着哀伤、幽怨、愁苦、惆怅的一种复杂的美学意象就被营造出来了。从人类社会学角度来看,思念和离愁是一种人际间的情感联系，可以提供给个体价值的外在确定，因而是闪烁人性光辉的美好典范。

在当今信息时代，随着移动互联网的发展普及，人们相互间的物理联系发生了剧变，从固定有限的连接到移动即时的连接，从单点垂直的连接到多点普遍的连接，所谓万物互联，即时互通。在时空折叠条件下，通过即时通信工具人们可以随时与想联系的人联系，或语言文字，或电话视频，在这种交往模式下，思念、离愁无法产生。在时代更迭的交汇期，人们对已有作品中"思念"和"离愁"的美学意象还能够理解和鉴赏，但已不会把它当作文艺表达的主要题材，这是信息时代文艺发展的重要变化。随着信息时代的深入，年青一代成长，他们可能会不能理解思念和离愁，就会丧失对过去作品的感受力和欣赏力，这时候审美的代际跃迁真正完成。

时空折叠的审美影响还出现在建筑美学上。在欧洲中世纪，教堂是时间和空间的杰作。大多教堂的建造往往需要花费几百年的时间，并且在空间上极力扩展，尽可能创造巨大的体积（拜占庭式）和高度（哥特式）。意大利圣彼得大教堂1506年开始兴建，1626年年底完成，长约200

米，最宽处有130余米，从地面到穹窿大圆屋顶顶尖十字架的高度达137米，教堂之大，可同时容纳5万余人。意大利米兰大教堂，14世纪80年代动工，直至19世纪初才最后完成，历经400多年，教堂内部由四排巨柱隔开，宽达49米。西班牙巴塞罗那圣家族大教堂始建于1882年，后高迪于1883年接手主持工程，直至73岁（1926年）去世时，教堂仅完工了不到四分之一，教堂至今仍未完工。可以说，人们通过巨大的时间付出，耗费难以想象的物质和精神成本，表达了毫无保留的牺牲，又通过教堂巨大空间凸显人的渺小、对未知恐惧，激发、构建人们的虔诚、庄严、静穆的宗教情感，也产生崇高、伟大、圣洁等审美意象。

在工程技术高度发达的今天，以三天一层的速度建造摩天大楼，几年间即可拔地而起、落成启用，高速电梯可以在几分钟内把你送达几百米的楼顶，时间过程和空间过程均被大大缩减，时空压缩折叠消解了原来美学的物理基础。在这些建筑里，人们已经没有时空造成的心理变化，美学意境很难被营造出来。

时空折叠最大的变化是丧失了过程。缺乏酿造过程，就没有绵柔悠长的美酒；缺乏仪式过程，就没有庄重典雅的婚礼；缺乏奋斗过程，就没有充盈完满的事业。木心的现代诗《从前慢》：从前的日色变得慢/车，马，邮件都慢/一生只够爱一个人/从前的锁也好看/钥匙精美有样子/你锁了，人家就懂了。因为有过程，所以从前慢，这首诗成为时代美学变迁的最佳注脚。

由于时空折叠，过程消亡，一些传统美学范畴，譬如中国的隽永、含蓄、蕴藉、朦胧、精微，日本的侘寂、幽玄、物哀，西方的崇高、优美、象征等，都可能越来越难被新生代理解和感受，逐渐退避为非主流美学意象，人类文明存续千年的审美情感也许要面临消亡，这就是我们的时代美学之殇。

三、过度感官刺激下的审美偏狭

观照阶段是审美活动的主体过程，在这个过程中，随着审美感知、审美联想和审美想象，共同完成美妙的审美体验。其中，审美感知产生感性愉快和直觉美感，是审美联想和想象的前提和基础，是艺术感受的第一印象，因而成为影响创作的重要因素。

在信息时代，艺术的创作、生产、传播、消费比以往任何时代都要迅捷，每天产生的文艺作品铺天盖地、排山倒海，能够轻而易举地获得。艺术产品的供求关系发生了根本性逆转，原来精神文化产品更多时候为稀缺资源，现在更多时候是卖方市场。为了能够迅速获得好评、赢得市场，审美感知的评价比以往显得更加重要。在这种状况下，创造非凡的艺术感知去赢得受众，成为艺术生产者的首要选择。

加大感官刺激，提高受众对作品的注意力，是创作者的最先策略。无论是影视艺术、舞台艺术、广场艺术还是网络艺术等，大制作、大投入、大场面比比皆是，普遍流行布景炫目恢宏，道具精雕细刻，营造声光电狂轰滥炸、特效特技无处不在的视觉奇观。特别是信息技术帮助下，动捕、渲染、"抠图"，3D、4D、5D 的升级，人工智能和虚拟现实的运用等，把作品感知做到了无以复加的顶峰。更有甚者，一些从业者通过互联网大数据技术，掌握你的审美感知偏好，精准投放艺术作品，完全包裹你的生活空间，形成无形的艺术"茧房"，使你一次又一次重复你的审美感知。

然而，审美体验并不只是感知体验，它是感知、联想、想象相统一的整体体验。再强烈的感官刺激，没有引起情感共鸣，没有引发意义延伸，也不是成功的审美体验。中国传统美学思想推崇雅致、高古、朴拙等审美体验，西方美学思想推崇的典雅、圣洁、朴素等审美体验，都不需强刺激，反而以为艳俗不堪而加以鄙夷。为了招徕受众的感官刺激策略，反而伤害了艺术创作本身，这是艺术与市场自身固有的悖论。

从审美心理学来看，完整的审美过程既是一个美妙的生命体验，也是一个必要的时间消耗过程。比如一场剧场演出，需要进行审美准备——静心、专注，跟随剧情的叙述、铺垫、冲突、纠缠、高潮、结尾，有时要忍受一定的平淡无奇，要知道这是衬托和营造奇崛瑰丽的必要条件。然而，现实生活中，许多人特别是年轻人懒得去剧场，宁愿在家里捧着手机玩着即时就乐的游戏，即使一些人到了剧场，也是三心二意，时不时打开手机，不能完全投入演出中去，无法获得高水平的审美体验。一场精彩的演出或许让你涕泪横流、心旌摇曳，沉湎在巨大的感动中，久久不能忘怀，成为你精神世界的重要建构。而短暂的手机作品只能给予即时的快感，也许就在放下手机那一秒就丧失了，只在帮助你度过这点无聊的零碎时间。

感官刺激策略延伸还会导致恶劣的社会效应。曾有业内产品经理有言，"好"产品要满足七宗罪：淫欲、懒惰、贪婪、饕餮、傲慢、暴怒和妒忌。他们瞄准人类的动物性感官痒点，迎合低级趣味，制造作品卖点，不断施以引诱挑逗，使之欲罢不能，增强消费黏合效应，完成谋利之目的。在一些小剧场相声演出中，把幽默变成恶搞，把喜剧变成闹剧，把娱乐变成"愚乐"，尤以伦理抓哏为最常见的低俗"愚乐"手段，几乎每一段相声都包含"谁是谁爸爸，谁是谁孙子，谁媳妇跟人跑了"之类的伦理哏。网络直播中迎合感官刺激的现象比较普遍，主播的收入取决于打赏和虚拟礼物，为提升流量选择色情、暴力、恶心、窥私等内容进行直播，致使"黄鳝门""跳楼播"等事件频出。在电子竞技中，感官刺激直接作用于受众的打斗、通关、升级的生理需求，虽然手段并不高明，但许多未成年人已沉迷其中无法自拔，成为严重的社会问题。知名网络游戏《王者荣耀》累计注册用户超过2亿，其日活跃用户达5000万。因其风靡程度，尤其对未成年人的吸引，一度被戏称为"亡者农药"。

过度的感官刺激，封堵了审美入口，遮蔽了审美体验的开阔与无限。它表面上琳琅满目、活色生香，实质上浮皮潦草、浅薄粗陋，缺乏情感世界的沉浸和沐浴，缺乏价值世界的清晰和确认，就无法给人们带来深沉而持久的享受，带来博大而通达的境界，就无法引领一个光明而坚定的生活。人类文明积累了丰富的审美范畴，构建了充盈的精神世界，在当代却面临消隐和退却。当我们越来越不能理解和欣赏高雅艺术，当我们的艺术家越来越不能创作高雅的艺术，这是一种什么样的审美偏狭，难道不应该反思吗？

四、信息时代审美形态的重构与突破

只有永恒的审美理想，没有永恒的审美形态。作为一种特殊的意识形态，审美从来都是人类劳动实践的产物，具体历史条件的社会存在决定了这个历史条件的社会意识，当然也决定了这个历史条件下的审美形态。从西方美学史来看，从古希腊古典主义的比例和谐之美，到中世纪宗教统治下的神圣丑陋之美，到18世纪发端新古典主义理性崇高之美，以及人文主义滥觞之后浪漫主义自我表现之美，到了近代化现代化时大工业时代的机器摩登之美，随后对现代化反思的后现代荒诞祛魅之美，审美形态的每一次变化，既是社会发展进步的反映，也是自身的重构和突破。

人类已经跨入信息时代。在新的时代，人们必然会在信息传播划时代跃迁下，找到审美的新的载体、新的渠道、新的方式。同时，也不可避免地主动放弃或被动失去旧的审美形态——包括艺术样式、传播渠道、消费方式以至审美范畴、美学观念。

信息时代的审美形态有两个动向已现端倪。族群式审美是其中一个显著的变化。依托移动互联网发展起来应用程序，是音乐、舞蹈、摄影、绘画等传统艺术样式在新媒介中的场域迁移。其中短视频应用是族群式审美的典型代表。

短视频应用本质上是依托互联网平台、以视频的形式进行内容呈现的一种社交媒介。针对社会生活高节奏碎片化的特点，向用户提供以短则十数秒、长则几分钟的视频空间，创作音乐舞蹈作品，同时提供点赞、弹幕、留言、私信等互动服务。通过现成的视频模板和背景音乐，用户能够以很低的门槛参与视频创作和互动过程中，形成了"好看的照片大家一起分享，热门的歌曲大家一起唱、流行的舞蹈人人都可以跳"的网络社交新局面。点赞、评论、转发、私信、创作和直播是短视频的基础功能，为用户提供了多元的互动渠道，建构了虚拟空间的审美生态。

短视频应用营造了一个个族群空间。用户通过线上互动，发现共同的审美旨趣，"聚居"在同一个艺术主题空间，共同组成一个审美族群，展开创作、推介、鉴赏、评论，收获点赞、留言、转发，满足了审美需求，同时也满足了社交需求。发育完全的族群，有核心（群主），有规则，有纲领，有计划，有活动，是微型的网上审美社区。族群审美通过提升审美组织化程度，促进艺术交流，发掘作品内蕴，提升审美水平，推动了艺术鉴赏的专业化、大众化发展。因为审美旨趣差异，族群式审美强化自身审美偏好，具有一定的审美排他性，不同族群之间有时会界限分明、壁垒森严，甚至会有对立意识和行动。

在压力大、节奏快的当代社会，用户使用短视频提高社交效率和降低社交成本，用更少的时间和精力在族群中交换到更多的情感能量和符号资本。基于虚拟空间的族群式审美是普罗大众的艺术狂欢,审美体验仍然无法比肩传统审美形态,但它适应了当代社会生活特点,满足当今人们的精神文化需求,特别是实现个体与群体的意义连接和价值确认,从而使它作为新的审美形态得以确立。

短视频应用发展迅速,族群式审美方兴未艾。2018年1月"抖音"短视频月活跃用户规模约为7600万人,而同年2月仅一个月的时间就达到了1.2亿人,用户日均应用使用次数超过20次。数以亿计的用户中,他们年龄不一,有着不同的身份和职业,甚至不同的国籍。其中既有明星大腕,也有草根百姓;既有教师、医生,也有播音主持、民航机长;等等,他们用镜头记录自己的生活,而观众也可以通过视频与平时难以接触到的人群进行互动。除了抖音外,微信、微博、QQ、快手等层出不穷的应用,腾讯、爱奇艺、搜狐等社会网站等都成为新的艺术空间,成为"互联网+文艺"的生动实践,艺术从现实空间转场到网络空间已经实现,成为当代审美形态的重要表现。

信息时代的审美形态另一个动向就是交互式审美。与传统审美形态不同,交互式审美没有固定的审美对象——作品,没有固定的审美主客体关系,创作者即是鉴赏者,鉴赏者即是创作者,创作鉴赏交互作用,相互成就。

网络文学的交互性特征尤为突出,文学生产者与消费者双方由二元对立转变为相互融合,且两者之间可以自由地进行身份互换。网络文学提供了开放的、活的文本,向读者提供不同结局选择或者没有结局选择的超文本。在网络文学超文本中,作品的意义和价值在消减,创作本身比作品更重要。读者通过转变身份介入创作,挥发主体精神,在文学世界里开掘自己的第二人生,文学艺术演变为行为艺术。

VR电影采用的仿真技术、计算机图形学以及传感技术等多种技术,在仿真呈现360°空间环境的同时,实现多感官实时交互的能力。VR技术创造高沉浸的情感体验,这与电影造梦的艺术理想相契合。但VR技术的实时交互功能与电影的叙事本质特征的融合至今还在探索,无论是发散的叙事空间,还是放大的叙事时间,或者是错乱的叙事身份,都成为可以接受的电影语言的障碍。当前VR电影与电子竞技愈来愈相像。事实上,轻叙事重游戏的电子竞技是体育运动的一种,早就被纳入艺术范畴,具有自身的美学品格。

如果说族群式审美是在审美主体之间的交互关系中寻求美学坐标的话，那么交互式审美是在审美主体自我发展建构中确立美学价值。前者是空间关系，后者是时间关系，族群式审美和交互式审美成为新的美学形态的时空延展。

信息时代的审美形态与我们传统审美观念有很大的不同。如同20世纪时，出现行为艺术、观念艺术、抽象艺术时，人们会问：这是艺术吗？审美发展到今天，审美范畴不断扩大，审美形态不断延展，人们也会问：这还是美吗？马克思主义告诉我们，美是人的本质力量对象化的自我确认，是在劳动实践中产生，也是在劳动实践中确立，实质是通过感性方式表达人类的正向价值。因而，我们有理由对审美的未来更自信、更从容。

当代中国艺术发展新态势

艺术作为人类文明一个基本范畴，在漫长的人类发展史中有着自己独特的发展轨迹。在人类社会进入 21 世纪第一个十年后，世界多极化、经济全球化深入发展，科学技术日新月异，思想文化交流交融更加频繁，艺术的发展也呈现出时代的特点。在中国剧烈的时代变革中，中国艺术的发展也展露出若干有时代特点的新态势。

一、艺术门类融合借鉴

艺术是文化范畴中最为灵动的因子，不断开拓、不断突破、不断创新是艺术的本能。艺术发展的最主要表现是艺术门类不断增加、艺术样式不断丰富，艺术家族愈加庞大。从欧洲古典艺术绘画、建筑、雕塑、音乐，到中国传统戏曲、曲艺、杂技，到近现代的电影、电视、摄影，再到行为艺术、装置艺术、观念艺术等当代艺术。传统艺术光彩依旧、新生艺术朝气蓬勃，艺术百花园姹紫嫣红。在当代中国，跨艺术门类之间复合创新是艺术发展的重要风向。

《肩上芭蕾》是杂技艺术与舞蹈艺术相结合的经典节目。在优雅的音乐声中，女演员在男演员的背、双肩、手掌和头顶上轻灵地跳着芭蕾舞，将芭蕾这一西方高雅艺术糅进中国传统杂技里，杂技变得优雅浪漫，芭蕾变得刺激惊险，给人耳目一新的视觉冲击。《肩上芭蕾》最大的亮点是"天鹅"轻灵飘逸地在王子的头顶上踮起足尖的那一瞬间，成功实现了浪漫抒情与惊险高难珠联璧合般最为精彩的一面。

在书画关系上，从古代书画不分家，到当代一些艺术家摸索书与画的融合，开展"书即画、画即书"的"以画入书"的创新实验。这些实验有意识地把书法中文字表意功能抽出，吸收绘画造型、舞蹈动态、音乐节律等艺术手段，把书法融入大写意里。在钢笔写字和电脑打字的大环境下，毛笔的实用功能已没有了。这些创新实验强调书法形式美感，剔除"记事"功能，实际上是学习了绘画摆脱实用功能的桎梏，这非但不是书法的损失，反而使它的艺术表达空间更大。

小品是戏剧和曲艺两个艺术门类中一个交叉重合的部分。狭义的小品泛指较短的关于说和演的艺术，它的基本要求是语言清晰、形态自然，能够充分理解和表现出各角色的性格特征和语言特征。究竟小品是属于戏剧艺术还是属于曲艺艺术？两个领域一直互不相让，戏剧行当强调小品中的演，曲艺行当强调小品中的说。实际上，小品是把戏剧和曲艺的优长完美融合的复合艺术。它挣脱了曲艺只说不太演、戏剧只演不太说的局限，使它一经诞生，就迅速发展，火爆大江南北，成为综艺晚会的核心节目。

绘画艺术借助摄影艺术的发展实现自身的发展。如今，不少画家在创作时经常借用摄影的辅助，到实地写生的越来越少。对瞬间场景的记录，摄影具有不可比拟的优势，可以帮助画家在短期内留下这一瞬间，帮助他之后从容创作，而不用如早前那样做长期的素描准备，可以极大地提高工作效率。

除了各艺术样式的交融与借用，综合艺术发展取得长足进展。除了传统的电影、电视等综合艺术以外，广场艺术、舞台艺术、综艺晚会、音乐书法、音乐舞蹈诗等综合艺术发展迅速。如音舞诗画《天安门》是一种新型的综合艺术。它的艺术运用是开放式的，吸收了文学、绘画、音乐、舞蹈等各门艺术的长处，获得多种艺术表现手段和方式，将时间艺术与空间艺术、视觉艺术与听觉艺术、再现艺术与表现艺术、造型艺术与表演艺术的特点融汇到一起，具有更加强烈的艺术感染力，从而形成了自己独特的审美特征。

在艺术创作领域出现的融合借鉴的趋向，也可以在艺术理论的发展中找到它的足迹。一些艺术家和艺术理论家也开始探讨和总结复合创新的艺术理论。如张继钢结合自己艺术创作实践，提出构成思维的新概念。他认为，构成思维来自艺术创造者的联想，是形象思维的组成部分，是一种有效的创作方法或艺术陈述方式，是实现艺术创新的关键。张继钢的构成思维理论较为系统地阐述了艺术复合创新的路径和方法，是对当代中国艺术融合借鉴最好的理论注脚。

二、艺术领域的渗透与溢出

艺术来源于生活，弥漫于生活。艺术圈与生活圈既隔离，又纠缠不清。如果从艺术领域的角度来看，艺术对体育和游戏的溢出和渗透是当代发展的重要表征。

人们常说"文体不分家"，体育与艺术的关系从来都是紧密难分的。自古以来，体育与艺术就有不解之缘。如古希腊许多艺术表现题材就是体育，古代运动会中掷铁饼、标枪的运动员形象，通过绘画和雕塑去表现。到当代，体育与艺术的相互渗透发展到新的高度。现代技术发展，使体育从亲身参与的运动过程，发展为事外鉴赏的审美过程。奥运会赛场上万名运动员同场竞技，是体育艺术的创造者，全球上百亿人次通过电视技术手段欣赏体育赛事，是体育艺术的鉴赏者。现场直播、高清画面、慢镜头等技术手段放大了体育赛事，澄清许多模糊细节，极大地彰显了体育的健与美。不同的体育运动造就了不同的体育粉丝群体。同一种运动分化出不同审美倾向的粉丝群，区别粉丝群的重要标准是其审美情趣的差异。

体育审美从个体体育发展到对团队体育的欣赏。如风靡全球的足球运动，使体育艺术带来妙到毫巅的审美体验。近年，巴塞罗那足球俱乐部的传控打法通过精巧的传递配合、精湛的个人技术诠释艺术足球的内涵。而它的老对手皇家马德里足球俱乐部又是另一种艺术风格，他们讲究快速反击、讲究力量和速度。他们之间的国家德比比赛被称为世纪大战。德比战的技艺展现、精彩对抗、冲突争端、错判漏判、赛后评论等，有叙述、有铺垫、有冲突、有高潮，具备了一部超级大戏的所有因素，完成了现代团队体育的艺术审美过程。

艺术的溢出除了在体育领域，还在休闲领域的电子游戏，人们不仅关注其艺术特质，甚至已经考虑将其纳入艺术范畴。2011年，美国政府下属的美国艺术基金会（National Endowment for the Arts，简称NEA）宣布，所有为互联网和移动技术而创造的媒体内容，包括电子游戏被正式确认为艺术形式。在中国，电子游戏一直跟堕落、玩物丧志甚至成瘾、病态挂钩，不管家长还是教育机构都视其为洪水猛兽。而在国外，很多地方对它的态度一直是比较温和的，非官方层面上早就归于艺术范畴，称为第九艺术。

有专家认为，网络游戏是娱乐也是文化，这种在人机界面上玩乐的游戏提供给人的是娱乐服务,是精神享受,而在娱乐性体验的背后蕴含的是文化内容和特定的价值观,会对人们的思想和行为选择产生一定的影响。与其他艺术形式相比,网络游戏有自己独到的艺术特质:首先是数字化虚拟现实技术造就的艺术奇观世界,其次是互动性切入艺术的欣赏和创作过程,再者是游戏行为中的欣赏者浸入式的深度体验。这些都造就了网络游戏独特的艺术品质。

时代的发展进一步拉近了体育、游戏与艺术的距离,使人们不禁会思考它们将来的发展是否会融为一体。追根溯源,艺术、体育、游戏的本质是什么?如果是对人类精神自由放飞的一种文化活动,无疑它们是共通的。事实上,艺术的渗透与溢出,是艺术生活化或生活艺术化的典型写照,这一发展趋势使人类的生活变成审美生存,将有可能把自己的人生塑造成一件精美的艺术品而使生命更有意义。

三、艺术形态数字化网络化

随着计算机技术的普及,艺术的创作、传播和消费不可阻挡地进入数字化时代。数字艺术成为艺术形态的新表现、新样式和新特征。

数字技术成为艺术创作的手段、工具。绘画、动画、作曲、多媒体等计算机软件不断被开发出来，功能越来越强大，已经成为业内人士的创作选择。数码照相机像素越来越高，拍摄功能比传统相机更加强大，传统相机已经基本退出历史舞台。舞台艺术中的灯光舞美大量运用3D技术、多媒体技术、幻影成像技术等。电影、电视拍摄已经实现完全数字技术，电脑特技技术广泛应用在影视作品里。舞蹈艺术的编排和雕琢，可以通过计算机技术实现。数字技术不仅是创作手段，也成为艺术品的载体。如用数码相机创作后，已经不需要洗印成纸质照片，可以数字形式储存，在各种数字终端上实现鉴赏。电影拷贝也不再使用传统胶片，大大提高了效率，减少了成本。数字艺术形态的创新和发展，极大地提高了艺术创作的效率、丰富了艺术的表现方式、拓宽了艺术领域。

从艺术传播上来看，互联网彻底改变了艺术生态。艺术资源更加丰富，整个互联网就像是一个巨大的包罗万象的艺术宝库。艺术传播更加广泛，数字化技术通过网络实现艺术的共享，优秀的艺术产品可以为更多人所欣赏。艺术鉴赏更加便捷，人们足不出户就可以通过家中互联网找到自己需要的数字艺术品，通过数字终端实现审美。用"百度"搜索引擎查询几个与数字媒介艺术相关的关键词，得出以下几个结果（2012年10月9日数据）：数字艺术473万个，网络音乐1310万个，电脑绘画336万个，数字舞蹈470万个，网络剧本221万个，网络影视1250万个。这些数据表明了网络艺术传播的巨大威力，反映出数字艺术在我国的发展状况。

艺术的数字化、网络化极大地改变了传统艺术生态，甚至摧毁了原有的生产、创作、消费方式。艺术网站犹如雨后春笋般遍地生发，网上展览、网络音乐、网络视频、网络电视已经蔚为壮观，通过电脑、手机等终端，与传统艺术传播分庭抗礼。一些艺术领域已经宣告传统方式的死亡。据国际唱片业协会统计，2009年，中国实体唱片销售额与2008年相比，下挫近40%，降至1.3亿元人民币，甚至不及一家游戏公司的营业收入。传统音乐产业已经萎缩得不成样子，到了生死存亡的边缘。传统音乐产业的枯萎与数字时代的到来有着密切联系。随着以网络音乐为代表的数字音乐的崛起，音乐产业原有的生产—消费模式被颠覆了，人们开始在网络上寻找并下载免费音乐,传统的音乐载体如磁带和CD光盘迅速被各式新潮的MP3播放器甚至手机取代,销量一落千丈。2011年6月,网络音乐经营企业达到452家,2011年在线音乐收入规模达到3.8亿元,无线音乐市场规模达到24亿元。国内网络视频用户数量已达3.01亿,市场规模超过30亿元,到2014年有望达到160亿元。

数字化与网络化对人类社会生活究竟会产生多么重大而深远的影响,目前还难以估量,可以说如何评价都不会过分。对艺术的影响也是如此。它不只是艺术创作的手段和工具,还构建了新的本体,产生了新的艺术样式。它不只是介入艺术创作环节,还改变了艺术储存、艺术传播方式和艺术消费方式。它不仅提高艺术生产效率,还改变了艺术生产制度和模式。它不仅放大艺术的功能和作用,甚至正在颠覆艺术的定义和内涵。

四、艺术审美的快餐化与官能化

回眸人类社会数千年发展演进,人类创造生产和社会生活呈现出效率越来越高、节奏越来越快的发展图景。艺术作为人类生活的重要组成部分,它的创作、生产、传播与消费也呈现出节奏越来越快的特点。艺术审美的快餐化特点越来越明显。一方面，艺术生产效率大幅提高，艺术品数量急速增长。另一方面，人们进行艺术鉴赏的节奏加快，单位时间缩短。以歌曲创作为例，每年中国原创歌曲数量巨大，新歌从发布到推广到流行到消隐的周期，从20年前的五六年，缩短到如今的一两年。歌星需要不断地推出新歌保持社会对他/她的关注度，否则很快就会被遗忘。电影、电视、曲艺、舞蹈等都是如此，即使成为经典作品，也不能炒冷饭吃老本。以往靠一两个作品就能成为全国明星的日子已经不存在了。

艺术审美快餐化，创作者更多地从缩短创作周期、提高创作效率、增加创作数量来考量，使创作难以精雕细刻，缺少仔细打磨，甚至容易粗制滥造，致使作品质量不高，缺乏营养，精品不多。快餐化必然会导致原创力下降。仅就受众最广的影视作品而言，大量的作品似曾相识，题材、故事、人物大同小异。一部剧走红之后，立刻就会跟上一大串同类题材，武侠片、谍战剧、家庭剧莫不如此，跟风、模仿、克隆，甚至剽窃之风盛行。由于艺术快餐化生产与艺术的个性创作的背离，艺术生产已经模式化、公式化，成为流水线上的产品，已经缺乏艺术品的独立品格和价值，本应内蕴在作品中的思想内涵、人文精神、道德教化明显不足。

在艺术作品高度商业化的条件下，创作者为了赢得更多的市场青睐，把如何吸引消费者作为艺术创作的重要考量。官能化成为艺术审美的一大倾向。把如何对人体感官的刺激和吸引作为创作的起点。对人的视觉、听觉、味觉、嗅觉等感官刺激成为一大利器。

如前所说的综合性艺术，电影、电视、舞台艺术、广场艺术、晚会艺术等，投入巨大成本，调用大量人力物力，充分运用声、光、电、动画、3D、幻影成像等新技术，手段花样翻新、层出不穷，创造出"视听盛宴""豪华大餐"，在高分贝、艳色彩、大场面中，对观众感官进行短时期的集中轰炸。这种超级审美体验对人类感官刺激已经到达极致，艺术的形式美发展到顶峰，人们在享受视听大餐后，会感到全身感官从紧张中终于解脱出来。

艺术审美官能化还发展成为另一种极端，即挑战和颠覆传统的审美观念和原则，以丑为美、以怪为美、以奇为美，是为追求一种离经叛道、放诞不羁的审美体验。在中国的

"当代艺术"中，一些绘画创作简单理解与模仿西方现代派绘画，故意将画面形象、色彩与构图不适当地夸张变形，对一些应予以歌颂的高尚的人与事也加以丑化，这种反审美的创作风潮，对传统审美原则是极大的冲击和损害。

审美价值是艺术的本质特性。康德在其早年的美学著作《关于崇高感和优美感的考察》（1764年）中认为，艺术作品的审美包括优美、深刻、崇高三个基本范畴。优美所评价的是形式，深刻所评价的是作品的理性意义，崇高所评价的是道德价值。艺术审美的快餐化、官能化反映了人类审美的时代变迁，一方面，它适应了人们在现代生活中不断增长的多样化、快节奏的审美需求，另一方面它忽视了人类精神的满足和追求，形式的优美为粗陋所侵害，理性的深刻为浅薄所取代，道德的崇高为低俗所掩盖，这不禁会让人提出一个沉重的疑问：艺术审美是进步了还是堕落了？

新中国工业文学七十年回顾与展望

  工业是现代文明的基础和标志。工业文学通过对工业生活领域的艺术呈现,深化了人们对现代文明的理性认知,体现了文学的现代性价值。中国古代文学就有关于工业物质资料和前现代工业生产方式的描写,但真正意义上的中国工业文学萌芽于晚清反美华工禁约文学潮流,历经"五四"劳工文学、20世纪30年代左翼文学及爱国工人主题的抗战文学的实践积累,直到新中国成立后才全面展开,并逐渐扭转了工业题材在现代文学整体格局中比较薄弱的局势,逐步开创了中国工业文学的繁荣局面。70年新中国工业文学的发展历程,艺术地展现了新中国成立以来工业、工厂、工人的历史面貌,生动地记录了新中国波澜壮阔的工业发展史和现代化进程,也是新中国成立70年来的民族精神轨迹的集中反映。

一、新中国工业文学的发展历程

新中国工业文学的发展与社会发展变革、工业化进程有着密不可分的关系,大体上经历了中华人民共和国成立初期到20世纪70年代末的初步繁荣、改革开放到20世纪90年代末的拓展深化,以及21世纪以来的蜕变转化等三个历史时期,成为中国现代化道路探寻的重要文学印记。

(一)社会主义工业化建设中的兴盛繁荣期(20世纪50—70年代末)

新中国成立后,社会主义工业化建设被确定为现代化道路的主要方向和社会经济发展的中心任务。在中国共产党的领导下,工人阶级发扬自力更生、艰苦奋斗的精神,掀起了新中国工业建设的热潮,为工业题材创作提供了广阔的现实基础。同时,国家对工业题材大力提倡。在全国第一次文代会上,周恩来号召:"我们希望能有一批文艺工作者深入工厂。自己不能到工厂去的,也应该宣传这个号召,把它变成一个运动,推动成千成万的文艺工作者向这方向走去。"①这场工业文学运动在20世纪五六十年代如火如荼地开展起来，形成了新中国工业文学初步繁荣的局面，被学者誉为"我国工业文学的黄金时期"②。

在国家政策的保障下，许多作家纷纷深入工业生产一线，创作了一大批反映社会主义工业化建设热潮的作品，塑造了一系列为国家建设奋斗拼搏的崭新的工人形象。草明的《火车头》《乘风破浪》，艾芜的《百炼成钢》，萧军的《五月的矿山》，周立波的《铁水奔流》，罗丹的《风雨的黎明》，周而复的《上海的早晨》，杜鹏程的《在和平的日子里》，白朗的《为了幸福的明天》，程树榛的《钢铁巨人》，雷加的《春天来到了鸭绿江》等中长篇小说代表了这一时期工业题材创作较高水平。这些作品对工业生活的描写各有侧重，或记录解放前夕的护厂斗争，或描绘中华人民共和国成立初期工人阶级恢复生产的努力，或展示新中国工业建设的劳动竞赛场面，或反映民族工业资产阶级的命运变迁。同时，作家们又不约而同地以史诗品格和"大

---

① 周恩来：《在中华全国文学艺术工作者代表大会上的政治报告》，《周恩来文论》，人民文学出版社1979年版，第20页。

② 贾玉民：《20世纪中国工业文学的历程和展望》，《郑州大学学报（哲学社会科学版）》1997年第5期。

我"情怀赞颂新中国社会主义建设和工人英雄,表达了对新中国由衷的热爱,对社会主义制度热烈的拥护,对工人阶级真挚的情感,以及作为共和国主人翁的自豪感、责任感,奠定了新中国工业文学现实主义和爱国主义的传统。其中,草明是最具代表性的工业题材作家。1945年抗战胜利后,她从延安来到东北,先后在宣化龙烟铁厂、镜泊湖水力发电站、沈阳皇姑屯机车车辆厂、大连18机床厂、鞍钢第一炼钢厂等处深入了解工业生产环境与工人生活,相继创作了《原动力》(1948年)、《火车头》(1949年)、《乘风破浪》(1959年)等工业题材小说,为新中国成立后工业题材创作提供了经典范式,很大程度上影响了新中国成立初期工业文学的艺术风格和审美趋向。

如果说草明、周立波、艾芜等大家手笔创造了新中国工业文学的第一个高峰,那么工人作家群的出现则铺就了新中国工业文学的高原。新中国成立后,《在延安文艺座谈会上的讲话》确立的文艺大众化路线具备了有力的组织保障,群众性文学活动在工人中间空前活跃。在文艺主管部门的支持下,针对工人创作的评奖、选拔开始进行,工人创作的文学作品结集出版。到20世纪50年代末至60年代初,工人创作达到全国性高潮。[①]其中,上海与天津这两个老牌工业城市因其得天独厚的优势,成为工人业余写作最风起云涌的两个地区。上海涌现了胡万春、费礼文、福庚、唐克新、孟凡爱、楼颂耀、谷亨利、朱敏慎等一大批工人作家。胡万春创作的《骨肉》《内部问题》《家庭问题》《钢铁世家》等作品,在全国工人创作运动中产生了较大影响。解放军进入天津前夕,孙犁就提出"进入城市,为工人的文艺,是我们头等重要的题目",号召"要有计划地组织文艺工作者进入工厂和作坊"。[②]继作家王昌定深入工厂体验生活,创作了《海河散歌》《海河春浓》等工业题材作品后,天津涌现出阿凤、董乃相、滕鸿涛、郑固藩、何苦、万国儒、张知行等工人作家。与胡万春南北齐名的万国儒,善于刻画兼具时代色彩和地域文化特征的普通工人形象,在工人作家中独树一帜。

"文化大革命"期间,我国的工业化进程与文学创作都遭遇到了重大挫折,但工业题材创作并没有彻底沉寂。不

---

① 参见张鸿声《"十七年"与"文革"时期的城市工业题材创作——兼谈沪、京、津等地工人作家群》,《社会科学》2012年第4期。
② 孙犁:《谈工厂文艺》,《孙犁文集(四)》,百花文艺出版社1992年版,第209页。

过大部分作品如话剧《战船台》《盛大的节日》、小说《第一课》《初春的早晨》、诗歌《让炉火烧得通红》等，深受当时极左政治思想的影响，普遍存在结构雷同、语言粗糙、人物形象脸谱化等弊病。长篇工业题材三部曲《沸腾的群山》（李云德）和电影文学剧本《创业》（集体创作、张天民执笔）是"文化大革命"期间影响较大的作品。《沸腾的群山》出版之后被改编成电影，并被翻译成日文流传到海外。作者在正面人物"高大全"的典型形象塑造上，注入了质朴、平实的性格要素，一定程度上表现出对僵化文学标准的突破。

（二）改革开放后的转型拓展期（20世纪70年代末—90年代）

20世纪70年代末，国家工作重心开始转移，社会转型拉开序幕，改革成为新时期的社会最强音。作为文学对时代强有力的回应，以工业领域为主要表现内容的改革文学热潮，宣告了新中国工业文学再度崛起。随着改革开放持续深入，社会环境、工业生活、文化思想、艺术观念都产生了深刻变化。在新的时代背景下，工业题材创作坚持爱国主义、集体主义、社会主义传统，不断深化对现实主义的理解和实践，拓展了表现生活的广度和深度，丰富了艺术表达的方法，工业题材创作形态发生明显的转化和延伸，开创了工业题材创作的新的阶段。

蒋子龙创作的工业改革题材小说是新时期工业文学崛起的开端。1976年，文坛还沉浸在对十年浩劫的伤痕与反思的氛围中，蒋子龙以高度的时代敏感性创作了小说《机电局长的一天》，塑造了大刀阔斧进行企业整顿的工业领导干部霍大道的形象，率先为新时期文学注入了一股改革奋进的昂扬之风。1979年，他创作了《乔厂长上任记》，这部作品被公认为改革文学的发轫之作。小说一经发表就引起了热烈反响，激发了工业改革题材创作的热潮，敢于触碰复杂矛盾、勇于担当改革重任的"乔厂长"也成为改革者的形象代言人。此后，一系列以工业领域改革为主要内容的作品问世，标志着新中国工业文学迈入了新的阶段。在小说方面，有蒋子龙的《一个工厂秘书的日记》《开拓者》《赤橙黄绿青蓝紫》，柯云路、罗雪珂的《三千万》《耿耿难眠》，吕雷的《火红的云霞》，张洁的《沉重的翅膀》，水运宪的《祸起萧墙》；在戏剧方面，有宗福先、贺国甫的《血，总是热的》，沙叶新等人的《大幕已经拉开》，许雁的《裂变》；在报告文学方面，有柯岩的《船长》，理由的《希望在人间》；等等。这些作品塑造了形形色色的改革英雄形象，寄托了作家们对现代化建设重新起航的热切期待，对改革前景的乐观、自信。同时，也出现了一批表现改革道路曲折与艰辛的作品，如张洁的《沉重的翅膀》、柯云路的《新星》、李国文的《花园街五号》、苏叔阳的《故土》等。这类作品通过反映了改革道路上的"沉重翅膀"，矫枉了对改革复杂性的浅显化认知和表面化呈现，表现出强烈的社会责任感。

20世纪80年代后期，随着改革观念已深入人心，为改革摇旗呐喊的工业改革题材创作开始退潮。在经历了一个短暂的沉寂期后，工业题材创作随"新写实主义"文学兴起，表现出现实主义文学的新向度，即创作者个人化视角的确立和描写对象个体性价值的确认。池莉的《烦恼人生》、方方的《风景》、杨咏鸣的《甜的铁，腥的铁》、李晓的《天桥》等一系列作品，将创作视点从改革英雄拉回到一线工人，但与以往创作的不同之处是，这些作品淡化了工业生产元素，增强了日常生活色彩，将描写重心指向工人们的现实生存处境。以《烦恼人生》为例，印家厚平凡而琐碎的一天就像一本流水账,作家通过"生活流"建构了一个生活化的普通工人形象。正如有研究者指出,工业文学在表现生活方面发生了向普通工人原生态生活的"新的位移",在工人形象的塑造上出现了"工人在自我塑造与社会塑造过程中的复杂性格"[①]的新角度。

进入20世纪90年代,工业文学在"新写实主义"的平民视角的基础上,朝着观照现实的左翼文学传统方向行进。这一阶段,国民经济突飞猛进,社会物质、文化水平显著提升,同时社会转型的"阵痛"也开始显现,改制转轨后国营工厂、国企职工的处境和前景面临极大考验。作家们带着强烈的责任意识,真实地观照改革进程在工业生活领域的全面影响,表现了社会发展过程中产生的新状况、新问题。被称为"现实主义冲击波"的创作潮流构成了20世纪90年代工业文学风景的主体。其中,以刘醒龙、谈歌、何申、关仁山等为代表性作家,作品包括前期的《大厂》、《〈大厂〉续篇》、《年底》、《危机》(谈歌)、《破产》、《大雪无乡》(关仁山)、《年前年后》(何申)、《女工》(李

---

① 樊洛平:《新时期工业文学创作之流变》,《周口师范高等专科学校学报》1999年第6期。

肇正)、《学习微笑》(李佩甫)、《卖厂》(隆振彪)、《一天八小时工作》(肖克凡)等中篇小说,和1997年前后集中出现的长篇小说,如天津百花文艺出版社以"新支点长篇小说丛书"推出的《城市守望》(谈歌)、《寂寞歌唱》(刘醒龙)、《福镇》(关仁山)、《原址》(肖克凡)、《无言的结局》(李肇正),以及同一时期的《抉择》(张平)、《车间主任》(张宏森)等。由于这些作品主要以改制转轨中的大型国企为创作背景,也被称为"大厂文学"和"新改革文学"。作家们直面国企破产、职工下岗、企业发展停滞等现实困顿,贪污腐败、国有资产流失等社会乱象,以及普通工人的命运遭际、思想情感和心理状态,同时也注重开掘人们在困境突围中所表现出来的道德力量,如工厂干部对谋求工厂复兴的全情投入,广大工人与危机中的工厂"分享艰难",显示出开阔的创作视野和深沉的社会忧患意识。

(三)泛工业化时代的蜕变跃迁期(20世纪90年代末—21世纪后)

20世纪90年代末,特别是进入21世纪以来,中国工业环境发生了巨大变化。经过40年改革开放,我国已是世界第二大经济体、世界第一大工业国、世界第一大出口国,正在从工业大国向工业强国、从制造大国向制造强国迈进。在"工业化的后期"这一大背景下，工业在国民经济中的中心地位虽然一度有所动摇[①]，但工业领域并没有缩小，而是融汇在经济发展的各个环节，浸透在社会生活的各个方面，呈现出一种"泛工业化"的时代特征。与转型升级的"泛工业化"时代形成呼应，21世纪中国工业文学也进入了蜕变跃迁的时期，呈现出某些"泛化"的特征。虽然这一时期的工业题材创作并不能与工业大发展的社会现实完全匹配，但仍有不少作品依然坚持现实主义传统，折射出这场伟大变革的时代光芒。

工业文学的题材边界更为宽泛。20世纪90年代，市场经济的兴起带动了大众文化市场发展，一些作品出版后被改编成电影、电视剧，作家们开始在工业题材创作中融入大众文化元素，工业文学的题材边界逐渐模糊。进入21世纪后，大众文化消费市场更加活跃，进一步推动了工业题材的"泛化"趋势。作家们以工业领域为背景表现社会

---

① 2006年，我国工业占GDP的比例是42%，2016年已降至33.3%，相当于一年降低近1个百分点；同期制造业占GDP的比重从32.5%降到28.8%，2016年以后开始回稳。参见王仁贵、李亚飞《持续发力制造强国》，《瞭望》2019年第37期。

人生的同时，融合了历史、言情、官场、商战、财经、黑幕、悬疑、科幻等多重题材元素。譬如，温恕的《工人村》以编年史的结构展现新中国成立以来沈阳铁西工人村的历史变迁，体现了工业题材与历史题材的交叉融合，为工业文学增添了历史的厚重感。齐橙近年来创作的《工业霸主》《材料帝国》《大国重工》不仅是当下工业文学中少有的"硬工业"作品，也是网络文学与工业题材形态嫁接的结晶。三部作品都运用了历史穿越的情节设置，说明作者有意将大众文化趣味融入工业题材创作中。傅道亮的小说《锦囊妙计》《将计就计》将工业题材与商战、悬疑等多种题材元素熔为一炉，已不能用传统的题材概念进行界定。更值得注意的是，高科技的飞速发展打开了工业题材创作的想象之门。刘慈欣、王晋康、刘洋、韩松、汪彦中、付强、陈楸帆、彭思萌、王十月等一大批新老科幻作家在科学技术、人类命运与文学想象的交汇空间中探索、遨游，推出了众多优秀的科幻作品。这些作品多有关于工业发展及其对人类生活深刻影响的描写，如刘慈欣《地火》中有关采矿技术发展的悲情英雄故事，《圆圆的肥皂泡》围绕纳米技术展开的文学想象。实际上，科技与工业本身就是一对连萼共生体,表达工业化想象和对工业的认知也始终是中国科幻文学的题中之意。[①]2015年,刘慈欣的《三体》荣获雨果文学奖后,全社会掀起了一股方兴未艾的科幻文学热潮,更成为工业文学题材"泛化"的特殊标记。

工业文学对工业生活的呈现更为广泛。一方面,新兴的产业领域和"产业大军"丰富了工业文学的风景。随着市场经济和工业化进程的发展,中国的工业结构发生了翻天覆地的变化。民营、外资、合资企业大量涌现,产业结构转型升级,科技创新整体推进,产业边界不断突破。同时,包括企业家、公司"白领"、科研人员、流水线工人、高级技工等各类建设者在内的新兴"产业大军"兴起。崭新的产业领域、生产组织、从业人员丰富了工业题材创作的表现内容。其中,"打工文学"是这一时期社会关注度较高的文学现象。"打工文学"最早出现于改革开放初期的广东。以农业人口为主体的剩余劳动力向改革前沿地区转移形成了"打工群体",当中一些文学爱好者开始描绘流水线上的生活图景,表现底层打工者的生存状态和精神世界。

---

① 参见李广益《光面与暗面:百年中国科幻文学中的工业形象》,《东方学刊》2019年第2期。

进入21世纪，王十月、郑小琼、戴斌、盛可以、谢湘南等"第三代打工作家"崛起，"打工文学"和"打工诗歌"向全国范围发展[①]，传达了真实的时代脉动。此外，一些非打工作家的作品，如尤凤伟的《泥鳅》、荆永鸣的《北京候鸟》、孙慧芬的《民工》、刘庆邦的《神木》、残雪的《民工团》、曹征路的《问苍茫》等，也对农民工这一"当代产业工人的主力军"给予文学观照，与打工者的"自叙传"汇成了一个具有很强现实意义的题材流向。另一方面，传统工业领域并未被作家遗忘。一些作家持续关注国营大中型企业工人的命运处境，并进一步挖掘现实困境产生的原因，代表性作品包括曹征路的《那儿》《霓虹》、刘继明的《我们夫妇之间》、方方的《出门寻死》《中北路空无一人》、王祥夫的《寻死无门》、楚荷的《苦楝树》、肖克凡的《机器》、李铁的《长门芳草》，等等。总体上看来，21世纪工业文学并没有因为工业结构的剧变、表现内容的扩展以及自身的蜕变转化而出现断裂式变化，社会关怀与现实观照始终是工业题材创作的底色。

---

① 参见杨宏海《打工文学备忘录》，社会科学文献出版社2007年版，第208—211页。

工业题材创作对工业文明的"现代性"体验初露锋芒。"泛工业化"时代的到来,已不再单纯是从农业传统向工业现代化追逐的政治经济问题,也不再是体制改革、社会转型的发展问题,或复杂矛盾浮现与消解的民生问题,而是一场影响人的生活方式、思维方式、文化心理的深刻变革。工业文学在关注工业领域"具象"问题的同时,也需要从文明形态的层面进行审美感知、价值剖断及理性反思。李铁在《工厂的大门》一文中借人物之口指出:"人跟机器待久了,是很难不使自己变成机器的"[1],这种忧虑感已超越利益分配的具体矛盾,指向人的个性化与流水线的同质化的冲突,触及大工业生产、科技创新主导、分工精细化的背景下人的"异化"主题,关乎对现代工业文明的整体反思。肖克凡的长篇小说《机器》以拟人化的视角描绘机器、工厂和生产,在人的内心深处发掘工业文明的诗意,探究现代工业与现代人之间的关系,反映了"现代工业意识"[2]的萌发。总之,挖掘"现代性"的诗意或问题作为对工业时

---

[1] 李铁:《工厂的大门》,《一掠而过的风景》,春风文艺出版社2009年版,第97页。

[2] 巫晓燕:《泛工业化写作——对现代化工业进程与当下文学创作的描述》,《当代作家评论》2010年第2期。

代的深入认知，必将随着作家们的思考日趋成熟而成为理解现代社会与人类发展的重要角度。

二、新中国工业文学的审美价值变迁

坚持爱国主义的价值立场和现实主义的审美方向是新中国工业文学不断开创新境界的重要前提。社会发展不同阶段的时代特征、工业化进程不同时期的环境因素、文学观念和艺术表现手法的革故鼎新，又不断为工业题材创作注入新的审美价值元素，推动着新中国工业文学审美样貌的发展变迁。特别是改革开放以来，随着社会环境更加开放，现代化认知日趋深入，艺术理念多元并存，以及工业进程的长足发展和工业结构的调整升级，新中国工业文学在情感模式、审美视域、人物形象、艺术呈现等审美价值空间不断地开疆拓土、别求新声。

（一）从革命激情到现实温情

家国情怀和社会关切始终是新中国工业文学创作的情感动力。1949年后到20世纪80年代初期，工业文学彰显了革命激情高涨的精神"原动力"，而20世纪80年代后期以来，工业文学体现了现实主义的理性与温情。

解放后到改革初期，工业文学立足国家政治伦理的价值立场，倾注了强烈的革命理想主义激情。在近代中国积贫积弱的历史背景下，工业文明作为现代化的象征在被引入中国伊始，就寄托着民族振兴的希望。1949年以后，工业化建设不仅肩负着经济复苏的使命，更是新中国从"旧社会"向社会主义现代化国家深刻变革的重要基础。这一题材的重大政治意义，使得工业文学成为国家政治伦理构建的有效组成部分。从沸腾的矿山到澎湃的钢厂，从艰苦的铁路工地到火热的工厂车间，新中国工业不仅成为草明、周立波、艾芜、萧军、杜鹏程等作家寻求文学创作源泉的素材基地，更成为他们表达价值认同和情感诉求的精神高地。《春天来到了鸭绿江》《铁水奔流》《五月的矿山》《百炼成钢》《风雨的黎明》《在和平的日子里》等工业题材创作紧紧围绕社会主义现代化国家的建设目标，通过工业生产领域中革命斗争叙事主题的展开，对工业战线上生产发展和火热生活的正面描写，对积极、高大、光明的具有主人翁意识和社会主义集体主义精神的工人英雄形象塑造，书写了新中国工业从一穷二白的落后面貌到工业体系不断完备、重工业建设不断取得辉煌成就的初期奋斗史，表达了作家们强烈的爱国主义情怀和革命理想主义精神,发挥了文学反映时代风貌、凝聚时代精神的重要功能。20世纪70年代末,国家政治生活的重心转移,但工业改革文学的重大题材意义,改革主题在文学书写中所体现出的时代共鸣,围绕企业改革形成的矛盾冲突模式,改革者的工业干部身份和光辉形象,英雄人物对发展前途的决定性作用,以及激情昂扬的抒情风格与叙事基调,这一系列特征仍然鲜明地体现了国家政治伦理价值在工业改革题材创作中的中心位置,反映了革命激情作为作家创作的精神动力。

20世纪80年代后期以来,工业文学在日常生活的表现向度上,更加关注普通工人的喜怒哀乐,流露出一种现实主义的温情。这种变化是随着文学创作的视点位移而产生的。这一阶段,特别是进入21世纪后,"文学悄悄从'物'挪移到'人','物'退居为表现'人'的活动场景"[①]。在工业题材领域,90年代末期蒋子龙面对"泛工业化"时代的到来,就曾表达过"即便是工业题材,最迷人的地方也不是工业本身,而是人的故事——生命之谜构成

---

① 雷达、任东华:《新世纪文学初论——新世纪以来的中国文学走向》,《文艺争鸣》2005年第3期。

小说的魅力"①。继而，李铁、刘庆邦、肖克凡等多位长期专注于工业题材的作家也都表达过类似的思考，工业文学的"人学"价值成为作家创作的共识和自觉。反映在工业题材的创作实践上，方方、池莉等作家对普通工人庸常人生的"新写实"，"现实主义冲击波"中由"大厂"危机牵扯而出的职工命运的沉浮，以及21世纪工业题材对各类工业领域内个体奋斗的关注，都可以清晰地看到：工人的生活场景构成了主体叙事空间，而工厂的生产场景成为叙事背景；工人的命运线索构成了叙事主线，而工厂的发展轨迹成为社会时代的表征；工人的现实处境和精神需求成为工业题材创作的关注焦点，而工业生活的发展变迁成为表现工人人生追寻的具体场域。由此，工业文学表现生活的角度、深度、力度都随之发生了不同程度的变化，为工业文学的现实主义和爱国主义传统增添了平民化的观照视角和理性温情的人文关怀。从"工厂"到"工人"，从"生产"到"生活"，工业文学似乎进入了一个"无生产"的时代，不过作家们并未将工人命运与工厂生活割裂，而是在现实

---

① 蒋子龙：《新支点：泛工业题材时代——"新支点长篇小说丛书"序》，载肖克凡《原址》，百花文艺出版社1997年版，第2页。

关切中重塑了工业"命运共同体"。计划时代的工人与工厂是一种体制化联结,但随着工业环境日趋复杂,工人和工厂之间命运关联的意义和意味不断凸显。在王十月的《国家订单》中,一份加急的国际订单成为濒临倒闭的一家小服装厂扭转颓势的希望,企业、老板、工人的命运也由此被捆绑、裹挟在了一起。作者在全球化背景下审视工业与工人命运关联,以奇特的构思勾画出一个关于梦想、希望与现实的工业"命运共同体"。从这个角度来看,工业文学对国企改制、职工下岗、职场奋斗、打工生活、国际竞争等现实题材的呈现,莫不是在讲述日新月异的时代环境对工人与工厂的"命运共同体"的强化和影响,工业"命运共同体"的形象重构也体现了中国工业和中国工人在新形势下积极进取、不屈不挠的时代风貌。

(二)从车间风波到社会人生

新中国工业文学不断拓展表现生活的空间,审美视域日趋开阔。1949年后到改革开放初期,工业生产领域是工业文学描写的主要场景,表现生活的面向相对局限。20世纪90年代到21世纪,工业文学逐渐从车间向社会,从工厂生活向人生百态,从国有大型传统工业领域向多样化产业格局扩展延伸。

新中国工业文学逐渐从"车间风波"的局部描画转向社会人生的全景展现。解放后到20世纪70年代末，工业题材创作主要以国有大型工厂为背景，描写宏大壮观的工业风景、热情高涨的工人集体生活和热火朝天的社会主义工业生产场景，通过工业领域的革命斗争表现工业现代化进程的精神"原动力"。《百炼成钢》《铁水奔流》《乘风破浪》中的钢铁生产，《钢铁巨人》中的机器制造，《沸腾的群山》中的矿石开采无不是将叙事集中在工业生产领域内部，并通过公/私、敌/我、进步/落后、政治统领/科技支持的路线斗争的叙事策略，从而建构起"生产—革命"的"车间风波"模式。在"车间文学"框架中表现"车间风波"，为作品烙上了鲜明的时代印记，但一定程度上也限制了它表现生活的向度。新时期后，"车间文学"的框架被逐渐突破，工业文学开始从"车间风波"通往社会人生。这一动态在新时期初期的改革文学中便已反映出来。虽然改革文学的叙事重心还在工厂内部，情节上的方案选择与矛盾解决方式也依然体现了"车间风波"的思维逻辑，但改革牵一发而动全身的复杂性决定了工业改革题材创作采取社会全景化视角，在社会变革的复杂背景及社会各方面反应的总体观照中，表现改革推进的艰辛过程和改革取得的实际成效。此后，无论是创作视角还是空间呈现，工业文学对生活的表现进一步拓展，主要表现在三个方面：其一，随着工业文学的创作视点位移，普通工人的日常生活进入作家的创作视域，扩展了工业文学的生活面向，体现了平民化的文学视角；其二，随着社会转型的持续推进，发展过程中浮现的新问题、新现象、新矛盾进入工业题材创作的范畴，显示出现实主义文学传统的深化；其三，随着经济发展，社会活跃度日益增强，工业文学从密切关涉政治主题的社会面向，向生存、情感、教育、娱乐等多层面、多价值的生活领域扩展，显示了工业文学的多元化走向。

20世纪90年代中后期，特别是进入21世纪以来，工业题材创作反映了工业环境和产业结构的巨变。新中国成立后，国家优先发展重工业的战略选择决定了钢铁、矿山、铁路等重工领域在作家创作中的集中表现，国有大型重工业生产空间构成了工业文学中"铁水奔流"的图卷。直到进入新时期后，改革题材和"现实主义冲击波"对工业生活的描写，也多以国有大型工厂中的传统工业生产线作为背景。体制改革的深化、市场经济的兴起及科学技术的发展极大地影响了工业建设和文学创作的现实环境，为20世纪90年代末到21世纪的工业题材创作注入了新活力、新动力。工业文学不再限于国有大型企业的生产场景、集体生活和群体命运的呈现，也不再限于矿山、钢厂、铁路等"肌肉感"十足传统重工业的领域，而是将不同性质的生产单位、不同身份的工人群体、不同产业的经营环境、不同行业的工业生活、不同规模的工厂企业统摄到文学创作领域，尤其对高科技、服务业、现代制造等新兴产业以及随之产生的新型"产业大军"的艺术呈现，改变了工业题材创作日趋模式化的趋势，也较为生动地反映了工业现代化建设的全新局面。同时，作家们在对产业生活变迁的描绘中，注重开掘社会人生的多重向度，通过企业家、打工者、科技人员、企业白领、暴发户、小商贩等不同产业领域中各类人物的生命历程的勾画，谱写了一部多声部的当代社会生活史。

（三）从模范英雄到时代人物

新中国工业文学中工人形象的变化是引人注目的。随着工业题材创作逐渐从新中国成立后对模范英雄形象的大规模塑造转向对时代人物的审美价值观照，工人形象的角色定位、身份内涵及审美呈现都发生了不同程度的嬗变。

新中国工业文学对工人形象的角色定位产生了明显变化。一方面，工人角色的来源越来越丰富。随着工业生活的变迁、社会组织形式的多元化，工业文学的主角逐渐从大型国企工人向多领域、多行业、多种职业背景扩展。另一方面，工人角色的身份内涵发生了改变。新中国成立后，"工人"作为一个处于领导地位的政治阶级概念，在工业题材创作往往是时代精神的代言人，社会主义现代化道路的形象化象征。苏怀德（《原动力》）、刘进春（《乘风破浪》）、刘贵山（《钢铁世家》）、苏福顺（《沸腾的群山》）等人物奠定了新中国工业文学的"典型工人形象"，即大公无私为国家工业现代化建设生产和斗争的英雄模范。在改革初期的工业改革文学中，工人的英雄模范角色一度由改革家替代，如霍大道（《机电局长的一天》）、乔光朴（《乔厂长上任记》）、丁猛（《三千万》）、郑子云（《沉重的翅膀》）、刘钊（《花园街五号》）、傅连山（《祸起萧墙》），等等。不过从革命工人到改革干部，其身份内涵的关联性和一致性是显而易见的。随着国企改制、市场经济发展，工人身份内涵的变化逐渐在工业题材创作中体现出来，工人形象的群体性身份政治意味被淡化了，工人的个体性身份内涵逐渐显现，工人性格品质、精神面貌、命运处境的个体化差异被作家们着重挖掘。

工业文学对人物形象的塑造也做出了明显的调整。在新中国工业文学的早期创作阶段，工人角色多呈现为完美无缺的英雄形象。从高大威猛的外貌特征刻画到坚定刚毅的内在性格表现，从生产过程中的革命行动描写到生活场景中的革命思想展现，从雕塑感、金属感极强的英雄群像造型模式，到集体造像中脱去纤弱气质的"巾帼英雄""铁姑娘"的个体面貌，作家们以有力的笔触和颂歌的形式塑造了众多催人奋进的人民模范形象，成为时代精神的典型化艺术象征。新时期后，时代环境的变化和文艺观念的革新，为工人形象的塑造融入新的审美元素。其一，工人英雄的个性化色彩更为鲜明。作家们从"典型人物的典型性格"的艺术表达框架中走出，开始正视英雄人物的性格复杂性和精神多面性，在描绘他们时代性格的同时，也注重刻画人物的个体差异、性格弱点、精神困惑和情感纠结，个性鲜明、形象饱满的英雄人物在工业题材创作中凸显出来，反映了作家们对人物塑造的个性化追求，为工业文学增添了新的时代审美内涵。譬如，《车间主任》中的张一平、《城市守望》中的刘志明、《大厂》中的吕建国等人物一面是担当、奋进，试图以一己之力力挽狂澜的企业家，另一面又是焦灼于目的正当性与方式越轨化，不得不对现实有所妥协，受环境局限乃至浸染的"失败者"，从而具有了一种悲剧色彩的两歧人格。其二，新的时代人物形象被塑造和呈现。改革初期的改革家形象不仅是工业战线的干部、工业领域不同层面改革事业的掌舵人，同时也是体制转型、工业发展所迫切需要的现代化人才，其中一些人物还兼具早期工业文学所忽视的工程师形象。[1] 随着改革不断深化和工业化进程突飞猛进，创业者、产业工人、科技人员等新时代人物形象纷纷走进工业题材创作中，丰富了新中国工业文学的人物形象谱系。特别是《城市守望》中大阳机床厂总工程师陈英杰、《工业霸主》中重型工业集团的缔造者林振华等人物形象，更代表了中国工业大发展时代

---

[1] 参见贾玉民、刘凤艳主编《20世纪中国工业文学史》，海燕出版社2015年版，第185页。

专业化、知识化的人物形象内涵。其三，底层小人物成为作家们的观照和表现对象。与工厂"分享艰难"的国企职工，命运轨迹各不相同的下岗工人，在城乡之间寻求身份归属的农民工，体现了新中国工业文学以人为本的价值追求和左翼传统的底层关怀。总之，工业题材创作人物形象的谱系、内涵日趋丰富，不断为中国现代文学的人物长廊植入了新的审美元素。

（四）从主题先行到审美出发

新中国工业文学在时代环境变迁中调适着创作与生活的关系，在主题表达和审美追求的双重旨趣中寻找文学创作的准确方位。新时期以来，工业题材创作在承继新中国文学现实主义传统的基础上，逐渐从主题先行的社会功能向更高的审美方向出发，展开主题与审美的双翼飞翔。

新中国成立初期特殊的工业环境、改革时期工业领域与体制转轨、社会转型及民生动态的密切关联，以及工业自身在经济发展和国民生活中的重要地位，决定了工业题材无论在各个阶段都易凸显其作为社会时代主题的文学价值。从主题出发的创作倾向反映了不同代际的工业题材作家介入时代发展主潮的热情，文学的社会干预功能也说明了文学衰落的边缘化现象并未"落实",但主题表达的潮流趋势也往往导致创作样貌的同质化偏向。同时,在经历了"一化三改"、"赶超"模式、"大炼钢铁"、改制转轨、结构调整、经济全球化、产业升级、"中国制造"大发展等一系列工业进程的时代风雷后,作家们逐渐领悟到文学参与功能的审美特质和艺术表达的时代需求。工业题材创作从政策图解和时代共名的创作模式中走出,同时又未沦落成与时代脱轨的空转车轮,个人化写作的审美旨趣与非个人化的时代声音得到了有效衔接。李铁、王十月等颇具思想穿透力的作家们善于将人性向度与工业题材相互融合,肖复兴等具有工人背景和工厂经验的"在场"型作家往往将日常情态与工业环境相互渗透,打工作家群体在城市经验与工业生活间贯穿融通,王立纯(《月亮上的篝火》)、温恕(《工人村》)、李铭(《飞翔的锅炉》)、罗维(《西平街上的青春》)等一批东北作家时常有意无意地将地域文化风貌与老工业基地融汇交织,总之不同作家从各自的生活体验和文学经验出发,在工业发展的时代主题中汲取个性化的审美元素,也试图以个性化的审美表达折映出工业主题中姹紫嫣红的时代姿容。

工业题材创作的艺术打磨愈加精细化、多样化，艺术审美功能和文学表达水准显著提升。小说等叙事文体的创作多数沿着现实主义深化的路径探索，从作家的个人化审美视角和读者普遍化的审美反馈出发，不断扩展工业题材表现生活的审美视域，丰富人物形象塑造的审美内涵，尝试情节设置的多样化艺术架构，并尝试应用象征、反讽、悬疑、生活流、心理分析等多种文学技巧和艺术手段。同时，工业文学的语言意识也有了一定自觉，审美风格的辨识度逐渐增强。如李铁的作品就比较注重语言的艺术性，时常通过质朴而又富于韵律感的诗化语言制造具有凄美画面感的意境，由此烘托故事的整体气氛。基于诗歌语言的本体性特征，表现工业生活的诗歌创作在艺术审美的探索上走得更远。诗人们注重从工业生活的原初经验中发掘诗情，从生产环境的日常事物中攫取意象，将生活体验的张力倾注在意象的凝练中，并以个人标识鲜明的语汇符码表达流水线上的生命物语，极大提升了工业文学的语言审美特质和艺术形象的穿透力，形成了个体风格与时代审美的交相辉映。如郑小琼在机器嘶鸣的车间经验中提取出"铁"的意象，并将其与多重生命感悟弹跳地组合在一起，形成了远超出沿海工人群体的心灵共振。她在《炉火》中写道："在3000度的炉火中，我听见钢铁的预言／它说着的快乐与忧伤全都在炉中燃烧／焰光照亮的爱情让我彻夜难眠……"《表达》有这样的诗句："多少铁片制品是留下多少指纹／多少时光在沙沙地消失中／她抬头看，自己数年的岁月／与一场爱情，已经让那些忙碌的包装工／装好……""铁"的意象凝结了生活的艰辛、爱情的憧憬、未来的希望、忧郁的乡愁，那不正是一群人或一代人的痛与爱吗？当然，工业题材创作对艺术审美探索尚在行进途中，虽已日臻成熟，但距离新中国工业文学更高的审美期待还有一段较长的路要走。

三、新时代中国工业文学的展望

经过70年的发展，新中国工业文学取得了丰厚的成果。在此基础上展望中国工业文学的发展前景，我们有理由相信中国作家将会肩负起新的时代使命，以精益求精的艺术实践和审美追求，创作出更多具有人民情怀、时代精神和文化含量的工业文学作品。

以人民为中心，展现新时代"工业人"的多姿风采。

无论时代如何变化，科技如何飞跃，工业进程和产业发展如何迅猛，满足人民生活需要和精神追求的发展的目的都不会改变，"文学即人学"的本质也不会改变。广大产业工人、科技人员、企业管理者、创业者等"工业人"所组成的新时代"产业大军"，作为工业化建设的主体，参与了产品、工艺、技术、设备的创新创造，促进了产业结构的优化升级，推动了中国向工业强国迈进的有力步伐，也理应成为当代文学的重要表现对象。紧紧抓住"人"这个核心要素是丰富工业文学价值内涵的关键所在，也是赋予工业题材诗性审美的重要环节。工业题材创作需要扎根沉潜于实实在在的工业生活和社会生活，从真实的生活中回到人物本身。广大的工业建设者为工业题材的内容、形式、思想、审美提供了无穷富矿，作家们应该积极开掘、大胆突破、勇于创新，既要关注传统意义上的产业工人，又要表现奋斗在建设第一线上更广泛的"工业人"；既要挖掘具有普遍意义的人性经验，又要从工业角度展示具有独特工业色彩的群体特征；既要塑造真实感人的工业人物群像，又要刻画具有个人面貌、个体情感、个性特征的有血有肉的艺术形象；既要对他们的生存状态、生活方式、人生追求予以现实关切，又要对他们的心灵、情感、道德和理想予以精神观照；既要表现他们作为普通劳动者的平凡的色彩，又要彰显他们作为时代创造者的不平凡的光彩。只有把新时代的"工业人"写活，才能创作出有人性温度、现实热度和思想深度的工业文学作品。

把握时代脉搏，表现新时代的精神图谱。通常意义上说，任何作家都不可能脱离时代空气，任何作品都是对时代的回应。然而，工业文学因其题材的特殊性，始终与社会发展的时代主题密切相关，在新中国70年发展历程中起着时代精神晴雨表的作用，因此在当代文学的品类谱系中显示出一种独特的品格。人类社会正在从工业社会步入信息社会的时代变迁中，时间空间折叠压缩，审美形态也发生跃迁，一些传统的审美范畴和美学观念退隐，一些新的审美范畴和美学观念兴起。我们的工业文学必须要顺应审美形态的变化，迎来符合未来要求的新面向。当前，中国经济社会发展进入了新的历史阶段，中国工业步入了工业化的后期，基本实现工业化的目标即将完成，"中国制造2025"、"互联网+"、"网络强国"、自主创新等一系列重大时代课题已经展开，呼唤着工业题材创作以更为宏阔的视野去表现新时代的精神图谱。当代中国的伟大创造是时代精神的源泉，是时代主题的"魂"和"根"，离开了这个精神源头工业文学就很难切中时代的脉搏，也很难讲好当代中国工业故事。工业题材创作应当成为中国工业腾跃的文学缩影，成为新时代中国工业奋斗精神的艺术表征。全球化是中国经济崛起的时空背景，在全球经济的竞争融合中，中国工业的实力稳步提升，中国工业生活也与人类命运共同体紧密联系在一起。离开全球化的视野，工业题材创作难以全面展现中国工业的成就，也难以准确把握当代工业生活的特质。工业文学应当在全球化的视野中表现中国工业的挑战与机遇，书写中国工人的希望与梦想，传达关于现代工业文明的中国思考与中国见解。工业文学还应与时代同步，直面现实中的新问题，解答发展中的新困惑，但是反映现实不等于问题罗列，观照生活不等于现象拼贴。在民族梦想与世界语境、时代主题与个体心灵、思想性与艺术性的统一中超越对现实的表象化呈现，是具有新时代气象的工业题材力作产生的必由之路。

树立文化自信，提升工业文学的审美境界。文学是人民情怀的表达，是时代精神的表征，也是文化底蕴的彰显。

工业化是现代化的核心表征，是最有理由最有可能呈现未来文学形态的代表样式。工业文学作为现代文学的重要分支，应当建构明确的文化意识，树立关于题材和立意的文化自信。与几千年历史积淀的中国传统文化相比，中国现代文化还比较薄弱，但中国进入现代社会已有百年历史，新中国社会主义建设经历了70年征程，特别是改革开放40年发展成就的积累，形成了具有自身鲜明特色的现代文化和明显时代特征的工业文化。这些文化因子散落在工业领域的角落里，渗透在工业生产的细节中，体现在工业社区生活和人与人的关系上。看似是细枝末节，但实际上构成了工业题材创作丰富的写作资源和工业文学的审美意蕴。进入工业生活的细部，发掘、提炼已然形成中国现代工业文化的内涵是值得工业题材作家深入思考的问题。不唯如此，工业文化并非无根之萍，它滋长在广袤的社会生活，孕育于中国现代文化的整体氛围，与都市文化、乡土文化、民间文化、地域文化、民俗文化等不同向度、不同层面的文化场域都有着千丝万缕的关联。赋予工业文学厚重的文化含量，需要不断扩展审美镜像，以更为开放的姿态吸收其他文化系统的审美元素，呈现更为广博的中华文化底蕴。

从文化视角出发，工业文学还应当从不同艺术门类、文学类别获取美学养分。工业文学并不意味着枯燥，也并不仅仅是血脉偾张的力量之美或问题透析的思想之美，也可以是诗化、风俗化、散文化的性灵之美。

中国工业成就的文学印记

——第二届中国工业文学大赛长篇小说读记

工业化是现代化的前提和基础，是人类文明进步的关键阶梯。中国工业文学担当中国工业的精神传达和形象反映，它犹如深入中国现代化的心脏和引擎，可触摸它的起搏和脉动，透视燃烧室输出澎湃动力。长篇工业小说以宽阔的体量和丰富的形式，全景式反映当代工业生产生活的厚重与精细，是认知中国发展历程、探寻中国成功答案的最佳文学形态，为读者提供具有独特价值的文学样式和审美体验，在中国文学星空中熠熠生辉。第二届中国工业文学大赛结集了82部长篇工业小说，其中75部通过初审，24部进入专家评审，这些小说集中反映了中国当代长篇工业小说总体状况。

一、卓然而立的中国工业形象

反映新中国 70 年工业诞生发展史是普遍题材。《黑脸》《野百合》《历程》《江东创业史》等小说,讲述社会主义建设时期煤炭、石油、造船等企业披荆斩棘、艰苦创业的故事。《黑脸》中的采煤能手"大斧子",每次下井都全力以赴,尽可能为国家多采煤,每一次不拿第一绝不罢休。遇到矿难时,沉着冷静,排险解困,越危险越往前冲,置生死于度外。"大斧子"高大魁梧、憨厚爽直,有极强的人格魅力和高超的领导才能,无论多么调皮捣蛋的人,进入他的班组,都能够像一个模子出来一样,被调教成胜任岗位的好手。小说通过对人物性格的刻画、情节的叙述和环境的描写,生动地树立起"大斧子"这个典型环境中的典型形象,他精湛的工匠技艺、忘我的劳动热情,集中体现了中国工人阶级的先进思想、精神风貌和优秀品质。《黑脸》塑造了国有企业的传统经典群像。

《风过太阳城》《瓜熟蒂落》《开锁》《我们的队伍向太阳》等小说,以国企改革、民企发展为背景,讲述了新时期改革开放敢闯敢试、新时代"制造强国"创新创造的故事。《瓜熟蒂落》讲述打工仔季天翔,在市场经济大潮中拼搏进取,忍受一个一个委屈,战胜一个一个困难,不断丰富自己、提升自己获得成长进步,最后从一个小保安,历经电焊工,小包工头,成为一个民营企业老板的个人发展史。小说故事情节生活气息浓郁,可触可摸,真实可信,人物仿佛就是我们身边的亲戚和朋友。小说发现了市场经济民营企业家成长的规律——能吃苦、善学习、敢尝试、讲义气、守法纪,所有的故事情节、人物设置、环境铺垫都围绕这条成长规律展开,从而成功塑造中国民营企业家文学形象。季天翔个人的成功,反映中国民营经济的成功,折射中国特色社会主义市场经济的成功。《瓜熟蒂落》塑造了中国民营经济充满活力、拼搏奋进的中国工业形象。

《风过太阳城》以国企副厂长袁立德为首的正面人物和以厂长查伟进为代表的反面人物的对立冲突来展开故事。袁立德为人正直,懂技术善管理,深受干部职工爱戴支持,一心一意为电厂谋改革图发展,是电厂发展的实际领头羊、顶梁柱。查伟进干事创业意志衰退,作风漂浮,脱离群众,腐化堕落,为自己个人利益不惜损害企业的利益,是电厂发展的绊脚石。小说设置电厂走出国门、转岗分流、热电联产等重大事件，把事业线索、反腐线索、人物关系线索、角色感情线索、人格发展线索融合叙述，互相支撑，互相促进，使得形象塑造丰富立体饱满，人物真实可信感人，现代国企的形象和现代国企领导人的形象跃然纸面。

值得注意的是，一些小说存在重叙事轻刻画、人物面目模糊、缺乏性格的通病。它们的主人公多少有些"高大全"的模式化好人印象——为人正直、有技术专长、群众基础好，无论是外在形象还是内在性格的个性不足，难以留下深刻印象。

二、主题性叙事的生活切口

主题先行、宏大叙事似乎是所有长篇工业小说的先天性弊病。在这样的创作定式下，小说的思想性首要被强调，成为前置条件，艺术性则在其次，即使差强人意也可接受。一副上来就要说教的面孔，即使没让人生厌，也会令人敬而远之，即使深处有潜藏的精彩也无缘与读者相见。令人高兴的是，这次大赛的许多作品没有落入既往窠臼。

一种是故事情节牵引带动叙事。小说《开锁》以如何打开防盗锁为主线展开，故事情节悬念置顶、环环相扣，围绕这一线索，人物出现或消失，情节高潮或低徊，在开锁业与制锁业的博弈，盗贼与警察的较量，以及由此折射的人间正道与世道人心中，映照了民营企业的活力缘由和国有企业市场化转型改革的必然。

另一种是个人创业发展叙事。小说《世界工厂》打工仔林伟强、《草根的实业梦》大学生秦奋的故事都发生在珠三角这片改革开放的热土。他们从一开始在底层打工，但雄心壮志从未磨灭，葆有对美好生活的向往，不断奋斗，不断学习，碰到一个又一个困难，遭遇一起又一起挫折，家业不断累积，头脑愈加丰富，完成了从流浪汉到业务员再到小老板的创业历程。林伟强、秦奋的创业故事反映了千千万万中国人在市场经济大潮中追梦筑梦圆梦的真实故事，成为中国工业化宏大叙事的个体注脚。

一些以企业改革发展为主题的叙事，没有直接描写企业生产经营具体运作，而是重视从人物的生活出发，通过对个体生命际遇、群体前途命运的描写，自然关联企业、行业发展的故事，人物角色的塑造中反映主题。写人，就是写企业，写生活就是写生产。这种方式可以让读者从说教心理转变为审美心理，真正从无功利性、非目的性中去鉴赏小说，从而领略和把握宏大主题的艺术气象。《流年渡》《仰望长空》《你看长江往南流》《野百合》等，是其中的代表作品。

三、大众阅读与小众阅读

中国的小说脱胎于唐传奇、宋话本，至明清小说达到高峰，实际是当时说书人在市井勾栏瓦肆说书的脚本。西方小说萌芽自中世纪英雄史诗、骑士故事和民间故事。小说的渊源说明，大众阅读一直是小说的固有属性。随着社会变迁，审美风向演进，小说阅读出现了精致化、圈子化和网络化、快餐化两种倾向。后者代表是网络文学，其实际是小说的大众阅读的延续。前者在形式上保持印刷样式，小说这种文体进入了高雅艺术的行列，呈现小众阅读的倾向。

本次参赛作品也呈现这两种分化态势。《野百合》《流年渡》《大峪口》《红房子》《后浪惊拍》等明显带有专业写作特点，这些作品以短篇的方式写长篇，语言雕琢考究、意象蕴藉丰厚，不仅有整体，还有细节。《后浪惊拍》卷首语这么写："催动复苏的春，张扬着强劲的生命意识，将寰宇卷进沸反盈天的沙尘，呼啸的东南西北风，将一冬的沉渣抛向无垠的原野，使大地在相对运动中飞升。"《你看长江往南流》这么写景状物："太阳，还是那个太阳，每到这钟点红彤彤，稀溜软，像只熟透了的柿子，沉甸甸挂在老地方，镶上了金边的高压线垂吊出唯美的弧度。"《流年渡》这么交代故事的石油工业背景："不论是现在还是将来，他始终认为，自己生存的特定的环境里，生命在子宫里孕育时，就被熏陶感染了。在他单纯的意识里，周围的一切都是红色的，就连生活的草原，也有个激昂的名字——红色草原。"精致的阅读可以带来深沉的美感，但对于长篇小说而言，也会带来节奏的卡顿，影响阅读的流畅，这么读几十万字的作品，着实让人视为畏途。

《开锁》《非常商道》《中国造》《世界工厂》《草根的实业梦》则是另一种阅读体验，文字直白、表达简浅、节奏轻快，易于产生阅读快感。从文体上看来，有些还传习了中国古代章回体小说的特点。《非常商道》全篇16章，每章若干节不等，每章内容相对形成一个独立板块，如第二章"金银湖史话"专门讲故事发生地历史，第十三章"'淘金团'驾临侨县"专门讲上当受骗的经过。各章节相互勾连，形成一个叙事逻辑整体。读者阅读时可以一个章节一个章节地阅读，如同长途高速路行车，累了在服务站歇歇脚。《世界工厂》《草根的实业梦》则是对自然主义风格的体现。《世界工厂》以"我"的打工经历为线索，刻画了现代技术工人，依靠"不解决问题不罢休"的工匠精神，为工厂解决了一道道技术难题，改善了产品品质，提高了生产效率，揭示了中国之所以成为"世界工厂"的细节原因，小说平铺直叙，结构简单，话语直白，基本是对生活细节的再现。这些作品尽管不失阅读快感，但其思想承载与艺术内涵略有不足，其审美高度有限。

四、文学地图样貌初现

中国幅员辽阔，一个地区有一个地区的人文历史、风土人情，在这些土地生长出来的文学，特别是长篇小说，不仅是它的题材本身带有地域性，而且表现这种题材的语言风格、文体特色迥然不同，形成有趣的文学地图样貌。工业文学尽管属行业性文学体裁，依然受到所在地域文风浸染和影响。

东北地区的《黑脸》，语言滑稽逗乐，善用俗语白话，像曲艺里的脚本。如：大斧子这一生同大字结缘，名字里有大字，叫大福，绰号有大字，叫大斧子，长相里大字更多，大脸盘，大眼眶子，大眼仁，大鼻头，大耳垂，大脑门，大手，大脚，大身板，说话大嗓门，脚穿大号鞋，走路迈大步，酒量大，饭量大，力气大……这段描述如同"贯口"一般，读起来酣畅淋漓，人物的形象一下子清晰起来。

在描写茬子与玫瑰花在公交车第一次见面时的心理对话："这个男人有点小幽默。""我怎么一点都不会幽默呢？""这个小伙子是矿里的吧？""这个女孩是医院的护士吧？""这个小子长得够难看的""这个女孩长得够漂亮的""小伙子长成这样，太寒碜了，找对象谁跟呢！""我要是找一个这个长相的女孩多好啊""就这小伙子恶劣的长相，给多少钱都不能跟呢！""多搭点钱也得照这样的女人找啊。"像二人转表演，把两个未来的一对的思想差异表露出来，开启后面戏剧性变化的情感故事。

《开锁》则是天津风味的作品。天津人平时说话就很诙谐、幽默、逗笑，天津的小说风格自然是妙语连珠。津味小说的特点是生活气息浓郁，采用大量的方言、俚语、俏皮话，腔调独特，蕴含着民众的生活智慧，机智幽默。天津工业题材小说在全国走在前面，《开锁》把工业小说传统的拓展与津味小说的特色融入一体。在牛奔与乔杉杉去马尔代夫旅游时，为了让乔杉杉穿三点式泳衣。牛奔揶揄道："老实说，我老婆的体型比你好，皮肤也比你的白净，所以你不要害怕我会被你吸引。相反，你别被我男子汉的肌肉吸引就不错了。"乔杉杉被激将法制住，乖乖地去换了泳装。这样的话语表达把天津人"卫嘴子"的特点充分体现出来。

两湖地区的文学带有楚地巫风的气息。《中国造》里具有特异功能的三姐妹，《非常商道》里岳飞后人肇始淘金技艺的传说，《红房子》里鸡公山上藏宝的传说等充满想象力的情节设置，使得以现实主义为主轴的工业小说增添了些许神秘色彩，这些文学手法依稀可以看到上古以来两湖地区烂漫、奔放、玄奥的美学风尚。

《野百合》《仰望长空》文本内敛细腻、深沉厚重、想象丰盈、品咂有味，延续西北文学的风格特点，也可以看作乡土文学神韵移植到工业文学成功样本。如《野百合》

钻井"卡钻"事故发生后,有人说风凉话"熟死的荞面生着呢,精死的女人憨着呢。别看个个表面精精灵灵的,一旦出了故障,个个都瓷了""公鸡打鸣,母鸡抱窝。女人嘛,能干成个啥名堂?"这些反映生活智慧的民间谚语,在文本上广为使用,反映了西北地区文明滥觞之特点。《仰望长空》中阴差阳错女主人公错配郎君,却囿于当时的情势不得不接受,作者用大段的细腻到位的心理描写,使得故事情节真实可信,树立起坚忍负重的西北女人形象,成为小说成功的重要基石。

《世界工厂》《草根的实业梦》基本没有环境的渲染和烘托,也缺乏人物内心的描写与观照,记叙为主,描写为辅。语言平实直白,感情波澜不惊,情怀深埋心底,一种追求个人发达奋斗不息的生活态度,这是广东打工文学的特点。

建党百年主题电影创作的突出特点

中国共产党成立100年来的光辉历程、伟大成就和宝贵经验，为电影艺术创作提供了广阔的空间和源源不断的素材。正在热映的《1921》《革命者》《红船》《守岛人》《中国医生》《三湾改编》《我的父亲焦裕禄》等影片，从不同的视角生动讲述了波澜壮阔的党史故事，成功刻画了革命先辈和共产党人的光辉形象，深刻诠释了伟大的建党精神，引领我们不忘初心、牢记使命，鼓舞奋进新征程的磅礴力量。这些电影高度还原了历史环境，深度开掘了人物的精神世界，细致表现了角色的内心情感，拓宽了主题电影的表达方式，得到了观众的普遍好评。总体来看，这些影片有一些共同特点。

满足文化需求与增强精神力量的高度统一

主题电影的成功，根本在于实现了满足人民文化需求与增强人民精神力量的高度统一。主题电影，特别是革命历史题材、英雄模范题材电影，最核心的主题就是弘扬和传播中国共产党人的精神谱系。主题电影是否成功，关键在于中国共产党人的崇高、超拔、伟大的精神，能否通过艺术的方式让观众可知、可感、可颂，在艺术审美中礼赞英雄、讴歌伟大。《革命者》中流血牺牲的革命先辈、《守岛人》中皮肤黝黑的时代楷模、《中国医生》中眼窝深陷的医护人员等这些银幕上富有质感、充满张力的人物形象，鲜活展现了共产党人的精神风骨和崇高之美。在长期奋斗中构建起的中国共产党人的精神谱系，是弘扬光荣传统、赓续红色血脉、汲取前进力量的源泉，为我们立党、兴党、强党，为提振中国人的志气、骨气、底气，提供了丰厚的精神滋养。

宏大主题与微观视角的巧妙结合

建党百年主题电影创作是个宏大命题，如果采用惯常使用的宏大叙事方式难以出彩、出新。运用宏大叙事手法创作建党题材电影已有成功先例，1991年上映的《开天辟地》和2011年上映的《建党伟业》均以全景式、纪实性的手法再现这段光辉历史。而电影《1921》以同题异答的方式，进行了新的尝试，着重截取1921年这一年的史实，首次以李达和王会悟筹备"中共一大"会议的过程为叙事主线，小切口进入、细节处展开，将宏大主题娓娓道来，拉近了与观众之间的距离，令人耳目一新。《革命者》另辟蹊径，落笔于观众意料之外，以独特的非线性叙事结构，将故事起点置于李大钊临刑前的时刻，着力刻画李大钊在狱中的经历和所思所想，不落窠臼。《我的父亲焦裕禄》更是通过焦裕禄二女儿焦守云的视角，展现一名伟大共产党人的家庭生活形象，呈现出一个立体、丰满、亲切的人格形象。这种以"以小见大""见微知著"的表现手法很好地讲述了党的故事、革命的故事、英雄的故事，开辟了主题电影的新型表达方式。

历史真实与艺术真实的有机融合

对革命历史题材电影作品而言，其艺术虚构，必须以历史真实为根基，以历史真实驱动艺术真实，否则就失去了作品的立足基础。这批优秀的主题影片有个最大共同点就是真实，将一个个重大历史时刻进行真实再现。如《革命者》还原了一个真实的年代和真实的李大钊，其高潮戏是李大钊视死如归走上绞刑架的过程。当年，这具绞杀李大钊的绞刑架，如今被安放在中国国家博物馆的展览大厅里。剧组采用了1∶1还原法，将这具绞刑架进行了复制，诸多细节，都经得起检验。《中国医生》根据真人真事改编，以武汉市金银潭医院为核心故事背景，全景展现奋战在一线、充满奉献和牺牲精神的中国医护人员的感人故事。某种程度上，真实就是力量，最能打动人。

在历史真实的基础上，巧妙融入艺术真实，这是电影必要的创作空间和艺术要求。《1921》中毛泽东和李达夫妇一起吃饭的情节、为"新公司"开业大吉举杯对话的设计，来自历史上的一封信。那是新中国成立前夕，毛泽东给李达写信，"吾兄是本公司发起人之一，现公司生意兴隆，望速前来参与经营"，影片的这段设计是这封历史书信的合理想象。《守岛人》虚构了小豆子这个人物，小豆子的父亲是王继才的连长，王继才守岛，也是给去世的连长守坟。这些虚构织补了故事的完整性,使得小豆子多次倾力帮助王继才的行为逻辑得到合理解释。从历史真实到艺术真实,其实质是创造典型环境中的典型人物的必然要求,它去除了原本生活中的驳杂与散光,提纯生活本质,构建理想图景,极大地提升了影片的艺术感染力。

青春化表达与年轻态审美的强烈共振

赓续红色血脉需要年轻人,影视观众的主体恰恰是年轻人。这些主题影片都十分重视向年轻人的审美靠拢。无论是青年演员的使用、类型片元素的引入,还是对影片传播推介的重视,都体现这方面的考量。特别是影片注重建立与当代年轻人的情感联系,使新时代年轻观众的青春涌动得以释放,为他们爱党爱国情绪找到出口,引发他们强烈的共情、共鸣、共燃。《1921》中,一个个充满朝气的鲜活面孔与现实中的年轻观众形成心灵上的呼应。而且,"中共一大"13位代表平均年龄28岁,最小的才19岁,这本身就是年轻人的故事。可以说,这些影片既是革命片、历史片,也是青春片,是当代90后、00后向100年前的90后、00后的集体致敬。《三湾改编》中,青年毛泽东走上战场，拿起手枪战斗，相比观众印象中文人形象的毛主席，更凸显他在战场上的领导力与伟人风采，吸引了年轻观众目光。这一系列建党百年主题电影，通过年轻化的表达手法，把庄严的命题与大众传播相融合，与年轻观众进行精神对话，以富有时代感的艺术手法塑造共产党人的光辉形象，唤起年青一代的信仰与担当，激发起广大年轻观众的观影愿望。

建党百年主题电影创作的成功，是党史题材电影创作的一次成功实践，为探索总结主旋律电影创作规律提供了宝贵样本，值得中国电影理论界和创作界进行深入的研究和分析。

聚焦"做人的工作"汇聚新时代文艺评论强大力量

近日,中央宣传部、文化和旅游部、国家广播电视总局、中国文联、中国作协等五部门联合印发《关于加强新时代文艺评论工作的指导意见》(以下简称《指导意见》),提出了加强新时代文艺评论工作的总体要求,并就把好文艺评论方向盘、开展专业权威的文艺评论、加强文艺评论阵地建设、强化组织保障工作等提出具体意见。贯彻《指导意见》,关键在人。中国文艺评论家协会(以下简称"中国评协")是全国文艺评论家和文艺评论工作者的组织,"做人的工作"是中国评协组织的核心任务。中国评协立足基本职能不偏移,扭住根本任务不放松,推动全国文艺评论界认真学习贯彻《指导意见》各项部署和要求，为培养造就高素质专业化的文艺评论人才队伍，汇聚新时代文艺评论工作强大力量作出应有贡献。

把"引导人"作为协会的首要任务，坚定正确的文艺评论方向

中国文协作为文联组织的重要团体会员，对文艺评论工作者开展政治引领、思想引领、价值引领和创作引领，是文联组织政治属性的必然要求。《指导意见》指出要把好文艺评论方向盘，强调坚持正确方向导向，为我们做好"引导人"的工作提出总体要求。我们必须明确引导方向，坚持以马克思主义文艺理论为指导，持续深入贯彻落实习近平总书记关于文艺工作的重要论述精神。马克思主义是我们立党立国的根本指导思想，马克思主义文艺理论是马克思主义的重要内容，是社会主义文艺的旗帜和灵魂，为做好文艺评论工作提供了强大的理论武器。习近平总书记关于文艺工作重要论述，切准了文艺理论评论的脉象，开出了加强改进理论评论工作的良方，是构建当代中国文艺理论评论学科体系、学术体系和话语体系的理论指南，是

当代中国马克思主义文艺理论。引导广大文艺评论工作者全面系统准确地学习贯彻习近平总书记关于文艺工作重要论述特别是关于文艺评论工作的重要指示批示精神，研究新时代文艺评论面临的形势任务，深刻认识和把握文艺评论的地位作用和使命任务、正确导向和价值遵循、理论根基和文化属性、重要方针和基本品格，深化对习近平总书记关于文艺评论重要论述的整体性、系统性、学理性研究，深入领会贯彻其中的马克思主义立场观点方法，深刻理解关于文艺创作、文艺评价、文艺鉴赏等问题的真知灼见，以真理思想之光引导文艺发展之路。

我们必须坚定引导路径，在评论中坚持以人民为中心，坚持社会主义核心价值观。社会主义文艺，从本质上来讲，就是人民的文艺。引导广大文艺评论工作者牢牢坚守人民立场，把人民作为文艺审美的鉴赏家和评判者，深刻观照人民的生活、命运、情感，准确表达人民的心愿、心情、心声，坚决反对脱离人民、脱离生活的创作倾向和思想倾向，以正确的导向促进文艺繁荣兴盛。文艺是铸造灵魂的工程，承担着以文化人、以文育人的职责。引导广大文艺评论工作者以正确的国家观、民族观、历史观、文化观、审美观，对文艺作品、现象、思潮等进行科学的、全面的文艺评论，正确处理好社会效益和经济效益、社会价值和市场价值之间的关系，建立科学完善的文艺评价标准和体系，充分发挥文艺评论价值引导、精神引领、审美启迪的作用。

把"团结人"作为协会的重要目标，广泛凝聚共同奋斗的评论力量

古人云："民齐者强，上下同欲者胜。"广泛凝聚共识，广聚天下英才，是开展文艺评论工作的重要基础。自成立以来，中国评协及各地文艺评论家协会团结凝聚了数万名高素质专业化的文艺评论工作者，开展了丰富多样的文艺评论活动，积蓄了大批文艺评论的人才和资源。《指导意见》指出，要壮大评论队伍，加强中华美育教育和文艺评论人才梯队建设，培养新时代文艺评论新力量，为评协组织做好"团结人"的工作指明目标方向。

我们必须坚持尊重遵循文艺规律，坚持"百花齐放，百家争鸣"的方针。习近平总书记指出，加强和改进党对文艺工作的领导，要把握住两条：一是要紧紧依靠广大文

艺工作者，二是要尊重和遵循文艺规律。文艺评论，归根结底是文艺评论工作者的创造性劳动。应充分发挥文艺评论工作者的主体作用，发扬艺术民主、学术民主，保护好积极性和创造性，激发和形成广大文艺评论工作者挥洒才干、建功立业的生动局面。坚持原则和尊重规律从来都是并行不悖的，将这两面对立起来，或者只顾一面，不顾另一面，最终对党的文艺评论事业健康发展是不利的。应增强规律意识，自觉尊重创作规律、市场规律、传播规律、人才成长规律，让文艺评论在把握规律、遵循规律、运用规律中提高质量和水平。在文艺评论实践中坚持实事求是，注意区分政治原则问题、思想认识问题、学术观点问题和艺术表达问题，在尊重审美差异的前提下，鼓励通过学术争鸣推动创作共识、评价共识、审美共识。

我们必须画好同心圆，广泛团结文艺战线的有生力量。把各领域、各层次的文艺评论人才最广泛地团结起来，是党中央交给我们的重要政治任务，也是检验我们工作得失成败的重要标准。要培养、发现和联系、团结一批有情怀、有实力、有热情的文艺评论人才，造就适应新时代文艺事业发展需要的评论名家、大家，加强对薄弱艺术门类人才和青年人才的培养扶持力度。"文艺评论两新"作为"文艺两新"的重要方面军，也是社会主义文艺的创造者、建设者、发展者和繁荣者。做好"文艺评论两新"工作，事关文艺评论导向正确、事关文艺评论人才培养、事关文艺评论生态健康。延伸工作手臂、扩大工作覆盖，用全新的眼光、全新的政策和方法团结凝聚好"文艺评论两新"，充分尊重其作为文艺评论重要方面军的作用，充分激发其积极参与主流文艺评论活动的主动性，成为新时代文艺评论事业的有生力量。

把"服务人"作为协会的根本职责，努力推出高素质人才和高质量作品

能否为文艺评论工作者提供有效服务，是体现中国评协组织作用和价值的重要标准。几年来，中国评协为建设我国文艺评论良好生态，为文艺评论工作者成长成才、干事创业提供环境、创造条件，作出了许多有益探索和积累了不少成功经验。《指导意见》指出要加强文艺评论阵地建设、强化组织保障工作，从创作引导、组织建设、人才培训、权益保护等各方面、各环节提出要求，为评协组织进

一步做好"服务人"的工作作出具体规划。

我们继续在平台搭建上下功夫，通过继续开展"啄木鸟杯"中国文艺评论年度推优活动和网络文艺评论优选汇活动，推动中国文艺评论奖的设立，举办"西湖论坛"、"长安论坛"、"民族文艺论坛"、文艺评论两新"锦江论坛"、"粤港澳大湾区文艺创新论坛"，择优建立第二批"中国文艺评论基地"，办好"艺见"发声平台，开展主题文艺评论、重点文艺评论等多种方式，为广大文艺评论工作者研讨交流、发表评论提供平台、提供机会。继续在人才培养上下功夫，通过举办全国中青年文艺评论家骨干研修班、新锐文艺评论培训班、文艺评论领军人才培训班等多层次文艺评论人才专题培训活动，推举中青年德艺双馨文艺工作者、宣传思想文化青年英才、文化名家暨"四个一批"人才，推举"文艺评论两新"代表人士，选聘文艺评论名家和青年新锐评论家，以签约的形式组建特约文艺评论家队伍等多项举措，造就适应新时代文艺事业发展需要的评论新家、名家、大家。

我们继续在阵地建设上下功夫，充分发挥专业优势，放宽眼界、创新思路，通过组织编写《文艺评论概要》等文艺评论教材、办好《中国文艺评论》等学术月刊、用好中国文艺评论新媒体网络平台等，建设新时代文艺评论话语体系，拓宽广大文艺评论工作者的发声渠道，引导他们针对重大文艺实践、重要现象和重点作品展开及时多角度阐释，让正确的评论声音传播得更响亮，让文质兼美的文艺评论作品影响得更深远。继续在组织体系建设上下功夫，积极壮大文艺评论家会员队伍，提高会员服务的水平和质量，推进团体会员和专委会建设，实现全国省级评协全覆盖，努力建设体系完备、工作协同、联系紧密的文艺评论组织体系，真正成为广大文艺评论家和文艺评论工作者温馨之家。

明方向　上台阶　强队伍　开新风

——新时代新征程文艺评论十年回望

党的十八大以来，中国特色社会主义进入新时代。新时代十年，实现第一个百年奋斗目标，开启实现第二个百年奋斗目标新征程，朝着实现中华民族伟大复兴的宏伟目标继续前进。伟大时代为文艺事业开创新局、蓬勃发展提供了前所未有的广阔舞台。作为党领导文艺的有效方法和有力手段，文艺评论勇担责任、不辱使命，为推动文艺事业繁荣发展发挥了不可替代作用。十年来，文艺评论界在习近平总书记关于文艺工作重要论述特别是关于文艺评论重要论述和指示批示精神指引下，以高度的历史自觉和文化自信，与时代共脉搏，与创作同呼吸，守正开新、锐意进取，文艺评论的地位作用、使命任务更加明确，理论基础、学术支撑更加厚实，问题意识、现实关怀更加鲜明，内容形式、方式手段更加丰富，中国文艺评论事业呈现出正面、坚定、稳重、理性的正大气象，展现出主旋律昂扬向上、各声部精彩纷呈的生动局面，为满足人民文化需求、增强人民精神力量，营造天朗气清的行业风气，建设山清水秀的文艺生态作出积极贡献。

理论武装深入人心　　研究阐释成果丰硕

先进理论武装是文艺评论的底气之源。习近平总书记关于文艺工作重要论述开创了中国特色社会主义文艺理论新境界，实现了马克思主义文艺理论新的历史性飞跃，是当代中国特色社会主义文艺的旗帜和灵魂，为我们做好新时代文艺评论工作提供了根本遵循。深入学习领会习近平总书记关于文艺工作重要论述，成为文艺评论界加强思想武装的重中之重。十年来，广大文艺评论工作者牢牢坚持马克思主义在意识形态领域的指导地位这一根本制度，把党和人民对文艺评论的期待铭记在心，持续深入学习贯彻习近平新时代中国特色社会主义思想，特别是深入学习领会习近平总书记关于文艺工作重要论述，政治认同、思想认同、理论认同、情感认同得到了显著增强，为文艺评论事业的繁荣发展提供强大思想引领和精神力量。中国文艺评论家协会（以下简称"中国评协"）先后召开"学习贯彻习近平总书记在文艺工作座谈会上的重要讲话精神研讨会""学习贯彻习近平总书记看望文艺界社科界政协委员时重要讲话精神座谈研讨会""学习贯彻习近平总书记贺信精神座谈研讨会""学习贯彻习近平总书记在庆祝中国共产党成立100周年大会上的重要讲话精神座谈会""学习十九届六中全会精神笔谈"等专题研讨活动，引导全国文艺评论工作者深刻领会精神实质，把握思想精髓，进一步坚定道路自信、理论自信、制度自信、文化自信。系统研究阐释习近平总书记关于文艺工作重要论述，成为文艺评论界筑牢理论根基的第一要务。十年来，广大文艺评论工作者聚焦百年来我们党领导文艺工作的宝贵经验，聚焦社会主义文艺发展规律及其当代呈现，聚焦新时代文艺领域重大理论和现实问题，聚焦引导和推动文艺创作生产，聚焦构筑中国精神、中国价值、中国力量，全面深化对习近平总书记关于文艺评论重要论述的整体性、系统性、学理性研究和阐释。中国评协先后召开"改革开放 40 年来中国文艺评论的回顾与前瞻"座谈会、"新中国成立 70 年：一家一言"主席论坛、"建党百年红色文艺经典研讨会""纪念毛泽东同志《在延安文艺座谈会上的讲话》发表 80 周年理论研讨会""马克思主义与中华优秀传统文化相结合的文艺路径论坛"等专题研讨活动，并策划组织专版专栏，开展深度的理论阐释和学术研究，推出系列评论文章千余篇，推动党的文艺创新理论更加深入人心。文艺评论工作者自觉以党的文艺创新理论为指导，立足中国实际，解决中国问题，把个人学术研究与国家文化建设大局紧密结合起来，把政治话语转化为学术话语，把工作要求转化为学术追求，努力回答新时代"审美之问""艺术之问"，为构建中国自主中国特色的文艺理论体系添砖加瓦。比如，在 2022 年度国家社科基金艺术学重大项目中，"中国式现代化背景下艺术理论发展研究""建成社会主义文化强国的标准和实现路径研究""新发展理念下乡村振兴艺术设计战略研究"等体现中国声音、中国理论、中国思想的重大课题得以立项。

顶层设计高屋建瓴　政策举措纲举目张

顶层设计是中国共产党治国理政的重要方式，是全面推进各项事业的方法论。习近平总书记高度重视文艺评论工作，多次作出的重要论述和重要指示批示，成为指引文艺评论高质量发展的根本指针。《中共中央关于繁荣发展社会主义文艺的意见》《关于实施中华优秀传统文化传承发展工程的意见》《中华人民共和国电影产业促进法》《关于支持电视剧繁荣发展若干政策的通知》《"十四五"文化发展规划》等有关文艺政策相继出台，对加强新时代文艺评论工作进行设计、规划和指导，文艺评论在文艺事业的全局作用和战略地位不断提升，进一步加强和改进文艺评论成为全社会共识。2014年，称得上文艺评论组织建设元年。由国家批准成立的全国性文艺评论家组织——中国文艺评论家协会在这一年诞生，并作为中国文联团体会员入列全国文艺界，在新的历史时期吹响了文艺评论工作者集结号。经过多年发展，一个体系完备、门类齐全、层级高端、规模庞大、横到边、纵到底的全国文艺评论组织体系已然建立。截至2022年，中国评协拥有团体会员29家，个人会员 2143 人，全国评协组织（含国家级、省级、市/区级、县级）217 家，个人会员 26116 人。中国评协设立了理论、艺术产业研究、视听艺术、舞台艺术、造型艺术、新文艺群体、新媒体、青年工作、职业道德建设等 9 个专委会，先后与北京大学、清华大学等共建两批 37 个中国文艺评论基地。

2021 年，称得上文艺评论制度建设元年。中央宣传部、文化和旅游部、国家广播电视总局、中国文联、中国作协等五部门联合印发《关于加强新时代文艺评论工作的指导意见》，对加强新时代文艺评论工作作出全面部署。中共中央办公厅下发的《关于调整中国文学艺术界联合会机关职能配置、内设机构和人员编制的通知》中把"组织开展文艺评论工作"列为中国文联及各全国文艺家协会的重要职责。中国文联制定印发《加强新时代文艺评论工作实施方案》并召开中国文联加强改进新时代文艺评论工作座谈会，文化和旅游部制定印发《进一步加强文艺评论工作的方案》并将文艺评论工作纳入《"十四五"艺术创作规划》，国务院学位委员会、教育部发布新版《研究生教育学科专业目录管理办法》，在艺术学一级学科下明确列入评论研究类别，各相关职能部门扎实推出一系列举措将中央的"蓝图规划"转变为"现实画卷"，文艺评论工作在新的起点扬帆起航。

队伍结构不断优化　青年人才茁壮成长

加强文艺评论，关键在人，在队伍。十年来，文艺评论人才培养工作得到重视。特别是中国评协紧紧围绕"做人的工作"的要求，坚持把培训作为履行团结引导职能的重要载体和有力抓手，带动各级评协组织加强培训工作，形成"以老带新""以新促老"的良好格局。全国中青年文艺评论骨干专题研讨班、全国文艺评论新媒体骨干培训班、全国文艺评论领军人才培训班、全国民族文艺评论人才培训班、全国文艺评论新锐力量专题研修班等多层次文艺评论人才专题培训活动成功举办，累计培训学员2000余人，团结凝聚了一批有理想、有情怀、有责任、有担当的青年骨干队伍，绝大多数学员已在文艺评论界崭露头角，逐渐成为新时代文艺评论的中坚力量。据《新时代中国文艺评论人才发展研究》显示，截至2022年4月，全国评协会员分布广泛，涵盖12个艺术门类，近半来源于高校，男女比例基本持平，代际结构合理，呈现年龄梯队正态分布，有骨干有新锐。随着全国文艺评论人才日益多元化，一批充满活力、富有朝气锐气、符合新时代文艺评论要求的"文艺评论两新"人才崭露头角，他们学术风格鲜明、评论语言鲜活，成为把握文艺评论"利器"的生力军。中国评协高度重视"文艺评论两新"工作，专门打造"文艺评论两新"专属论坛——"锦江论坛"，先后举办成都峰会和遂宁峰会，发布倡议书和《遂宁共识》，引导"文艺评论两新"自觉担当时代责任、坚守人民立场、描绘新时代精神气象。通过推荐新文艺群体文艺评论工作者入选中国文联"两新"人才库、成立新文艺群体委员会、加大创作扶持力度等举措，拓宽联系服务"文艺评论两新"路径，调动"文艺评论两新"为党的文艺事业贡献智慧和力量。除了高等教育主渠道外，各个社会主体开始重视评论人才培养。国家艺术基金仅2022年一年，就对有关方面的话剧评论、交响乐评论、戏曲评论、青年美术评论、当代美术评论、工艺美术评论的人才培训项目予以资助，文艺评论人才培养呈现出多元化特点。

平台阵地持续打造　主流声势日益响亮

平台和阵地是文艺评论的"喉咙""声带"。十年来，文艺评论平台阵地持续打造，有效扩大文艺评论的传播力、影响力。中国青年文艺评论家"西湖论坛"，探讨"踏上新征程的中国影视""非常时期文艺的价值与力量""网络文艺的中国形象""新时代文艺的中国精神""青年文艺与国家形象"等核心主题，成为青年文艺评论工作者的重要交流平台，在业界、学界产生了较广泛的影响。中国文艺"长安论坛"，聚焦"中华文化传统与当代艺术语言创新"等重要理论问题，为促进中华优秀传统文艺理论价值的当代转化发挥了积极作用。全国"民族文艺论坛"着眼于推动各民族文艺评论工作共建共享、一体发展，在内蒙古锡林浩特展望"新时代乌兰牧骑与中国民族艺术的发展"，在西藏拉萨以"民族文艺中的中华民族共同体意识"为主题共话民族文艺评论的地位、作用与担当。"文艺评论两新"锦江论坛、粤港澳大湾区文艺创新论坛、"在新时代的现场"苏州论坛、映山红文艺论坛、长江文艺论坛、敕勒川文艺论坛、北戴河文艺峰会等多个具有地域文化特色的文艺评论品牌活动矩阵持续发力，为开展文艺评论实践提供学术支持和学理支撑。

十年来，文艺评论界主动适应新时代的媒介环境和技术革新，在媒体融合发展语境中建设评论阵地和工作机制，以开放姿态融入"互联网+"，打造构建线上和线下、现实和虚拟相结合的全方位文艺评论平台，评论风气日益清朗，主流声音愈加强劲。《人民日报》《光明日报》《中国艺术报》《中国文化报》《文艺报》《文汇报》"学习强国"等主流媒体持续强化文艺评论专版、专栏建设。其中，《人民日报》观照文艺重大问题和热点议题，强化报网融合，仅2021年，文艺评论新媒体产品19次登上微博热搜，微博话题阅读量21亿+。《光明日报》开设《影视锐评》《观者有心》《网聚青春的声音》等栏目，增强文艺评论的锐度和力度。《文汇报》每周推出8个"文艺评论"版，和中国评协共建《时代艺评》栏目，深入文艺创作现场，积极开展建设性的文艺批评。《中国文艺评论》《文艺研究》《中国文学批评》《文艺理论与批评》《文艺争鸣》等文艺评论类专业刊物积极介入重点文艺评论，体现学术厚度、评论深度、理论高度。其中，《中国文艺评论》自2015年10月创办以来，始终坚持导向性、学术性、综合性、实践性的基本定位，努力推动文艺评论学术共同体建设，不断扩大学界业界影响力。

中国文艺评论新媒体矩阵以中国文艺评论网、"中国文艺评论"微信公众号为主要阵地，坚持立足评论前沿，突出网络特色，做精做强"原创首发"专栏，2015年以来已选发1.2万篇评论文章。持续巩固扩大与中央主流媒体特别是文艺评论版面、频道、调频、栏目，以及相关网络媒体的合作联动机制，与百家中国文艺评论传播联盟成员共享优质评论文章，实现评论作品和信息的互通共享，成功迈向"融合发展、多元传播"新阶段。

积极介入创作现场　助力文艺气象更新

十年来，文艺评论界探索褒优贬劣、激浊扬清的实现途径，直抵现场、直面问题、直击要害，及时组织评论家撰文发声，积极发挥文艺评论思想教育、文化引领、审美启迪作用，助力建设山清水秀的文艺生态。

面对不良文化倾向、错误文艺思潮、畸形审美观念，文艺评论发出木铎金声。特别是2021年8月以来，文艺评论界积极响应文娱领域综合治理，聚焦职业道德与行风建设，深入剖析"饭圈"乱象并提出具体措施，形成向上向善的舆论态势，有效推动文娱行业健康发展。中国评协启动"艺见"发声平台，围绕"饭圈文化"主题，通过微评征集、专家研讨、平台发声、专题约稿等形式，打"组合拳"、出"连环招"、献"锦囊计"，邀请专家学者辨析"饭圈"乱象，以文艺评论方式助力"饭圈文化"治理。

从"艺评战'疫'"到"脱贫攻坚"艺评，评论的声音坚定而温暖。文艺评论工作者不辱使命，以积极的介入姿态，着眼于振奋人心、弘扬正气、舒缓情绪，对文艺作品、现象和现场进行评论分析，撰写了一大批客观理性的文艺评论文章，保持了立场鲜明、导向正确、昂扬向上的总基调，体现了文艺评论的社会价值和文艺评论工作者的社会责任感。

围绕展现时代精神风貌、民族复兴主题、国家文化形象、人民美好生活、火热创作实践的重点文艺作品，集中力量开展多向度、全景式评论，积极引领创作和审美鉴赏。相继组织开展电影《文朝荣》《周恩来与乌兰牧骑》《音乐家》《铁血阳泉》《1921》《我和我的家乡》《天地之间》《长津湖》、田连元评书《话说党史》、大型史诗歌舞剧《大地颂歌》和舞剧《五星出东方》作品研讨会，就《大山的女儿》《山海情》《跨过鸭绿江》《装台》《觉醒年代》《最美逆行者》《在一起》等一批重点现实题材电视剧精品和《革命者》《红船》《三湾改编》《我的父亲焦裕禄》《中国医生》《守岛人》等一批建党百年主题电影精品集中召开创作座谈会，不断探寻新时代文艺创作唱响主旋律、传播正能量、紧随时代、立足实践、关注当下的新形式与新路径。

2012年开始编撰出版的《中国艺术发展报告》，是全面、系统、集中展示中国艺术年度发展的综合性文本，10年10部《中国艺术发展报告》，成为观察新时代中国文艺全貌、感知中国文艺脉动的重要窗口。自2016年起，"啄木鸟杯"中国文艺评论年度推优活动已连续举办6届，共推选出43部优秀文艺评论著作、161篇优秀文艺评论文章，"啄木鸟杯"的公信力、传播力、影响力越来越大，已成为国家级文艺评论的最高评价活动。与此同时，因应网络文艺、数字艺术迅猛发展，网络文艺评论优选汇及时延伸评论触角，推出优质文艺微评、短评、快评和全媒体评论产品，有效引领网络文化建设。

新时代十年文艺评论成就卓著，蕴含着面向未来的重要启示。一是必须坚持以马克思主义文艺理论为指导，夯实文艺评论的理论基础；二是必须坚持贯彻党的文艺方针政策，把好文艺评论方向盘；三是必须坚持文艺评论工作者的主体地位，把队伍建设摆在更加突出位置；四是必须坚持与时代同步伐，勇立潮头、介入现场、弘扬新风。总结运用好这些有益启示，是做好新时代文艺评论工作的必然要求。

十年章成，今谋新篇。让我们踔厉奋发、笃行不怠，以文艺评论的新使命、新担当、新作为推动文艺创作从"高原"迈向"高峰"，进一步开创社会主义文艺事业繁荣发展新局面。

书写新时代文艺评论新篇章

——中国文艺评论家协会十年历程回望

2014年5月30日,中国文艺评论家协会(以下简称"中国评协")在北京揭牌成立。

10年来,中国评协以习近平新时代中国特色社会主义思想为指引,认真学习贯彻习近平文化思想,全面贯彻落实中央宣传部等五部门《关于加强新时代文艺评论工作的指导意见》和中国文联《加强新时代文艺评论工作实施方案》,扎实推进"做人的工作"与"引导创作评论"深度贯通,明方向、夯基础、强队伍、树品牌、开新风,在理论建设、示范引导、人才培养、行业评价、平台阵地等方面取得显著成效,推动全国文艺评论事业取得历史性进步。

十年里，我们强化理论武装，牢牢把握文艺评论的方向盘。把学习习近平新时代中国特色社会主义思想，特别是习近平文化思想作为首要任务，通过集中学习、专题研讨、教育培训、主题宣传等方式，加强主席团、理事会、会员及广大文艺评论工作者思想理论建设，推动党的创新理论在文艺评论界落地生根。开展了"习近平总书记在文艺工作座谈会上的重要讲话精神""改革开放40年来中国文艺评论的回顾与前瞻""庆祝新中国成立70周年""建党百年红色文艺经典""建党百年与文艺评论""纪念毛泽东同志《在延安文艺座谈会上的讲话》发表80周年""马克思主义与中华优秀传统文化相结合的文艺路径""中国式现代化与中国文艺现代化发展""建设中华民族现代文明与新时代文艺的使命"等专题研讨，全方位、深层次、多角度深化对党的文艺创新理论的整体性、系统性、学理性研究和阐释，发表各类文章累计5000余篇。组织专家团队编写出版首部文艺评论通识性读本——《文艺评论概要》，完成"推进马克思主义文艺理论中国化时代化""改革开放40年文艺评论事业发展成就与经验研究"等课题研究，为构建新时代中国自主的文艺评论话语体系、学术体系、学科体系贡献力量。

十年里，我们深度介入时代现场，文艺评论的针对性、时效性持续增强。坚持重大文艺实践跟进重点文艺评论、重点文艺评论推动重大文艺实践的理念，建立主题评论活动工作机制，就建党百年、新中国成立七十周年、改革开放40周年以及央视春晚、中国文联"百花迎春"大联欢和"艺苑撷英"展演等重大文艺演出组织专题评论，开展电影《周恩来与乌兰牧骑》《我的父亲焦裕禄》《我和我的家乡》《天地之间》《长津湖》、电视剧《山海情》《觉醒年代》《大山的女儿》《县委大院》《繁花》、长篇小说《家山》、田连元评书《话说党史》、大型史诗歌舞剧《大地颂歌》和舞剧《五星出东方》等重点题材作品研讨会50余次，不断探寻新时代文艺创作唱响主旋律、传播正能量的新形式、新路径。创办"艺见"发声平台，策划"教材插图事件""抗日神剧""网络漫画""主旋律影视的拓展与升华""现实题材人物塑造"等专题评论13期，缘事析理、褒优贬劣、激浊扬清。"艺见"系列专题入围了中央网信办中国正能量"五个一百"网络精品票选活动。创办"青萍荟"专栏，围绕科目三舞蹈、ChatGPT与文艺、Sora与创作等新现象，推出全媒体评论产品，发出评论先声，努力回答新时代的审美之问、艺术之问。

十年里，我们持续加强人才队伍建设，织密建强文艺评论组织体系。截至 2022 年，协会拥有团体会员 32 家，个人会员 2578 人，全国评协组织 328 家、个人会员 35576 人，实现了省级评协组织"应建全建"的里程碑式目标。协会下设 9 个专委会，推动文艺评论向专业化、精细化深耕。我们坚持在培养人上下功夫，在常规常态会员培训同时，举办全国文艺评论领军人才培训班、中青年骨干专题研讨班、新锐力量专题研修班、新媒体骨干培训班、民族文艺评论人才培训班等多层次专题培训活动，共培训学员 2800 余人，目前大多数学员已在文艺评论界崭露头角，逐渐成为新时代文艺评论的中坚力量。我们持续跟踪学员、会员发展，努力为他们的成长进步、施展才干提供力所能及的机会。启动《啄木鸟文丛》出版 5 年计划，为文艺评论家出版文集，2024 年已率先出版 9 部，被文艺评论工作者誉为"暖心工程"。落实上级部门"名家传艺""青年创作扶持""文化英才"等项目，助推文艺评论人才脱颖而出。

十年里，我们精心打造行业评价项目，加强文艺评价体系建设。每年组织编写中国文联重大出版项目《中国艺术发展报告》，中国文联所属各协会、有关部门参与，超百位专家撰稿，是全面、系统、集中展示中国艺术年度发展的综合性文本，已成为文艺界开展学习培训重要参考读本和社会各界观察艺术发展重要窗口。《中国艺术发展报告》十周年成果入选国家文物局"见证新时代——晒晒我们的新物件"展览。连续举办8届"啄木鸟杯"中国文艺评论年度推优活动，共推选出53部优秀文艺评论著作、221篇优秀文艺评论文章，这些作品散发出新时代精神光芒，发挥着文艺评论写作标杆作用。"啄木鸟杯"公信力、吸引力、影响力越来越大，已成为全国性文艺评论盛事。因应网络文艺、数字艺术迅猛发展，举办3届网络文艺评论优选汇，将短视频、弹幕、留言等新型评论方式纳入评选，吸引了80多万人次青年评论者参与，共推出优秀作品90篇。这些行业评价项目已经成为文艺评价体系的重要组成部分，发挥着重要行业引领功能。

十年里，我们建强"国"字头评论阵地，品牌效应不断扩大。先后与北京大学、清华大学等37家顶尖高校、科研机构共建两批"中国文艺评论基地",开展差异化、专题性文艺理论评论学术研究和评论活动 50 余次,推出了一批有较高学术价值的理论评论成果。以建设智库型论坛为目标,持续举办中国青年文艺评论家西湖论坛、粤港澳大湾区文艺创新论坛、当代文艺评论苏州论坛等品牌论坛。这些论坛聚焦专业性、区域性重点话题,开展集中、系统的深度讨论,产生了良好的业内和社会反响。创办会刊《中国文艺评论》杂志,坚持导向性、学术性、实践性、前瞻性定位,刊发优质评论文章,2021 年晋级 C 刊,杂志的学术口碑和影响力日益隆升。杂志刊发的专题文章两次入选由中央宣传部出版局主办的"期刊主题宣传好文章"。实施"中国文艺评论作品海外推介工程",组织翻译《中国文艺评论》文章精粹,在国际著名的英国麦克米兰出版社正式出版,推动体现中国立场、中国理论和中国观点的文艺评论走向世界。中国文艺评论网、"中国文艺评论"微信公众号和视频号始终坚持立足评论前沿,跟踪热点话题,10 年来共吸引网民 1578.5 万人、阅读量 3284.3 万次。中国文艺评论网是全国唯一服务文艺评论行业发展的专业网站,"中国文艺评论"微信公众号订阅用户破 14 万人,2023 年公众号阅读量在全国 754 种人文学科类 C 刊及扩展版公众号中排名第 8，在文艺类排名第一。中国文艺评论新媒体矩阵已迈向"融合发展、多元传播"新阶段。

十年里，我们着力固本强基，推动协会自身建设提质增效。承担协会秘书处职能的文艺评论中心，坚持以党建带队伍、抓管理、促业务，持续深化党支部标准化规范化建设，加强干部的思想淬炼、政治历练、实践锻炼和专业训练，建设团结、和谐、奋斗、进取的工作团队。2022 年，中心党支部荣获首批中央和国家机关"四强"党支部荣誉称号。2023 年，中心荣获中国文联创建模范机关先进单位。协会 2021 年、2023 年连续两次获得国家社科基金优秀学术社团奖励性补助第一档。

十年奋进，风雨兼程；十年树木，生根散叶。

通过 10 年的努力，中国评协逐渐团结了一大批政治可靠、学术扎实、艺术敏锐、具有啄木鸟精神的文艺评论人才，忠实履行着引导创作、推出精品、提高审美、引领风尚的重要职责，成为社会主义文艺大军不可或缺的重要部分，为新时代文艺的健康发展发挥不可替代的重要作用。

十年，是一个里程碑，更是一个新起点。我们一定不忘初心、牢记使命，继续跑好历史交给我们的接力棒，以更加昂扬的精神面貌和奋斗姿态书写新征程文艺评论事业高质量发展新篇章。

百年广东文艺：党领导文艺工作的生动实践

文艺事业是党和人民的重要事业，文艺战线是党和人民的重要战线。在革命、建设、改革各个历史时期，在党的领导下，广大文艺工作者立时代之潮头、发时代之先声，与人民同呼吸共命运，创作了一大批脍炙人口、深入人心的精品力作，弘扬了民族精神和时代精神，为我们党团结带领人民实现民族独立、人民解放、国家富强、人民幸福作出了十分重要的贡献。

在中国共产党百岁华诞之际，由广州市委宣传部、中国艺术报社指导，广州市文联、广东美术馆主办的"时代先声——广州文艺百年大展"在全国文艺界"先声夺人",用文艺见证中国共产党的百年历程,用文艺阐释中国共产党为什么"能"、马克思主义为什么"行"、中国特色社会主义为什么"好",用文艺讲述中国故事、传承红色基因、继承优良传统、砥砺奋进前行。大展聚焦百年来党领导人民取得的历史性成就、发生的历史性变革,多角度、深层次、全方位系统梳理回顾总结广东特别是广州文艺百年发展历程,通过现当代的文艺精品、历史文献、报纸期刊、名人信札、音像实物等1000余件极具纪实性、史料性、艺术性的珍贵藏品,真实展示了在中国共产党领导下广州波澜壮阔的革命文艺史实和灿烂辉煌的文艺创作成就,真实呈现了南国大地一幕幕驰魂动魄的辉煌与荣光,以及文艺工作者们在习近平新时代中国特色社会主义思想引领下,为实现中国梦而不懈奋斗的赤胆忠诚和伟大创造精神。百年广东文艺,既是历史的,也是当代的;既是地方的,也是全国的。梳理百年广东文艺辉煌历程,回顾党领导文艺工作的生动实践,对于新时代繁荣发展中国特色社会主义文艺、推进文化强国建设具有重大启示。

一、发时代之先声，为革命先行先导

任何一个时代的文艺，只有同国家和民族紧紧维系、休戚与共，才能发出振聋发聩的声音。聆听时代声音、把握时代脉搏、回答时代课题，是文艺工作者的庄严使命。

广东作为中国红色革命的探路者，也是中国革命文艺、红色文艺的重要发轫地。毛泽东、周恩来、陈独秀、李大钊、鲁迅、茅盾、郭沫若、巴金等伟人巨匠与广州结下了深厚的文艺情缘，《救亡日报》《新华日报》《广州文艺》《文艺阵地》等红色进步刊物在广州最早出版发行，《国际歌》从广州开始传唱。在觉醒年代，初生的中国共产党还未掌握武装力量，把革命文艺作为宣传党的主张、发动群众、教育人民的重要方式和手段，视为推动革命事业前进的号角。

中国共产党组织成立前后，广州成为新文化运动在南方的主要阵地，各种宣传新文化、新思想的刊物如雨后春笋般涌现，如《新学生》《南风》《工界》《广东群报》等，对革命思想的传播和文学创作的发展发挥了重要作用。作为中国共产党早期优秀的理论家和革命活动家，杨匏安是广东红色文学的先驱。他于1918年发表了文言小说《王呆子》,以浅显的文言描写中国农民苦难的命运,揭示阶级压迫和阶级斗争,是中国第一部反封建题材的小说。1921年,随着陈独秀南下广州任职于南方政府,他主持的《新青年》由上海迁至广州,1923年《〈新青年〉季刊》在广州创刊,成为党中央宣传革命理论的早期重要机关刊物。

在党领导农民运动的历史中,彭湃是最早的开创者,他也是最早将文艺宣传与党的工作结合起来的先行先导者,积累了党领导文艺工作最初的实践经验。彭湃在1919年五四运动期间就曾经在海丰组织白话剧团,演出《打倒帝国主义》《朝鲜亡国恨》等节目,进行抵制日货和救亡宣传。1922年,彭湃在广州参加由社会主义青年团发起组织的白话剧社,剧社由谭平山任主任,彭湃等负责配景并担任演员。该剧社曾上演过揭露资本主义罪恶的6幕话剧,可惜剧目无存。在农会活动中,彭湃最早把用广东方言表演的时事剧推广到乡村。为了能够毫无障碍地与农民沟通,他煞费苦心,编写了《田仔骂田公》等一批通俗易懂的歌谣,教给农民传唱,既朗朗上口又切近现实。

被誉为文艺界知音的周恩来,在建党初期是将军队中的文化工作和文艺活动与党的工作结合起来的重要组织者、推动者、实践者。在周恩来的直接领导下，黄埔军校士兵俱乐部得以建立，学生入学后学唱的第一支歌就是《国际歌》。周恩来还创立了"血花剧社"（取"烈士之血，主义之花"之意），共产党员陈赓、蒋先云、李子龙等都是剧社的活跃分子。血花剧社以宣传革命为主要工作，以青年军人的高尚革命理想和娱乐性的演技为依托，演出的剧目主要有《血泪湖》《黄花岗》《还我自由》《鸦片战争》《革命军来了》《马上回来》《联合战线》《沙基血》等，剧情和表演大多朴实、真挚、感人，充满救国激情。血花剧社自成立至结束，共演出50多场次。《广州民国日报》报道，血花剧社的革命号角"由珠江吹到扬子江"，其演出"大受社会赞扬"，在潮汕公演，每次开幕来观者无不人海人山，颂声四起。剧社在反帝反封建国民革命运动中发挥了积极作用。

毛泽东在半个多世纪的伟大革命实践中，一贯重视发挥革命文艺武器的战斗作用。他在主办"广州农民运动讲习所"期间，就亲自指导开办"革命画"课程，亲自指导农讲所教员和学员把画笔当作革命武器，为推翻压在中国人民头上的"三座大山"，为实现中国革命的伟大理想服务。毛泽东亲自培育的革命文艺种子撒遍了全国各地，学员结业后，回到各省区，组织和领导农民运动，广泛地宣传马列主义和毛泽东思想。不少学员到达一个新的地区时，往往首先开办夜校，张贴革命漫画、宣传画，从解释革命画入手，启发农民群众的阶级觉悟，吸引广大农民参加学习，逐步把农民发动起来。当年的学员回忆说："当时革命画成为在农村发动群众的有力的武器，起到了开路先锋的作用。"

20世纪30至40年代，南粤大地一批热血文化青年，在中国共产党抗日主张的感召下，奔向革命圣地延安，聆听毛泽东在延安文艺座谈会上的讲话，在党的领导下，以文艺为利器，为大众服务，积极投身抗日民族解放运动。1942年的延安文艺座谈会，标志着中国共产党领导文艺走向成熟。在革命根据地延安的广东籍文学家欧阳山、草明、阮章竞，贯彻毛泽东同志《在延安文艺座谈会上的讲话》精神，到工农兵群众中去，服从和服务于火热的革命斗争，开启了文学创作的新阶段。有"人民音乐家"之称的冼星海，在延安精神的感召下相继谱写了《军民进行曲》《生产大合唱》《黄河大合唱》《九一八大合唱》等民族交响诗，极大激发了人们的抗日热情。广东革命文艺、红色文艺紧紧连着党的初心与使命，与时代同步伐，与民族共命运，为推动中国革命胜利发挥了特殊重要作用。

二、启智慧之先河，改造国人精神世界

举精神之旗、立精神支柱、建精神家园，离不开文艺。文艺具有培根铸魂作用，承担着以文化人、以文育人的职责。在近现代、当代中国的思想文化进步发展中，广东文艺始终走在引领时代精神的前列。

广东作为中国近代民主思想的策源地，也是文艺改造国民性的实践田。在文艺为革命先行先导的同时，梁启超、孙中山、李大钊、鲁迅、毛泽东等思想文化先驱都对文艺改造国民性这一课题进行了悉心探索，掀起了一股文艺救国的热潮。梁启超从提倡"文界革命""诗界革命"和"小说界革命"开始，积极探索和实践了报刊、"新小说"、"新史学"等国民性改造途径，《少年中国说》影响了一代又一代中国人。鲁迅是启蒙主义的文学巨人，是国民性改造运动的旗手。在广州的燃情岁月里，他不断用小说、杂文等文艺形式对旧中国贫苦农民和旧知识分子的精神状态进行深刻的剖析，写下《在钟楼上》《而已集》《三闲集》等名

篇，为其他文化先驱继续探索国民性改造这一永恒的话题奠定了坚实的基础。他培养了大批文艺青年，传播先进思想，成为广州左翼文艺的旗帜。毛泽东在《新民主主义论》中称赞他是"在文化战线上，代表全民族的大多数，向着敌人冲锋陷阵的最正确、最勇敢、最坚决、最忠实、最热忱的空前的民族英雄"，并肯定"鲁迅的方向，就是中华民族新文化的方向"。鲁迅一生不断攀登思想高峰的努力，永远值得我国文艺家学习。

在建设时期，广东文艺弘扬自力更生、团结奋斗精神，鼓舞人民投入建设自己国家的伟大实践。在党的"双百"方针的指引下，以何香凝、梁思成、梅益、钟敬文、叶恭绰、马思聪、戴爱莲、蔡楚生、陈波儿、郑景康、石少华和商衍鎏、商承祚父子等广东籍文艺家为代表的文艺界领军人物，以炽热身心熔铸于如火如荼的社会主义建设洪流，创作了一大批弘扬爱国主义、集体主义、社会主义的伟大民族精神作品。爱群大厦的毛主席巨幅画像《中国人民站起来了》、歌曲《我爱五指山，我爱万泉河》，以及《三家巷》《虾球传》《山乡风云录》《香飘四季》《唐诗小札》《花城》《刑场上的婚礼》《欧阳海之歌》等文学作品、《江山如此多娇》《雪夜送饭》《前夜》《永不休战》《绿色长城》《青年人》等绘画作品、《孙中山像》《五羊石像》《艰苦岁月》《欧阳海》等广州城市雕塑、《南海潮》《七十二家房客》《大浪淘沙》《跟踪追击》《羊城暗哨》等故事片成为几代中国人坚定信仰、拼搏奋进的精神力量，也是那个激情燃烧岁月的标志性作品。

进入改革开放新时期，党明确提出文艺为人民服务、为社会主义服务的"二为"方向。广东文艺秉承"岭南文化"厚重的传统，领风气之先，发扬改革开放创新的精神，创作生产了一大批优秀文艺精品。在文学领域，有"伤痕文学"《我应该怎么办》《代价》《普通女工》、"改革文学"《雅马哈鱼档》《海风轻轻吹》《彩色大地》、纪实文学《护士长日记：写在抗非典的日子里》《瘟疫，人类的影子："非典"溯源》《招商集团》《中国铁路协奏曲》《木棉花开》、小说《中国知青部落》《白门柳》《沧浪之水》《纪念》等；在影视领域，有电影《警魂》《孙中山》《花街皇后》《商界》《安居》《邓小平》《所有梦想都开花》《秋喜》、电视剧《外来妹》《公关小姐》《情满珠江》《英雄无悔》《紫荆勋章》《和平年代》等；在音乐领域，有《春天的故事》

— 233 —

《走进新时代》《我爱你,中国》《弯弯的月亮》《蓝精灵之歌》;在视觉艺术领域,有雕塑《猛士》《开荒牛》、原创动漫"喜羊羊"等。这些文艺经典既有鸿篇巨制,又有青鞋布袜,在全国文艺界独领风骚,为点燃澎湃的奋斗激情、绘就波澜壮阔的改革开放历史画卷作出了重要贡献,向世人展现和传播了广东改革开放和现代化建设所取得的辉煌成就。

三、开审美之先风,成为中华文化创造性转化、创新性发展的典范

百年来,在党的坚强领导和有力感召下,一代代广东文艺工作者自觉拥抱艺术理想,坚持用高尚的文艺引领社会风尚,促进时代变革,并以艺术的方式将文明之光照亮生活的每个角落,直至每个人的心灵深处。时代的深刻变革改变了人们的思想观念和审美追求,为新的文艺样式的孕育、产生和发展创造了环境和条件。

广东作为祖国的南大门、海上丝绸之路的重要枢纽,也是新思想、新观念、新文艺的勃发地。在中国文艺从传统转向现代,在不忘本来、吸收外来、面向未来的时代发

展中，广东文艺做出了大胆的探索和实践，形成了独特、鲜明的艺术风格。各门类艺术竞相绽放，开审美之先风，成为中国文艺的风向标，为实现中华传统文化创造性转化和创新性发展作出了具有开创性的贡献。五四新文化运动的旗手鲁迅，他的小说名篇《狂人日记》《阿Q正传》的创作成就，与他在广州"不忘本来"地研究撰写《唐宋传奇集》等汲取的创作营养密切相关。被誉为"岭南三秀"的岭南画派、广东音乐和粤剧，彰显了广州文艺放眼世界、兼收并蓄、吸收外来的胸怀与气度，成为引领中国文艺现代转型之典范。

16世纪，西方油画艺术由欧洲传教士首经澳门传入广州。被孙中山誉为"东亚画坛第一巨擘"的李铁夫，不仅是中国赴海外学习油画第一人，更是中国油画艺术以及探索欧洲古典写实绘画之源的先行者。他对油画本体语言、精神与技法、品位的成就，留洋后辈难以企及。广州画坛由此走向一个多元的时代。《未完成的老人像》正是他以东方写意手法融入西方肖像画的一个创造。20世纪是中国水墨艺术由传统文人画脱胎换骨转型的世纪。广东人林风眠试图引进西方现代绘画的一些表现手法来改造传统水墨画法，主张"中西调和"，相互借鉴。他敢于探索，在表现风格和表达方式上蔚然独立，培养了吴冠中、李可染、赵无极、董希文、苏天赐等足以撑起现代中国美术半壁江山的风云人物。作为近现代中国美术史上声名卓著、影响深远的岭南画派，主张"折衷中西，融汇古今"的艺术思想，代表人物高剑父、高奇峰、陈树人在中国画的基础上融合日本、西洋绘画技法，自创一格，培养出方人定、关山月、黎雄才、司徒奇等"岭南画派"第二代中坚力量，他们将中国画色彩与墨法形成有机体系，再现了自然对象的体积结构和空间氛围，有效拓展了中国画的表现能力。

20世纪20—30年代是广东音乐的兴盛时期，以"何氏三杰"何柳堂、何与年、何少霞为代表的音乐名家尝试将西洋乐器与中国民乐结合，吸收交响乐等外来曲种的元素，推动了广东音乐创新发展，享有"凡有华侨处，即有广东音乐知音"之美誉。与此同时，作为广州地区最具代表性的地方剧——粤剧，也进入鼎盛时期，在全国剧种中率先走向海外，出现了当时誉满粤港澳的薛觉先、马师曾、白驹荣、廖侠怀、桂名扬五大流派和上海妹、谭兰卿、谭玉兰、卫少芳四大名旦。特别是薛觉先、马师曾均擅长文武旦丑等多角色表演，大胆革新粤剧的表现形式，借鉴电影话剧表演艺术，不断丰富舞台效果，并引入西洋乐器，对粤剧的发展产生重大影响，形成了"薛马争雄"的壮丽景象。

纵览其他艺术门类，广东文艺同样呈现着外来艺术本土化与本土艺术现代化的"双螺旋"式前行路径。1844年广州诞生了中国第一家照相馆；1922年广州创办中国首本摄影刊物《摄影杂志》，推动着中国摄影走向独立艺术之路。康有为"尊碑"的艺术理念，开启了岭南书坛求新求变的一贯主张。李金发、郑可等留学生的雕塑作品代表了20世纪30—40年代城市雕塑艺术的发展方向。郑正秋、黎民伟、阮玲玉、胡蝶等一串串闪亮的名字，开垦了中国电影的处女地，谱写出中国电影的传奇。紫罗兰轻音乐队，揭开了中国流行音乐的序幕，广州发展成为中国流行音乐的发源地、主阵地，创造了无数的"第一"，对中国流行音乐的发展起到了不可估量的作用。

"度之往事，验之来事，参之平素，可则决之。"百年广东文艺实践证明：文艺的繁荣发展，离不开党的坚强领导；党和国家事业的发展，离不开文艺的力量。百年广东文艺深刻昭示：站在"两个一百年"奋斗目标历史交汇点上，坚持党对文艺工作的领导，是繁荣发展社会主义文艺的根本保证；实现中华民族伟大复兴，需要中国文艺的繁荣兴盛。

艺象点击

在场与在线

历史将永远铭记2020年。无论是抗击疫情的伟大斗争,还是永载史册的脱贫攻坚重大胜利,时代舞台上"上演"了无数动人的故事。

这一年,舞台艺术锚定时代坐标,从现实生活深处提炼美感与诗意,以高度的文化自觉记录历史。

据统计,今年国家艺术基金立项资助舞台艺术创作项目334个,其中现实题材作品占比62.2%,展现出书写时代、关注生活、扎根人民的创作之心。最引人注目的当数扶贫题材作品。近1亿贫困人口实现脱贫,这是令世界刮目相看的重大胜利。在这场脱贫攻坚战中涌现出许多感人肺腑、可歌可泣的人和事,为当代文艺工作者提供了丰富的创作源泉，也让今年的舞台艺术更有生活的质感，更具烟火气。《县委书记廖俊波》《闽宁镇移民之歌》《河西村的故事》……历时两个多月的"全国脱贫攻坚题材优秀舞台艺术剧目展演"，以67部作品展现各地的脱贫故事，极大程度释放了真实的力量。

疫情的冲击，让演艺市场对原创优秀作品的渴望进一步凸显。《中共中央关于制定国民经济和社会发展第十四个五年规划和二〇三五年远景目标的建议》提出，要实施文艺作品质量提升工程，加强现实题材创作生产，不断推出反映时代新气象、讴歌人民新创造的文艺精品。培育和塑造一批具有鲜明中国文化特色的原创IP，创作出无愧于时代的高峰之作，成为所有创作者的自觉追求。

这一年，舞台不再局限于有限场域，"在场"与"在线"并存。演艺工作者积极把握数字化机遇，舞台边界向生活空间与互联网空间进一步延伸。

中关村舞剧节、大凉山国际戏剧节等各类艺术节走进大街小巷、乡村田野，浸润到日常生活中，真正服务于城市的文化产业发展。露天演出、实时参与、观演互动，让人们拥有更多"入戏"方式。文化资源进一步融入旅游场景之中，新创旅游演艺项目中最火的"沉浸式体验"，进一步打破了生活与艺术的边界。以艺术为媒，文旅融合方式不断创新，用文化底蕴培厚受众层。

11月，文化和旅游部发布《关于推动数字文化产业高质量发展的意见》，以夯实数字文化产业发展基础、培育数字文化产业新兴业态。线上演艺不仅是制作方式、交互体验与运营模式的全面升级，还逐渐成为内容质量的"试金石"，头部作品、头部院团的品牌价值进一步凸显，展现出更强劲的市场号召力和影响力。北京人艺68周年院庆直播观看量超500万，网上互动与演出现场，共同重塑着观剧方式与观剧空间。

这一年，舞台科技飞速发展，不仅改变了舞台的外部形态，也改变着行业的内部生态，引发更多思考。我们在每一个历史阶段的舞台艺术中，都能见到当时先进的技术被运用于艺术创作和表现。当今舞台上，新技术、新材料、新媒介的应用，使舞台艺术这一艺术表现形式焕发崭新的生命力。大数据、人工智能、AR/VR等技术的引领和驱动，为观众制造出多维度的感官体验，也在呈现、传播、互动等领域提供了多元发展的可能。千年的舞台移步换形，一直在变化,从镜框式舞台到沉浸式空间,从立体到多元,从"跨界"到"无界"。

2020,在时代舞台上,文艺创作成为照亮人们精神心灵的那束火光。

新时代民族文艺要为铸牢
中华民族共同体意识作贡献

2021年8月27日,在全党全国各族人民深入学习宣传贯彻习近平总书记"七一"重要讲话精神的热潮中,中央民族工作会议在北京召开。习近平总书记在中央民族工作会议上发表重要讲话,强调要准确把握和全面贯彻我们党关于加强和改进民族工作的重要思想,以铸牢中华民族共同体意识为主线,坚定不移走中国特色解决民族问题的正确道路,构筑中华民族共有精神家园,促进各民族交往交流交融,推动民族地区加快现代化建设步伐,推动新时代党的民族工作高质量发展。讲话发表以来,社会各界围绕铸牢中华民族共同体意识和树立突出中华文化符号和形象等相关的问题进行了深入讨论和研究。构筑中华民族共有精神家园，从而形成人心凝聚、团结奋进的强大精神纽带已成为新时代民族工作和宣传思想文化工作的重要内容，深入探讨新时代内蒙古文学艺术发展的前景和未来，可谓正当其时。

民族文艺，是党的文艺事业和民族团结进步事业的重要组成部分。深入学习贯彻落实习近平总书记关于加强和改进民族工作的重要思想，是新时代民族文艺的重大使命，文艺工作者责无旁贷。纵观我们党领导民族文艺的历史，内蒙古广大文艺工作者在中华民族文艺百花园中，扎根北疆热土，汲取生活源泉，服务人民群众，推动文艺创新，创造出了大量展现时代风貌、见证历史巨变、脍炙人口、深入人心的精品力作，弘扬了民族精神和时代精神，形成了"红色文艺轻骑兵"等独特的文艺景观，为构筑中华民族共有精神家园，汇聚民族复兴精神洪流作出了重要贡献。当下，我们应当把思想和行动统一到习近平总书记在中央民族工作会议上的重要讲话精神上来，抓住新时代党的民族工作的"纲"，秉纲而目张，执本而末从，积极履行文艺使命担当。

一、民族文艺要致力于构筑中华民族共有精神家园

习近平总书记深刻指出：铸牢中华民族共同体意识，必须构筑中华民族共有精神家园，使各民族人心归聚、精神相依，形成人心凝聚、团结奋进的强大精神纽带。各民族共有精神家园是在文化认同基础上形成的全体社会成员共同的精神归属地和精神居所。在这个家园的每一位成员，拥有共同的历史记忆、共同的文化传承、共同的价值认知、共同的审美情感和共同的精神追求。而这些历史记忆、文化传承、价值认知、审美情感和精神追求，恰恰构成了我们民族文艺的血脉和魂魄。回望历史，各民族同胞在文艺的交流与互动中、在互为镜像的借鉴与融合中，将自身独特的文化基因和精神密码汇聚于中华文化的主流主脉，共同塑造和表现以爱国主义为核心的伟大民族精神。爱国主义是56个民族牢固的精神纽带，是引导中华民族各成员牢固树立休戚与共、荣辱与共、生死与共、命运与共的共同体理念，是民族文艺最庄严的主题。

多年来，内蒙古自治区在文艺导向和创作上，坚持

尊重、继承和弘扬少数民族优秀传统文化，促进各民族文化交融、创新，积极构筑共建共有共享的中华民族精神家园，中华民族共同体意识也春风化雨般融入人们心田，成为社会成员文化意识的深层内容。比如，由巴特尔执导的电视剧《国家孩子》，讲述了20世纪60年代3000多名南方孤儿被内蒙古牧民收养的人生故事，草原母亲的无疆大爱感动了电视机前无数观众，社会主义的国家关怀和各民族间相互扶持、同甘共苦的家园叙述让人们深深触动。

"举精神之旗、立精神支柱、建精神家园，都离不开文艺。"当前，在民族事业的新征程上，民族文艺工作者必须坚持以构筑中华民族共有精神家园为己任，把铸牢中华民族共同体意识融入自己的一切艺术创造中，抒写更多各民族团结奋斗、守望相助、水乳交融、心灵相通的生动故事，深入各族群众生活中，捕捉时代精神，反映人民心声，用具有民族特色的艺术语言热情讴歌党、讴歌祖国、讴歌人民、讴歌英雄，努力推出更多思想精深、艺术精湛、制作精良相统一的新时代民族文艺精品。

二、民族文艺要表现现代的思想观念、精神情趣和生活方式

习近平总书记深刻指出：要加强现代文明教育，引导各族群众在思想观念、精神情趣、生活方式上向现代化迈进。现代化是一个现代发生的社会和文化变迁的现象。核心是高度发达的工业化和人的现代化。而人的现代化，很重要就是人的思想观念、精神情趣和生活方式的现代化。文艺是时代的先声，人的思想观念、精神情趣和生活方式的现代化最先在文艺中反映，而反映现代的思想观念、精神情趣和生活方式的文艺又进一步推动现代化进程。

近年来，内蒙古文艺围绕自治区成立70周年、改革开放40周年、新中国成立70周年、建党100周年等重大节点，讲好中国革命、建设、改革和复兴的故事，舞剧《草原英雄小姐妹》《骑兵》、电视剧《安居》《北方大地》、电影《海林都》《守望相思树》、话剧《红手印》、水彩画《远方》等都是具有鲜明时代内涵和现代精神的文艺精品，为建设现代化的思想观念、精神情趣、生活方式贡献了文艺的力量。

中国的现代化，是一百年来中国共产党在团结各族人

民实现中华民族伟大复兴的伟大历史进程中推进的。在这个历史进程中，各民族的面貌、各民族地区的面貌、民族关系的面貌、中华民族的面貌都发生了翻天覆地的历史性巨变，但各民族地区的现代化任务依然艰巨，反映和表现各民族人民迈向现代化的思想观念、精神情趣和生活方式，是民族文艺的重要主题。民族文艺工作者有责任通过形象的塑造，凝聚对国家和民族未来的认同，对当下时代的认同，对现代精神价值的认同，培育和践行社会主义核心价值观，使全体人民在理想信念、价值理念、道德观念上紧紧团结在一起，同心同向同力奔向社会主义现代化。同时，通过实现各民族在精神、心理、思维、观念的全方位嵌入，深入推进各民族文化交往交流交融，培育和造就具有现代特征的社会主义新人。

三、发展增进共同性、尊重和包容差异性的民族文艺

习近平总书记深刻指出，正确把握共同性和差异性的关系，增进共同性、尊重和包容差异性是民族工作的重要原则。中华文化是多民族共同缔造的文化，各民族优秀传

统文化都是中华文化的组成部分，中华文化是主干，各民族文化是枝叶，根深干壮才能枝繁叶茂。

我们回顾民族文艺的历史，民族文艺既是某特定民族特色的彰显，也是中华其他民族相互融合、共同创作的结晶。在我国的文化宝库中，诗经、汉赋、唐诗、宋词、元曲、明清小说等既有大量反映少数民族生产生活的作品，也有大量少数民族作者的创造。而蒙古族《江格尔》、藏族《格萨尔》、柯尔克孜族《玛纳斯》、苗族《亚鲁王》等震撼人心的伟大史诗，呈现出中华文化博大精深的雄伟气象和兼收并蓄的包容特质。民族文艺中既有用本少数民族的语言文字创作的文学艺术，也有用汉语言文字或其他少数民族语言文字创作的文学艺术。比如：纳西族用"东巴文"记录的1400多部的《东巴经》中，有大量的神话；北齐时期，敕勒人斛律金所作的《敕勒歌》以汉文写就，把阴山脚下辽阔无边的土地、百草丰茂的牧场和牛肥马壮的盛景描绘得那么美好、迷人；元代诗人萨都剌、清代旗人纳兰性德的诗作和曹雪芹所著的《红楼梦》等，也都是以汉文写就的中华文学史中的"富矿"。各民族作家艺术家们在深入具体地反映本民族的地域文化和精神肌理的同时也挖掘出各民族文学艺术共同的精神内核，明确表达出铸牢中华民族共同体的意识和构建统一多民族国家认同的神圣观念。

做好新时代民族文艺工作，同样要科学认识共同性和差异性的辩证关系，把握好民族文艺的价值导向、创作方向和审美取向。坚持共性与个性的统一、自尊和开放的统一、传承与创新的统一，坚持尊重差异、包容多样、增进一体。应重视发展民族文艺"共同体美学"，突出发掘和反映各民族共同性、一体性的文艺题材，突出发掘和反映民族地区发生的历史性巨变、取得的历史性成就，突出发掘和反映现实主义民族题材，突出发掘和反映民族团结、共同奋斗的故事，为铸造中华民族共同体意识添砖加瓦。

四、在民族文艺中树立和突出中华文化符号和形象

习近平总书记深刻指出，要打造政治性强、内涵丰富、意蕴厚重、接受度高的中华文化符号和形象。树立和突出中华文化符号和形象，是中国进入新时代后，向世界传递中华文化的需要，是提升和扩大中国文化影响力、中国形象亲和力、中国话语感召力的需要，也是在新时代铸牢中

华民族共同体意识，构筑中华民族共有精神家园，使各民族人心归聚、精神相依，从而形成人心凝聚、团结奋进的强大精神纽带的需要。要通过树立和突出各民族共享中华文化符号和中华民族形象，在世界范围内展示当代中国形象，传递中国声音，贡献中国智慧，也要在新时代的背景下，促进各民族在文化上的相互认同，坚守中华文化立场，促进各民族紧紧团结在一起。

中华文化的物质载体和精神载体具有空间疆域、历史活动、文化创造等不同的层次，由各民族共享的中华文化符号和中华民族形象理当在新时代的文艺创作中得到具有精神象征的表达。在中华文明传承发展过程中，中华各民族共同创造的，具有代表性的文化遗存和文化艺术作品以其独特的感染力和号召力，使各民族团结在一起，成为照亮各族人民心灵的灯塔和共有的精神依托。各民族共同创造的优秀传统文化是中华文明的重要组成部分，如昭君出塞、花木兰、红山玉龙、阴山石刻及英雄史诗等都应当在新时代的文艺创作中得到深入的挖掘和体现，焕发新的生命力。中华民族的精神象征是现实的也是历史的，体现了一种奋发有为、昂扬上进的精神状态，反映了中华民族的整体精神面貌、精神风格和精神气质。历史上的重大事件和各类具有代表性的人物对中华民族产生了重大影响,成为各民族的共同历史记忆,对重大历史事件的符号化转换就构成了中华文化符号的一部分,成为中华民族中华文化形象传播的重要载体,新时代文艺不能缺少蒙古马精神、航天精神、三千孤儿、全国人民包钢建设等具有象征意义的精神形象。

此外,中华民族的存在发展是在一定地域范围内通过社会生产和生活而繁衍生息的,在改造自然世界的同时,逐步开辟了中国版图,创造了中华文明。在内蒙古自治区,各族人民与所生存的环境的长期朝夕相处,对内蒙古的自然和人文地理滋生出一种别样情感,并在社会实践、民族交融、文化交流和文艺创作中广为传播,如黄河、长城、胡杨林、万里茶道、草原丝路等形象传达了各族人民的文化意蕴和生活期许,关于这些形象和符号的文艺表达应该成为新时代文艺工作者的新课题。

五、在文艺中坚持正确的国家观、民族观、历史观、文化观

习近平总书记深刻指出:必须坚持正确的中华民族历

史观，增强对中华民族的认同感和自豪感。历史是最好的教科书，是民族文化认同感、归属感的源泉。文艺既是历史的产物，也是历史的证明。对于民族文艺工作者而言，坚持正确的国家观，才能在文艺创作中坚定地维护祖国统一，实现国家认同；坚持正确的民族观，才能在文艺创作中自觉推动各民族交往交流交融，增强中华民族大团结；坚持正确的历史观，才能在文艺创作中坚定文化自信，抵制现实中的各种历史虚无主义；坚持正确的文化观，才能在文艺创作中增强文化认同意识和自觉为民族文化创新发展作出贡献的使命感。因此，坚持"四观"，既是筑牢各民族共有精神家园的认同基础，也是铸牢中华民族共同体意识的重要内容。

在新时代少数民族文艺高峰的实践中，对文艺创作关键点的把握和尺度的掌握尤为重要。比如：我们要正确把握历史人物和历史事件，站在维护祖国统一和民族团结的高度去创作；要慎重考虑作品对当前的社会稳定和民族团结影响；要避免使用带有歧视性和贬义的称谓和表述；等等。这就要求民族文艺工作者首先要树立正确的国家观、民族观、历史观、文化观，树立高远的人生追求和深沉的家国情怀，坚持以人民为中心的创作导向，把个人的艺术创造同国家的发展、民族的命运、人民的幸福紧紧结合在一起，把个人的艺术理想融入党和人民的伟大事业之中，为我们的人民昭示更加美好的前景，为我们的民族描绘更加光明的未来。

时代变迁，精神永恒。学懂、弄通、做实习近平总书记关于民族工作、文艺工作重要论述精神，大力发扬蒙古马精神，携手共进、开拓进取，为构筑中华民族共有精神家园、铸牢中华民族共同体意识凝心聚力、奋楫笃行，新时代新征程上的民族文艺势必繁花似锦。

以典型形象唤醒中国记忆
传承中国精神

——写在焦裕禄同志 100 周年诞辰之际

自 1966 年穆青主笔的长篇通讯《县委书记的榜样——焦裕禄》在全国范围内掀起学习焦裕禄热潮起，焦裕禄便成为一种精神符号和当代中国人的集体记忆。作为一个时代典型，焦裕禄具有普泛性和超越性的精神内涵，代表着中国形象，凸显着中国精神，彰显了国人"赤胆忠心"的人格操守、"死而后已"的生命格调和"敢为人先"的进取精神，散发着深沉厚重的时代和民族的美学品格，为当代树立起鲜明的道德人格坐标，对人民的精神成长和心灵建构，发挥着春风化雨、滴水穿石的浸润作用。

50多年来，文艺工作者以焦裕禄同志为原型，通过丰富多彩的文艺样式和艺术创造，塑造了一个个真实、鲜活、感人的艺术典型形象，通过焦裕禄的故事，全面、立体、生动地展现了我们党带领人民群众开展社会主义建设的那段非凡历程和苦难辉煌，征服了读者、观众，为增强人民力量、振奋民族精神作出了贡献。

2022年是焦裕禄同志100周年诞辰，回顾总结焦裕禄题材经典文艺作品的创作历程和艺术特征，对于英模题材艺术创作有着重要的启示。

第一，在"典型的环境"中塑造典型形象。恩格斯在给哈格奈斯的信中，提出"真实地再现典型环境中的典型人物"是现实主义文艺创作的一个基本原则。作品中人物性格的典型性，只有在典型环境中才能得以最深刻、最充分地揭示，而环境的典型性也只有通过人物典型性格的发展变化才能最完美地表现出来。艺术创作既要对人物赖以生存的社会文化环境进行典型性展示，更要在"典型的环境"中表现人在大环境下的处境、行动、命运及品格的形成。焦裕禄身处社会主义建设时期，战天斗地、豪气干云、自力更生、发愤图强是这个时代的精神气质，同时还要注意这个时代"大跃进"和大饥荒等重要时代内容,如果我们在创作中不能把握这个时代主流本质,或是刻意去回避、淡化那段苦难,只是以当代人的想象想当然看待那段历史,就会严重影响典型塑造的艺术效果。我们要树立大历史观、大时代观,深刻、全面、正确地了解和理解那段历史,在这个基础上开掘人物的内心世界和精神世界,唯有此,才能把握好当时的典型环境,也唯有此,典型形象才能有历史的深度和质感,有跨越时间的生命力。

第二,在"细节的真实"中丰富典型形象。马克思主义经典作家在对文艺与现实关系的探讨中,将"细节的真实"视作"充分现实主义"的基本原则。回顾不同时期焦裕禄题材影视作品,可以明显地感受到其中所呈现的焦裕禄形象是一个细节不断"发掘"和"还原"的过程。总体来看,在20世纪90年代党风建设急需廉政标杆的语境特征下,峨眉电影制片厂拍摄的电影《焦裕禄》凸显其全心全意为人民服务和无私奉献的形象传达,影片一经上映就打动了无数观众,并在全国形成了"学焦裕禄、看焦裕禄、走焦裕禄的路"热潮。2012年上海电影集团等出品的30集电视剧《焦裕禄》,既不是"高大全"符号式的表现,也不展现激烈的戏剧冲突,而是跟随着焦裕禄的生活史一步一步展开，全面反映了焦裕禄的一生。这样的叙事方式，拉近了英模与观众的距离，以生活真实贴近普通观众的日常审美心理。党的十八大以来，在新时代的历史语境下，文艺作品在突显人物超拔的精神价值的同时，注入了更多的温度和情感，在此基础上力图挖掘和破解其中的历史文化密码。去年湖北省委宣传部等联合摄制的电影《我的父亲焦裕禄》，影片除了展现既对党忠诚、热爱人民、奉献牺牲、鞠躬尽瘁，又热爱生活、多才多艺、兴趣广泛、极具个人魅力的人物性格之外，还挖掘出焦裕禄深受中华优秀传统文化影响、秉持儒家大忠大孝观念的历史深处的细节。这个历史细节的挖掘和还原，使得焦裕禄形象的民族属性清晰了起来，赋予人物典型的历史深度，揭示出马克思主义与中华优秀传统文化相结合的典型特征，使得焦裕禄题材艺术创作达到了新的高度。这样的形象塑造更加立体、丰满、真实，也更加可亲、可信、可学。

第三，在"集体记忆"中阐释和传播典型形象。"集体记忆"作为社会建构的产物，能够与支持它的社会保持良性互动，不断推陈出新，进而得到强化和丰富。"集体记忆"是民族共同体重要组成部分，是"共同想象"的逻辑前提。作为一个时代典型，焦裕禄是当代中国人的"集体记忆"，焦裕禄精神是中国精神最闪亮的篇章之一。由于焦裕禄题材文艺作品的成功，焦裕禄形象深深烙印在几代人的心灵深处，极大地影响他们的价值形塑、人生选择和文化认同，焦裕禄精神成为中国共产党人精神谱系中弥足珍贵的重要组成部分，始终激励我们中国共产党人和中国人民奋斗不已。从焦裕禄典型形象的动态发展演进中不难发现，文艺在建构记忆、建构历史上发挥着重要作用。面对世界百年未有之大变局，我们应从建设强大凝聚力和引领力的社会主义意识形态出发，全面精准把握人民多样化多层次的需求，及时因应时代发展和社会进步的新需要，择取最能代表中国文化和中国精神的题材，在"集体记忆"中阐释和传播典型形象。在审美领域、审美品质和审美形式上作出新的开拓，在创作形式、题材、体裁、风格、手法上作出新的突破，促使中华民族集体记忆在自我"新陈代谢"的过程中不断得到强化和丰富，进而助力中国精神的传承与弘扬。这期间，要清醒抵制和防范历史虚无主义等错误思潮渗入"集体记忆"建构的干扰和影响，警惕它们对中华民族集体记忆精神价值的否定和消解。

中国文联的五次会址变迁

文运与国运相牵,文脉与国脉相连。中国文联自1949年成立以来,走过了70年历程,先后有五处办公会址。会址变迁是中国文联诞生、成长、挫折、重生、壮大不同历史阶段的真实反映,是社会主义文艺历经兴衰沉浮走向繁荣发展的历史见证,也是新中国走过艰辛探索迎来光明辉煌的具体缩影。

一、东总布胡同 22 号:1949 年 7 月至 1956 年 11 月

1949年新中国成立前夕,中国共产党领导的人民解放战争即将取得全面胜利,创建新的全国性的文艺领导组织成为现实政治与文艺发展的迫切需要。

2月25日,中共中央致电"华北局周扬,并告各局",下达"关于召开文协筹备会的通知"。3月22日,按照中共中央的意见,中华全国文艺协会在北平的总会理监事及华北文协理事在北京饭店举行联席会议,决定召开中华全国文学艺术工作者代表大会(以下简称"文代会"),并当场推选文代会筹备委员会(以下简称"筹委会")。筹委会先后在中国旅行社、北宸宫办公,5月8日,迁至东总布胡同22号(现为53号)。

经过两个多月的筹备,7月2日,中华全国文学艺术工作者代表大会开幕。

7月6日,毛泽东同志突然莅临会场,在全场欢呼声中发表即席讲话。他说:"你们都是人民所需要的人,你们是人民的文学家、人民的艺术家,或者是人民的文学艺术工作的组织者。你们对于革命有好处,对于人民有好处。因为人民需要你们,我们就有理由欢迎你们。再讲一声,我们欢迎你们。"

7月14日通过文联章程,定名为中华全国文学艺术界联合会,简称全国文联。7月19日,在闭幕式上宣布文联全国委员会当选委员名单，郭沫若当选为总主席，中华全国文学艺术界联合会正式成立。大会择定东总布胡同22号为全国文联会址。

东总布胡同22号位于北京市东城区东南部，是一座中西合璧的三进院落，院内有琉璃瓦虎殿。北洋军阀时期，这里是北宁铁路局局长的私宅，日本占领时期成为日本宪兵司令部，抗战胜利后又成为国民党"励志社"所在地。

全国文联成立后与全国文协（现中国作协）同处办公，许多文联领导兼任文协领导，这座四合院成为作家艺术家的大本营，茅盾、艾青、冰心、梅兰芳、徐悲鸿、老舍、赵树理、刘白羽、周立波、张天翼等名家大师经常出入，其中一些人甚至还在这里生活和创作。

据文联老干部回忆，中国文联在东总布胡同办公期间有一件特别的工作。1951年，根据朱德同志指示，中国文联为美国著名记者、进步作家史沫特莱举行追悼会和安葬仪式。当时，灵车从东总布胡同22号发车，途经东单、天安门，最后到达八宝山革命烈士公墓。

全国文联成立后，所属各文艺家协会陆续成立。由于东总布胡同面积不足，各协会分散外部办公。其中在东四头条五号（俗称"文化部大院"）里六栋小楼划出一栋三层小楼给文联各协会使用。

东总布胡同时期召开的第一次全国文代会，根据中国社会即将发生的伟大历史转折，确立了马克思主义在文艺领域的指导地位，把"文艺为人民服务"作为新中国文艺的总方向和总方针，明确了文艺工作必须为新中国建设作贡献的新使命，是新中国文艺事业的奠基和起点。

东总布胡同22号如今依然保存完好，现为北京市某保密单位办公地址。

二、王府大街64号：1956年11月至1969年9月

20世纪，新中国成立初期，北京市大兴土木，各中央单位纷纷建造办公场所。1956年中国文联大楼落成，11月文联及所属各协会迁入办公。文联大楼选址在王府大街64号（现为王府井大街36号），位于王府井大街北口，首都剧场南侧，占地5196平方米，建筑平面呈U字形，砖混结构，地下1层，地上5层，局部6层，高22米，木门窗，内部水泥地面，设电梯一部，外部青砖清水墙面，底层水

刷石。

新大楼办公伊始，时任中国文联秘书长阳翰笙、副秘书长阿英认为，文联这个文艺界群星荟萃、藏龙卧虎之部门，应该有一个联谊聚会、交流探讨的宽松场所。作家沈伟东曾多次采访阿英，据他文记，阿英联想到新中国成立前"左联"时期，文化人因缺乏场所，无奈只得在家里或咖啡馆、菜馆内见面交谈。最使他印象深刻的是，鲁迅等十几个友人为了一次聚会，无奈在局促的小书店里活动。鲁迅当时就感慨地说："将来取得胜利后，应该有个宽敞的场所。"鲁迅渴望有个活动场所的这番话，阿英始终铭记在心。他想，现在已不是当年的情景了，况且又有了文联机关，不是更应该搞一个活动的场所吗？当时中国文联礼堂的楼下恰好有一大间空闲房子，经他的一番努力，他兼任主任的"文艺俱乐部"终于在1956年办了起来。

这个新开办的文艺俱乐部，包括礼堂、茶座、弹子房三个部分，并设有小卖部。礼堂玻璃上有郭沫若书写的涂着红漆的"文艺俱乐部"字样，室内悬挂一些精美的美术作品。"文艺茶座"在地下室，文艺家们在这100多平方米的天地间，或喝茶品茗，聊天叙旧，或商议探讨，倾情交谈。一些文化界的头面人物，诸如郭沫若、茅盾、周扬、田汉、夏衍等，也常来俱乐部参加活动，一时间俱乐部高朋满座，熙来攘往。至于楼上容纳400余人的礼堂，经常安排放映中外电影和观摩戏剧、音乐、舞蹈、曲艺、杂技等活动，在"文艺俱乐部"开办头四年内，就接待外地来京艺术团体演出41次。"文艺俱乐部"影响不小，周恩来、朱德、陈毅等党和国家领导人也来此参加活动，他们与文艺家们亲切交谈，显得非常高兴，周恩来就赞赏过"文艺俱乐部"搞得好。中国文联大楼，这座散发着浓浓的文艺气息的火柴盒式的楼房，成为当时中国文学艺术界的象征和标志。

"文化大革命"的爆发，给中国文艺带来厄运，也给中国文联带来灭顶之灾。据文联老干部、民间文艺学家刘锡诚回忆，"1969年9月30日，第二天就是中华人民共和国成立20周年，八亿中国人将要普天同庆举行大典。但根据中央文革小组的命令，这一天，我们必须离开首都北京，必须离开这个承载着共和国文艺事业的文艺会所"。当时文联工作人员统统被下放到湖北咸宁、天津静海"五七"干校劳动，接受教育改造，历时十年之久。

从此，中国文联停止活动，就地解散。1970年文联大楼交商务印书馆和中华书局使用（1997年中华书局迁出），直至今日。

三、沙滩北街2号：1978年1月至2000年10月

1978年年初，春潮涌动，万物复苏。我们党正在孕育改革开放这一伟大的历史觉醒，也给中国文联带来重生的曙光。

当年1月，中宣部建议经党中央批准，成立恢复文联和各协会的筹备小组。周扬、夏衍、林默涵、陈荒煤、张光年等授命恢复中国文联及其各个协会建制。此时，因"文联大楼"已归商务印书馆和中华书局使用，中国文联已经"无家可归"。不得已，只得在沙滩北街2号红旗杂志社（现求是杂志社）的大院里，搭起了几排木板房（俗称"抗震棚"），作为中国文联和中国作协临时的办公用房。

据文联干部回忆，木板房冬冷夏热，经常断水断电，遇到刮风下雨，工作生活非常不便，上卫生间还要到附近公厕或借用临近单位设施，有几次临近单位卫生间上了锁，

文联干部不得不憋着办公，简直苦不堪言。虽然当时办公条件艰苦，但改革开放焕发出文联干部高昂的干劲，使得文联恢复之后各项工作得到迅速发展。最具标志性的，就是在党中央的领导下，1979年年底成功召开了具有历史性意义的第四次全国文代会，特别是邓小平同志代表党中央在开幕式上的祝词，对于发展新时期的文学艺术，帮助人们解放思想、拨乱反正、振奋精神，投身建设和改革，起到了巨大的推动作用。

在第四次全国文代会后，中国文联和中国作协联合向中央呈送关于兴建中国文联大楼的报告并很快得到批复。1986年年底，中国文联大楼终于在东三环边的农展馆南里10号落成。除16层主楼外，还在主楼的北侧和东北侧，分别盖了一个剧场式大礼堂和一座用作招待所、食堂的5层楼。新办公大楼建筑面积16900多平方米。尽管办公条件得到极大改善，但还不能完全满足文联、作协及所属单位办公需求，文联党组决定让所属音协、美协、杂协、民协、曲协、书协和视协及文联出版社优先搬入，文联机关仍然在沙滩北街2号办公。东三环是北京主要交通干线，文联大楼外墙"中国文学艺术界联合会"硕大字样，让人们都以为这是中国文联机关所在地，其实这里只是文联的下属协会和机构，而真正的文联总部依然在沙滩北街2号。

直到1999年年底，中共中央书记处听取求是杂志社工作汇报，决定对沙滩北街大院所有临时建筑全部拆除，在临时建筑办公的外单位全部搬出，安置到新的办公住址。这一决定结束了中国文联在沙滩北街2号超过20年的临时寄居日子。

四、安苑北里22号：2000年10月至2010年1月

进入21世纪，中国文联机关终于有了属于自己的独立的办公场所。2000年10月，中国文联根据国务院机关事务管理局安排，搬迁进驻朝阳区安苑北里22号，而中国作协则搬迁至朝阳区东土城路甲9号，文联与作协长达半个世纪的同处办公历史终结。

安苑北里22号是一座6层白色办公楼，坐落在安苑北里社区深处，周围是居民住宅楼，与国家奥林匹克体育中心一路之隔。这座楼原属于国务院新闻办公室，1988年建设，当时正值筹备举办北京亚运会之际。办公楼原来只是

单体东西向，文联入驻后在东侧加盖南北向两层楼体，底层车库，上层会议室，建筑平面呈 L 形结构，总建筑面积 5000 多平方米。有办公室、会议室、卫生间、停车场、餐厅等，楼体附有小院，可容纳访客停车，院内矗立旗杆，院门设有门卫，已经是一座完整的机关办公楼。

文联入驻安苑北里，结束了"文化大革命"以来居无定所、漂泊在外的历史，文联干部的心神终于安定下来。许多文联人对那段时间的食堂有美好记忆，当时请了一位饭店退休师傅担纲食堂大厨，饭菜不同一般食堂大锅菜味道。其实是否真的好味道也未可知，也许是同从前沙滩北街时期比较得出的相对感受吧。

2010 年文联再次乔迁后，安苑北里 22 号由中国文联下属的网络文艺传播中心、文艺研修院、中国艺术报社和中国文学艺术基金会等单位使用。

五、北沙滩 1 号院 32 号楼：2010 年 1 月至今

尽管安苑北里 22 号解决了文联没有办公场所的问题，但毕竟面积还很有限，文联各部门、各单位依然分散办公，文艺家学习、创作、交流、活动还是缺少一个集中的场所。

在党中央、国务院的关怀下，国务院机关事务管理局在朝阳区北沙滩划拨一处新建楼盘，作为中国文艺家之家驻地。2010年1月25日中国文联正式迁入新址办公。

中国文艺家之家东临国家奥林匹克公园和"鸟巢"，西邻京藏高速，办公楼整体设计风格简洁大气，既有时代气息，又饱含艺术气质。办公楼由A、B两座组成双子星，中间裙楼连接，地下3层，地上16层，总建筑面积53980平方米，集办公、活动、会议、演出、展览于一体。楼体外悬挂"中国文学艺术界联合会"和文艺界核心价值观"爱国、为民、崇德、尚艺"红色大字，向世人宣示这座大楼的属性。裙楼一层大厅为中国文艺家之家展览馆，经常举办美术、书法、摄影等各类展览，可以同时容纳1500人参观。大楼文化艺术设施齐全，电影放映厅、录音棚、排练厅、图书馆、陈设厅、多功能厅等不一而足。楼内设有咖啡厅，休闲雅座旁配备文艺书架，人们在此可品茗谈艺，也可读书思考。各楼层过道上、电梯间，甚至食堂内都装饰有书法、绘画、雕塑、摄影、工艺美术等作品，其中不乏名家精品，大楼俨然是一座名副其实的艺术殿堂。

如今，除了中国影协和中国摄协外，中国文联机关与所属的中国剧协、中国音协、中国美协、中国曲协、中国舞协、中国民协、中国书协、中国杂协、中国视协以及中国文艺评论家协会、中国文艺志愿者协会都在楼内办公。在这里，各个门类艺术家在此聚集，无尽的艺术畅想在此生发。中国文艺家之家成为全国数千万文艺工作者的温馨和谐之家。

北沙滩时期的文联，经历了新时代文艺事业的许多重要历史时刻。党的十八大以来，以习近平同志为核心的党中央高度重视文艺工作，习近平总书记多次发表重要讲话、作出重要指示，以"培根铸魂"的高度来认识文艺、对待文艺、期许文艺，社会主义文艺事业又迎来繁荣发展的黄金期，为文联组织锚定时代方位、发挥时代功用、创造时代业绩提供了历史性机遇。

重组　重建　重塑

——略谈数字媒介时代的文艺评论变革

21世纪以来，随着科学技术的不断发展，数字技术推动了互联网、移动互联网、智能手机、元宇宙、人工智能等新媒介的高速迭代，给人们的日常生活带来了广泛而深刻的影响，也给文艺带来了全方位的变革。在中外文艺史上，媒介从没有像今天这样，对艺术产生颠覆性的影响，深刻改变了文艺的创作方式、产业形态和发展格局，带来了文艺生产关系的全新变革。数字艺术、网络文艺和跨媒介艺术等新兴文艺形态勃然兴起，新美学、新场景、新应用、新消费、新传播、新样式、新工具走进了生活。其中，在媒介的深度介入下，文艺评论也随之发生了巨大变化。

第一，文艺评论要素的重组。习近平总书记指出："全媒体不断发展，出现了全程媒体、全息媒体、全员媒体、全效媒体，信息无处不在、无所不及、无人不用。"媒介如空气一般，充斥着世界的每个角落。新兴媒介催生了新兴文艺样态，也在不断将传统的文艺门类纳入媒介和跨媒介的文艺叙事之中。可以说，在互联网出现之前，媒介仅仅只是文艺创作的工具或手段，是文艺作品的载体，而现在，媒介改变了人们对文艺的体验、感知和理解，从根本上改变了文艺发生和接受的心理机制，媒介成为文艺本身，逐渐具备了本体性特征，甚至一步步成为文艺创作的主体。以 ChatGPT、GPT-4o、Sora 为代表的生成式人工智能，展现了人工智能超强的艺术制作能力，在诗歌、小说、图像、音乐、影视、动画等领域已有了广泛的应用，意味着人工智能作为文艺创作的主体已具备现实可能性。相应地，与文艺创作相伴相生的文艺评论的主体、客体、受众、传播途径也已媒介化，媒介越来越成为评论者无法绕开的重要因素。从这个意义上来说，文艺评论迎来了不同程度的媒介转向，媒介与评论正在互联网上合流。美国学者艾布拉姆斯提出，文学活动应由四个要素构成：世界、作者、作品、读者。在对文艺作品作出评论时，要考虑这四个要素。在数字媒介时代，文艺评论在这四要素中还要增加"媒介"这个要素，成为五要素。缺乏媒介要素的评论，是不完整的评论。文艺评论要素的重组势所必然。文艺评论的理论来源更加广阔，除了哲学美学、社会历史、文化研究、艺术学、心理学、语言学、符号学、伦理学等传统领域的理论成果和批评方法外，还要把网络理论、媒介理论、传播学和跨媒介理论等新兴理论资源纳入工具箱，如此，才能形成适应时代发展需求的文艺评论话语和方法。

第二，文艺评论机制的重建。当下文艺评论的深刻变革，不只是表面上的从传统印刷时代过渡到网络时代的媒介和场域变化，更应该注意的，是隐含在其中的文艺评论机制的重建。传统建立在纸质书籍和报刊上的文艺评论，追求学理性、规范性和专业性，同时具有滞后性，作品的受众也相对小众、其关注度、辐射面和影响力也局限在小部分与评论对象相关的人群之中。在当代，文艺评论的创作者开始不仅仅依赖于纸质书本或文章，而是随时随地在各种网站、客户端、公众号、APP等特殊平台上，通过留言、弹幕、图文、视频等形式发表自己的见解，呈现出即时性、低门槛、交互性、多样式、大众化等特点，能够迅速表达观点、唤起共鸣、影响创作。但与传统的文艺评论相比，新型文艺评论形态背后，其实隐含网络平台的资本逻辑与商业逻辑，容易陷入资本化、圈层化、粉丝化的危险，也更容易使原本学术意义上的观点讨论演变成网络舆论事件，变成一种派系之争、利益之战。在"流量即是财富"的时代，评论家的独立性和自主性也面临巨大的挑战，受到来自资本、粉丝、舆论等各方面的压力和影响更为明显。在互联网平台，人人都是评论家，看似自由，实则每个人都受到媒介的影响，受到资本无形的裹挟。面对文艺评论运行机制的改变，保持清醒的认知是非常重要的。

第三，文艺评论生态的重塑。在当今的文艺领域，传统的文艺评论在体制性的支撑下依然有效运行，但是它的话语权、引领力和影响力越来越受到严重的挑战。依托于数字媒介的新型文艺评论日益发展壮大，成为最具活力的文艺评论力量。2023年，网络文学作者规模达2405万人，网文作品数量达3620万部，网络文学用户规模达到5.37亿人，网络文学IP市场规模达2605亿元。网络影视、网络动漫、网络音乐、网络展演、网络游戏等数量呈海量增长。网络文艺在哪里,新型文艺评论就在哪里。抖音"毒舌电影"目前(2024年9月12日)拥有粉丝6024万人,位列短视频总排行榜第11。晋江文学城总分榜第一名《天官赐福》有280万条评论。豆瓣2024年上半年50部高分电影,共有累计约684万人参与评价。网易云音乐2022年乐评报告显示,平台月活跃用户数达1.82亿人,近半用户听歌的同时会看评论区,日均产生64万条评论,已积累4亿条乐评,仅热歌榜就有29.1万评论。可以说,新型文艺评论已经深度介入当代生活,成为人民群众喜闻乐见、广泛参与的精神文化活动。

从评论的主体看,以90后、00后为主体的新生代,是在网络时代成长起来的,有着自己的审美旨趣和评论语汇,既是网络文艺的创造者,也是新型文艺评论的写作者。文艺评论呈现明显的代际差异,新生代与传统代在评论场域、评论题材、理论资源、话语方式上有明显差别,如何加强对话,靠拢而不并拢,交融而不消融,保持艺术形态和审美追求的多样性和通约性,是文艺评论生态建设的基本态度。在时代的现场始终是评论的本质属性。如果数字媒介是时代场域的话,那么我们新生代在场,而传统代不在场。与此同时，新型文艺评论的专业性还有待进化，与普通网民的大众评论同体共生，专业批评主体的建构还在路上，新生代进入批评主体，传统代进入时代现场——这个"双向进入"，是数字媒介时代文艺评论生态重塑的主题。

作为文艺评论工作者，我们已经意识到，文艺评论的媒介化作为一个"事件"发生了，文艺评论的全方位变革已经来临，我们应及时观察其生成的过程，辩证地看待"事件"的发展，更准确地把握当下文艺评论的新趋势和新特征，提高驾驭媒介的能力，主动迎接其带来的机遇和挑战。同时，也要时时记得回望文艺评论的初心使命。文艺是人类现实生活的反映，文艺评论是人类对现实生活的自我确认，是人类自我表达的权利，是实现人类精神的完满的途径。这一切的出发点和落脚点都是"人"，人的本体功能和主体价值须臾不可忘却和丢弃。因此，不必害怕会被媒介取代，没有"人"的文艺评论也不能称之为文艺评论了。文艺评论要做的，是担负起自己的文化责任，站在智慧山顶，鸟瞰文艺风云，擂起社会进步的鼓点，敲响人类文明的钟声。

曲艺自带评论属性

中国曲艺高峰论坛作为中国曲艺界最具影响的理论研讨会，自创办以来，一直备受业界、学界的关注。本届论坛旨在团结引导广大曲艺工作者、理论评论工作者，深入思考制约曲艺繁荣发展的瓶颈问题，发挥理论评论的智力支撑和实践引领的重要作用。这足以看出，中国曲协对理论评论工作的高度自觉和高度重视，让我们对未来曲艺评论工作的提升和加强充满期待。

的确，曲艺与评论有天然的不解之缘。曲艺作为民间说唱艺术，一直有"说书唱戏劝人方"的功能。曲艺艺谚亦有云"评书不评，如目无眼"，曲艺自带评论属性是这门艺术的一大特点。曲艺生于民间、兴于民间、藏于民间，是带着时代体温的文艺，是散发泥土芬芳的文艺，是抒写大众生活的文艺，它通过褒贬臧否、调侃讽刺、幽默揶揄的评论，接地气、冒热气、聚人气，能够让人在艺术熏陶中收获欢乐、启迪和教育，同时也让曲艺获得其他艺术门类不具备的独特艺术魅力。因此，加强理论评论对曲艺工作尤为重要。

当下，在网络化、数字化、智能化的社会发展趋势下，社会文化产品极大丰富，人们的审美需求和欣赏习惯都发生了很大的变化。本届论坛的主题——"创新驱动曲艺事业实现高质量发展"，正是聚焦于曲艺这门传统艺术形式在新的时代背景下的高质量发展。笔者以为，其中很重要的一点就是曲艺理论评论的创新发展。当前，我国曲艺事业蓬勃发展，曲艺领域面临许多新情况新变化，急需曲艺理论评论加以关注和引导。

第一，与学界同频共振，灌注曲艺评论的底气。理论是评论的基础，评论是理论的应用。曲艺评论是一种学术活动，需要以思想理论为武器，进行专业、权威的批评，承担起思想启迪、价值引导、文化引领的社会责任。与学界同频共振，有助于夯实曲艺评论的理论根基，坚持正确导向，自觉运用马克思主义的立场、观点和方法，及时学习和掌握文艺理论前沿成果，不断夯实曲艺评论的理论根基，增强阐释力、说服力和战斗力。与学界同频共振，有助于坚定文化自信，坚守文化立场，弘扬中华美学精神，发掘曲艺鲜明的地域审美特色和丰富的艺术表现样式，发掘出这门古老的艺术中蕴含的中华文化的精神理念和中国审美的价值标准，在扬弃中继承，在转化中创新。

第二，与业界融合发展，增添曲艺评论的锐气。习近平总书记指出，"文艺批评要的就是批评，不能都是表扬甚至庸俗吹捧、阿谀奉承"。文艺批评是文艺创作的一面镜子、一剂良药，而批评精神是文艺批评的灵魂和风骨。但这份锐气既不是捧杀，也不是棒杀，而是建立在对曲艺业态深度了解的基础上，始终聚焦曲艺业界发展，深入曲艺创作演出现场，品味曲艺作品中折射出的百姓生活冷暖和人间社会百态，追踪曲艺欣赏趣味和消费方式的新变化、新热点，不断适应社会发展的步伐，努力做到既坚持标准、坦诚相见，好处说好，不足处说不足，又杜绝无原则的吹捧和恶意贬损，促进曲艺创演和欣赏水平的双重提升。

第三，与媒介有效合作，提升曲艺评论的朝气。随着互联网技术和新媒体的迅猛发展，曲艺观念、曲艺实践、曲艺业态都发生着巨大改变，曲艺评论的形态也发生了深刻变化。日前，中宣部等五部门联合印发《关于加强新时代文艺评论工作的指导意见》，提出了加强新时代文艺评论工作的总体要求，特别提到要建立线上线下文艺评论引导协同工作机制。这就要求曲艺评论工作者积极适应好、有效运用好网络新媒体评论平台，有效拓展评论的传播空间，推出更多曲艺微评、短评、快评和全媒体评论产品，以生动活泼的语言、质朴清新的文风，提升曲艺评论的朝气与灵气、传播力与影响力。

2021年5月，围绕中国共产党成立100周年重大主题，中国评协与中国曲协联合主办田连元《话说党史》评书创作研讨会，总结评书《话说党史》的艺术特色和创作经验，探讨如何发挥文艺的独特作用，受到了社会各界的广泛关注。未来，期待业界有识之士继续进一步加强合作，共同推动曲艺理论评论工作的发展。

弱水一瓢

历史真理与艺术真理的辩证统一

——评文献纪录片《党领导下的百年文艺》

2023年10月，党中央召开全国宣传思想文化工作会议，正式提出并系统阐述了习近平文化思想，在新征程上高举我们党的文化旗帜，学习宣传、研究阐释习近平文化思想是文艺界当前一项十分重大任务，六集文献纪录片《党领导下的百年文艺》就是其中一个重要行动。

马克思在《第六届莱茵省议会的辩论（第一篇论文）》中说过："在宇宙系统中，每一个单独的行星一面自转，同时又围绕太阳运转，同样，在自由的系统中，它的每个领域也是一面自转，同时又围绕自由这一太阳中心运转。"我国学者杨晦结合文艺领域说："文艺发展受社会发展限定，文艺不能不受社会的支配，这中间是有一种文艺跟社会间的公转律存在；同时，文艺本身也有文艺自己的一种发展法则，这就是文艺自转律。"

感受100多年来中国共产党领导的文艺事业所取得的辉煌成就，从"自转"与"公转"的辩证统一中认识中国文艺发展，对我们深入理解蕴含其中的历史真理与艺术真理有着重大启发。

文艺事业是党和人民的重要事业，文艺战线是党和人民的重要战线。一百多年来，在党的领导下，广大文艺工作者坚持与时代同步伐，与人民同呼吸、共命运、心连心，高擎民族精神火炬，吹响时代前进号角，矢志不渝投身革命、建设、改革事业，用丰富的文艺形式，为增强人民力量、振奋民族精神发挥了重要作用。特别是党的十八大以来，文艺工作取得长足进步，涌现出一批文艺精品，造就了一批优秀人才，我国文艺事业呈现百花齐放、生机勃勃的繁荣景象。

这是中国文艺百年来的基本面貌。

中国共产党自成立之日起，就把为中国人民谋幸福、为中华民族谋复兴确立为自己的初心，就把建设民族的、科学的、大众的中华民族新文化作为自己的使命。党的中心任务与文艺的中心工作在每一个历史时期,都始终紧密联系在一起。文献纪录片第一集《民族号角》讲述了新民主主义革命时期,文艺工作被赋予和一般革命工作相结合,从而打倒我们民族的敌人,完成民族解放的重任,广大文艺工作者积极响应毛泽东同志关于文艺"为人民群众,首先是为工农兵服务"的号召,用革命的文艺激励受剥削受压迫的劳苦大众浴血奋战、百折不挠。第二集《百花齐放》讲述了社会主义革命和建设时期,广大文艺工作者坚持为社会主义革命和建设服务的鲜明导向,在"双百"方针的指引下,以崭新的创作面貌激励站起来的中国人民自力更生、发愤图强。第三集《东方风来》讲述了在改革开放和社会主义现代化建设的新时期,我国文艺事业在"二为"方向的指引下发生历史性的重大变化,激励改革开放大潮中的亿万人民解放思想、锐意进取,呈现出日新月异的壮丽景象。

《时代召唤》《人民期待》《新的使命》三集汇成《放歌新时代》,讲述了从2014年文艺工作座谈会后的十年间,在以习近平同志为核心的党中央引领下,新时代文艺工作者深入学习贯彻习近平文化思想，坚持以人民为中心的创作导向，弘扬社会主义核心价值观，传承中华优秀传统文化，激励新时代的中国人民自信自强、守正创新，为增强人民力量、振奋民族精神发挥了重要作用。

文运与国运相牵，文脉同国脉相连，文艺只有深刻把握时代主题，把艺术追求与国家前途、民族命运、人民愿望紧密结合在一起，才能实现自身最大的价值。《党领导下的百年文艺》忠实地反映了百年文艺发展的主题、主流、主线，准确把握和呈现这段历史真理。

文艺不仅要在"公转"中反映历史真理，还要在"自转"中反映艺术真理。

《党领导下的百年文艺》不仅是波澜壮阔的历史正剧，还是一部触动人心的艺术教育大片。全片重视大历史背后微观图景的深度挖掘，用纪实影像与人物访谈、实地探访相结合的手法，通过一系列观众耳熟能详的作品的创作故事，生动呈现其背后马克思主义文艺观的科学内涵和实践要求。

片中表现了作家柳青在贯彻毛泽东《在延安文艺座谈会上的讲话》精神时，谈到自己的创作心得：要想写作，就要先生活，要想塑造英雄人物，就先塑造自己。他为了深入农民生活，辞去县委副书记职务，定居皇甫村，蹲点14年，集中精力创作《创业史》。反映了以柳青为代表的人民文艺家对"文艺是为人民大众服务的""现实生活是艺术的源泉"这些颠扑不破的艺术真理的思想认同和身体力行。

在《放歌新时代》中，通过访谈王蒙、刘兰芳、李雪健、牛犇、杨志军等人的艺术感悟，探访大型情景史诗《伟大征程》、电视剧《山海情》《人世间》、舞剧《五星出东方》、电影《战狼》、动画电影《长安三万里》、杂技剧《天山雪》、游戏《黑神话：悟空》等成功之道，总结梳理了新时代文艺创作的规律性认识，引导观众加深对坚持以人民为中心的创作导向、深入生活扎根人民、坚定文化自信、坚持守正创新、坚持开放包容、坚持德艺双馨等重要论断的理解。

这些理论成果反映了马克思主义基本原理与中国具体实际相结合、同中华优秀传统文化相结合下，中国文艺理论自主知识体系建构的发展过程，特别是人民文艺、人民美学等艺术真理的理论生长，文献纪录片都有形象化的反映。

习近平总书记曾指出，加强和改进党对文艺工作的领导，要把握住两条：一是要紧紧依靠广大文艺工作者，二是要尊重和遵循文艺规律。文献纪录片很好地抓住了党领导百年文艺的重要经验，突出文艺工作者的主体地位，反映了文艺工作者在党的领导下，思想提升、观念转变下文艺创作呈现的新的面貌、新的成就。全片让文艺家当主角，众多百年以来中国文艺的名家大家悉数登场，畅谈文艺创作生产中的心得感悟，总结提炼文艺的规律性认识，这既符合党的文艺政策主张，同时又增强文献纪录片可信度和感染力。

回望"奋斗路"，眺望"奋进路"。100年来，党领导文艺战线不断探索、实践，走出了一条以马克思主义为指导、符合中国国情和文化传统、高扬人民性的文艺发展道路，为我国文艺繁荣发展指明了前进方向。这条道路从哪里来？往哪里走？文献纪录片《党领导下的百年文艺》给出一个令人信服的答案。

人民文艺的巨制大作

如果说春节是中华民族最隆重的节日,那么中央广播电视总台春节联欢晚会(以下简称"央视春晚")就是中国人民最盛大的文艺。2016年央视春晚坚持以人民为中心的创作导向,用现实主义精神和浪漫主义情怀观照现实生活,高度凝聚了人民的梦想、人民的信念、人民的价值、人民的情感,具有十分鲜明的人民文艺的特点。

晚会立足节日文化特点,打造优秀的艺术作品,满足了人民的文化需求。晚会围绕营造欢乐、喜庆、祥和、团圆的节日氛围,创作和组织了歌曲、戏曲、舞蹈、小品、杂技、魔术、情景剧等40多个精品节目。戏曲《戏游花果山》以猴戏为轴,京剧、豫剧、越剧、黄梅戏、秦腔等轮番登场，各显身手，戏曲联唱唱出猴年的精气神。少儿节目走偶像路线，TFBOYS率领各个时期卡通形象穿越出场，不光小孩，大人们都蹦起来。最受关注的小品、相声等语言类节目，演员卖力，观众捧场，"包袱"不断，笑声不止。除了娱乐需求外，人民在节日中的情感需求也得到极大满足。体现父子情的歌曲《父子》，把父子之间深沉、隐忍、含蓄的情感阐发得恰到好处。就连公益广告中，儿子为春节多挣钱留在城市打工，父亲不了解情况千辛万苦跑到城里找儿子的故事，也戳中了许多人的泪点。

晚会以高度的文化自觉，履行社会责任，坚定守护人民的核心价值。文艺是铸造灵魂的工程，具有文以载道、以文化人的社会功能。央视春晚把社会主义核心价值观生动活泼、活灵活现地体现在晚会创作之中。小品《信不信》《老爸的秘密》《网购奇遇》等分别突出了诚信、感恩、敬业等主流价值。武术《天地人和》、歌曲《华阴老腔一声喊》《六尺巷》等，传统与现代交相辉映、浑然一体，让人们看到中华优秀传统文化在现代社会生机勃发的希望。"9·3大阅兵"三军仪仗队表演、小品《将军与士兵》、大合唱《没有共产党就没有新中国》《红军不怕远征难》等作品，表现了爱国、爱党、爱军的主题，演出雄浑刚劲、震撼人心，表现出革命文艺独特的艺术价值。

  晚会紧密围绕时代主题，以文艺方式凝神聚气，激励人民努力追梦筑梦。晚会以"你我中国梦、全面建小康"为主题，将全国人民的年度记忆形成文艺表达，展示出全国人民在党的领导下同心共筑"中国梦"的坚定决心。歌曲《多想对你说》《幸福小康》《丝绸之路》、歌舞《在你伟大的怀抱里》《山水中国美》等，很好地掌控宏大叙事与个人抒情的艺术平衡，舞台上呈现出团结进取、昂扬向上的精神风采，一次次激荡起观众的家国情怀。中国梦不仅是民族的梦，也是每个中国人的梦。以艺术方式激励人民在伟大时代里追逐自己的梦想，也是今年晚会独到之处。杂技《直挂云帆》讲述年轻的船长带领船员抗击风浪，最终扬起红色大帆，劈波斩浪、扬帆远行的故事，杂技演员在多媒体技术制造的狂风巨浪上，展现高超的技艺和矫健的身姿，具有极强的艺术感染力和现实隐喻性。歌曲《冲向巅峰》《发光时代》《带我到山顶》等，表现出富强、文明、创新、发展等时代精神，成为鼓励人们积极投入生活为梦想而奋斗的集结号和节拍器。

传艺 弘道 铸魂

——充盈新时代气象的电视艺术大作

大型书法文化类季播电视节目《中国书法大会》(以下简称《大会》)第一季,精选中国书法史上极具代表性的18件(组)作品,充分表现它们的历史背景、思想内涵、文化意义和审美价值。《大会》以崭新的电视艺术形式为古老碑帖注入时代活力,极大提升了大众对书法审美的新认识,开辟了创新传播中华优秀传统文化的新模式,开创了中国电视文艺的新高度,是一部满载文化自信、充盈精神力量的新时代新征程电视艺术大作。

一、在创新形式中传承中国艺术

《大会》以沉浸式演绎、集体性临创、互动式答题等形式融合技术与艺术、古代与当代，集思想性、专业性、趣味性于一体，生动呈现汉字的发展与演变过程，创新传播书法背后的中国故事，观众在寓教于乐中与古人对话、启智慧之窗、创时代新篇。其中，18场沉浸式演绎涵盖了戏剧、舞蹈、武术、舞台剧等多种艺术形式。如醴泉从发现到撰文再到书丹刻碑形成《九成宫醴泉铭》的生动场景，苏轼被贬黄州在"无意于佳"的逆境中创作出《黄州寒食帖》传世佳作，黄庭坚以缠绵环绕之草书与李白舞剑开展跨越时空的交流对话，观众身临其境于视听交响中，体会古人的创作意境。30位书友共同临写《兰亭序》《自叙帖》《黄州寒食帖》等经典书作的一场场集体性活动，激发书法爱好者以学习前人的礼敬之心和超越前人的竞胜之心与古人开展思想交流和创作对话。每一次互动答题后《大会》给予书友的集字点赞章，成为《大会》活动的点睛之笔，增添了汲古出新的活力，给观众带来视觉冲击。《大会》的系列创新之举把中华美学精神和当代审美追求相结合，实现了中华优秀传统文化的活态传承，让收藏在博物馆中的书法作品、书写在古籍里的文字活起来，走进寻常百姓家，让大众在"日用而不觉"中体会书法艺术历久弥新的时代意义。

二、在传习技艺中凸显中国道理

书法是文明、文化、文学、文字的重要载体。《大会》选取的经典名作以书法之"艺"承载中国之"道"，以通俗易懂的形式向观众阐释书法器物、碑帖背后的中国道理，展现中华优秀传统文化中的哲学思想、人文精神、道德理念、审美形态。殷墟甲骨文将中国信史上溯一千年，西周早期青铜器《何尊》暗藏"宅兹中国"的基因密码，石鼓文填补了从金文向小篆过渡的链环，《泰山刻石》的重大历史文化价值，《兰亭序》蕴含着宇宙观、哲学观、人生观，《书谱》集书法理论、评论与创作于一体的审美形态等。这些历史上的经典器物、碑帖，承载着中华文明的精神标识，深刻反映了中华文明的连续性、创新性、统一性、包容性、和平性的突出特性。《大会》对此进行了充分的挖掘和展示，还原了中国书法的历史本真和艺术本质，着力表达

"书"以载道的思想内涵和时代价值，提升了大众对中国书法的认知层次，更加深刻理解中国道理，更为自觉传承中华文明。

三、在培根铸魂中弘扬中国精神

中国精神贯穿于中华民族五千年历史、积蕴于近现代中华民族复兴历程，是凝心聚力的兴国之魂、强国之魂。《大会》通过古今书法经典背后人物的爱国之情、报国之志、奋斗之力，传递中华民族精气神，彰显气贯长虹的中国精神、中国力量。颜真卿为官清正廉洁、刚直不阿，面对侄儿颜季明在安史之乱中遇难的消息，以悲愤之情、忠义之怀、浩然之气书写了《祭侄文稿》，为后人留下了绝世之作。人民英雄纪念碑展现了毛泽东书写碑题、周恩来书写碑文的"双绝碑"，反映了中国人民争取民族独立和自由幸福的历史，倾注了伟人对人民英雄光辉业绩的深切缅怀，具有深刻的历史内涵与丰富的精神价值。尤其值得称道的是，《大会》收入人民英雄纪念碑、毛泽东《沁园春·雪》这两件当代书法精品，在革命文化与传统文化、当代文化与历史文化的浑然一体的贯通表现中，揭示了马克思主义与中华优秀传统文化何以结合、如何结合的科学真理,这是第二个结合开辟文化空间的力证,也是节目一大亮点。这些经典名作和感人故事激荡着强烈的爱国主义情怀,彰显中国精神的历史内涵和时代价值,对于激励书法工作者和社会大众赓续中华民族的魂脉与根脉,坚定走中国特色社会主义道路具有积极意义。

不惑春晚历久弥新

创新是文艺的生命。诞生于 1983 年的中央广播电视总台春节联欢晚会（以下简称"央视春晚"），迄今已四十载。随着创作环境和审美需求的变迁，春晚创作者从未停止过艺术创新。此次兔年春晚，对创新的执着追求清晰可见。

从非遗中创新。近年来，非物质文化遗产保护得到重视，非遗不断"破圈"，"非遗+文创""非遗+旅游""非遗+教育""非遗+直播"等"非遗+"模式实现了非遗的活化传承。兔年春晚又以"非遗+春晚"模式为优秀传统文化接驳当代审美注入了新动能。2012 年，非遗绛州鼓乐《鼓韵龙腾》就曾登台中央广播电视总台龙年春节联欢晚会，气势如虹、酣畅淋漓，为舞台开场奠定了喜庆氛围。

2023兔年春节联欢晚会进一步加大了非遗文化的呈现力度。2023年央视春晚节目《龙跃神州》展现了历史悠久的传统杂技中幡。中幡起源于皇室仪仗队的旗杆,后演变成民间庙会中的表演节目,幡旗形制壮丽、威武庄重,表演时十余米高、几十斤重的中幡在旗手的手中、肩上、脑门、下巴、项背等处上下飞舞、交替腾挪,尽显旗手的勇武与智慧,十分契合春晚隆重吉祥的定位。非遗歌舞《百鸟归巢》中,选取了南音著名的大谱,曲调古朴幽雅,委婉深情,与谭维维的演唱有机融合,营造出"家国天下、同心共鸣,百花齐放、天下齐心"的历史悠远与厚重感。"水迢迢,山隐隐,风雨同行又一程",戏曲节目《华彩梨园》中的《踏伞行》选段让观众首次在春晚的舞台上领略到非遗莆仙戏声腔浓郁独特的地方风韵。截至2023年1月,我国共有43个项目列入联合国教科文组织非遗名录、名册,居世界第一。此外,我国已建立国家、省、市、县四级非遗名录体系,认定非遗代表性项目10万余项。包括非遗在内的中华优秀传统文化是文艺创新取之不尽的重要源泉,非遗+春晚就是很好的例证。

从生活中出新。艺术的丰盈始终有赖于生活。本届春晚创新引入微电影令人耳目一新。微电影《我和我的春晚》表现了普通劳动者几十年如一日想上春晚的深厚情结，最后微电影中穿着朴实、别着一枚党徽的主人公真的坐到了兔年春晚的现场，令人为之欢欣感叹，春晚是你的春晚，也是我的春晚，是我们大家的春晚，是属于老百姓自己的春晚。圆桌脱口秀《给我一分钟》中，邀请了四位参加往季电视节目《脱口秀大会》的年轻人，调侃揶揄平凡生活中常见的囧，展现的却是达观向上的生活态度，用符合大众审美习惯的方式，进一步贴近了春晚与普通大众特别是与年轻观众之间的距离。歌曲联唱《早安，阳光》创新拼接了近期网络火爆的歌曲《早安隆回》与中国女排的队歌《阳光总在风雨后》。中国文艺评论家协会曾在"青萍荟"专栏中邀请青年评论家分析歌曲《早安隆回》走红的原因，有学者认为歌曲用最简单易唱的旋律表达淳朴与温暖，是一份来自草根给予世界的正能量。《早安阳光》中让观众听到了《早安隆回》与《阳光总在风雨后》两首歌似曾相识的旋律，尽管是拼接而成，却因两首歌曲相近的气质而毫无生硬之感，反而既熟悉亲切又别开生面，为处于疫情防控新阶段的人们加油鼓劲。这些春晚节目的成功创新再次证明，文艺源自生活，文艺绝不能背叛生活。

从不变中求新。变与不变是艺术创作面对的基本问题，辩证把握传承与创新关系也是春晚创作的一个特点。春晚四十载中，有相当多的年份，都是用《难忘今宵》这首歌作为压轴谢幕歌曲的，这首歌诞生之初就是为春晚量身定制的，而今《难忘今宵》已经化作春晚独特的符号，成为春晚造就的经典，而歌曲的演唱者李谷一也成为登台春晚次数最多的歌唱家。兔年春晚依然采用《难忘今宵》谢幕，但经典的不是不变的，节目采取了老歌新唱的方式，融入阿卡贝拉和童声合唱，既有经典传统积淀延续的文化魅力，又有创新元素带来的新鲜活力感。春晚的四十年里，蔡明共有27次登上央视春晚，是登上春晚舞台次数最多的小品演员。蔡明的秘籍就在于植根于生活的不断创新求变。从少女到老太太，从外国人到机器人，各种年龄、各种表演跨度都敢于挑战尝试，"百变"是蔡明的标签，也因此获得了长久的艺术生命力。

四十载芳华岁月，经过历届央视春晚创作者的不懈努力，央视春晚已成为海内外华人的集体记忆，成为中华传统文化中的新民俗，成为人民文艺的巨制大作。时代在塑造着央视春晚，而央视春晚也在影响着时代。唯有与时俱进，创新不止，才能永远风华正茂。

柴米油盐里的中国

习近平总书记在中共中央政治局第三十次集体学习时，就加强我国国际传播能力建设强调，要注重把握好基调，既开放自信也谦逊谦和，努力塑造自信、可爱、可敬的中国形象。什么是"自信、可爱、可敬"的中国形象？近日，国内外各大视频网站平台热播的纪录片《柴米油盐之上》或许给出了答案。

《柴米油盐之上》由英国知名纪录片导演、两届奥斯卡最佳纪录短片奖得主柯文思执导，通过《开勇》《琳宝》《怀甫》《子胥》四集短片，讲述了三个普通的中国人和一个中国村庄的故事。宋代吴自牧在《梦粱录·鲞铺》中记载："盖人家每日不可阙者，柴米油盐酱醋茶。""柴米油盐"乃百姓的日常生活，仅从纪录片的片名便可以寻见，导演柯文思的艺术焦点在哪里。恰如其所言，影片要让人接受，是靠打动人的心，并非从逻辑上说理，而是让海外观众从心底接受这些普通的中国人。

《柴米油盐之上》有中国人的自信。纪录片以见证者的视角，聚焦个体发展的故事，呈现了在中国高速发展的过程中，个体面临机遇与挑战、奋斗与挣扎时，所坚守的信念、信仰与信心。村支书常开勇将脱贫攻坚的信念写在西南贫困山区的沟沟岭岭中，货车司机张琳将努力奋斗的信心写在奔波艰辛的快递路上，杂技演员王怀甫将忠于艺术的信仰写在日复一日的排练场上，而富春江岸的砍柴少年也立下了走出大山、闯出一番事业的约定。

《柴米油盐之上》有中国人的可爱。纪录片以亲历者的视角，抓住人类共通的情感体验，反映了在中国几十年来的巨变中个体的喜怒哀乐、冷暖悲欢，塑造出一个个活泼生动、鲜活可爱的形象。张琳这样一位笑容整天挂在脸上的时髦娇小女孩，竟有着开重型卡车、曾经被家暴而离婚、不能照顾上小学的儿子、又面临第二次离婚的人生境遇。观者会为张琳原生家庭与婚姻生活的不幸而产生怜悯，更会为她在生活的重压下依然笑对人生的乐观心态和奋斗精神而叫好。

《柴米油盐之上》有中国人的可敬。纪录片以分析者的眼光，探寻到中国人特有的文化底色和精神境界，展现出可敬的中国精神与时代风貌。这份可敬是扶贫干部常开勇微薄工资的三分之一都花费在工作路途汽油钱上，为说服山民的搬迁一遍又一遍做工作的忘我精神。这份可敬还是走出山村30多年，相互扶持共同创业，缔造快递王国的致富者，不忘家乡、回馈家乡、建设家乡的共同体意识。

推动个体情感的深切表现，启发观众从情感上得到共鸣，这是文艺作品能够成功的关键，也是提升文艺作品国际传播能力的重点。导演柯文思以一个外国人的视角讲述中国故事，展现出中国人民令人钦佩的一面，恰如他所言，"当世界意识到我们和你们的相似之处超过我们的不同之处的时候，我相信那些对中国的误解、怀疑和恐惧，会被对中国的尊重和敬佩所代替"。

创新赓续千年文脉
科技赋能万卷丹青

中国绘画历史源远流长，是中国传统文化的重要组成部分，是中华文明中最珍贵、最辉煌的艺术遗产之一。如今，它们有些散落在世界各地，有些因保护难度大不得不被封存在博物馆，让人们很难有机会欣赏。2022 年在国家博物馆举办的"'盛世修典'——中国历代绘画大系成果展"，以前所未有的方式让这些民族文化瑰宝跨越时空、汇聚一堂，构筑成纵贯两千多年的中国古代绘画史的恢宏图景。

集大成之功。"中国历代绘画大系"编撰出版历时 18 年，18 年的求索著成一部皇皇巨著。我们知道，唐代编过《历代名画记》，宋代编过《宣和画谱》，清代编过《石渠宝笈》，而这一次，是中国历史上第四次大规模的整理和编纂，从《宋画全集》到《元画全集》《明画全集》《清画全集》和《先秦汉唐画全集》，这些传世珍品由"画"入"书"、由"书"到"展"，可以说这应该是一份学习中国美术史迄今为止最全面的影像素材。展览题材技法丰富，名作名家荟萃，无论是舒朗山水、写意人物，还是工笔花鸟；无论是巍峨山川、寒岩积雪，还是簪花侍女、烟火市井，在展览中都有精彩呈现。同时，这次画展的展陈设计也暗含着许多巧妙的细节，例如把同一位作者不同时期的画作放到一起，或者把同一幅画作的历朝历代临摹和再创作放到一起，再或者把使用中西画法的画放到一起，甚至将真伪难辨的名画放到一起，方便人们去对比研究，让人在同一空间中去感受不同时空的中国画的千姿百态。所以，大系的编纂出版工作，是一场摸清中国画家底的浩大行动，可谓是"集大成之功"，善莫大焉。

显文化之魂。文化是一个民族的灵魂，是一个国家的精神合力，它见证着民族血脉的赓续，推动着时代价值的嬗变。习近平总书记强调："中华优秀传统文化是中华文明的智慧结晶和精华所在，是中华民族的根和魂，是我们在世界文化激荡中站稳脚跟的根基。"[1] "中国历代绘画大系"正是秉承着复兴优秀传统文化、传承民族文化基因、彰显民族文化之魂的初心，坚持了18年的文化长跑，成为文化遗产活化利用的高质量典范。在展出的这些画作中，我们能看到古人对田园生活的向往、对美好生活的祈愿、对自然万物的敬畏、对人生境界的追求，也进一步呈现着中华民族对真、善、美的永恒追求，激荡起每一个观展人心中的文化温情。党的二十大吹响中国式现代化奋进号角，我们应以高度的文化自觉和文化自信，把握中国式现代化与中华优秀传统文化的根性联系。所以，大系编纂出版的更深一层的意义在于挖掘文化瑰宝背后的思想观念、人文精神，传承中华民族优秀文化基因，在时代变革大潮中，焕发出跨越时空的永恒魅力和持久生命力，成为中国式现代化建设的文化推动力。

凸科技之助。与以往不同，这次现场展出的画作虽

---

[1]《习近平在中共中央政治局第三十九次集体学习时强调　把中国文明历史研究引向深入　推动增强历史自觉坚定文化自信》，新华社北京，2022年5月28日。

并非原作，但基本上都是等比例复刻或放大呈现，其清晰度以及印刷的精美程度堪与原作媲美，为观众提供了观摩原作细节的可能。不知画幅之小无以体会精细之妙，未见卷轴之大无以感受恢宏之势，这无疑是浏览高清画册也无法获得的深度体验。例如展览中最引人驻足的《千里江山图》，在放大两倍后又经展陈灯光的映衬，青绿山水的色彩更加鲜明动人，草木房屋、人物船只、绿水涟漪清晰可见，让人叹为观止。在展览的结尾，还设置了沉浸式数字体验空间，那些画中的意境、意象在空间中被点亮，在光影中"活"了起来，让观者沉浸其中，感受传统文化与现代科技的激烈碰撞。而这一切要归功于"大系"团队对数字科学技术的灵活掌握与运用。《历代名画记》《宣和画谱》《石渠宝笈》等前人的经典文献，大都是通过文字著录、摹临仿造等方式保存图像信息的，而这一次的整理有了科技的加持，实现了全面数字化的复原和共享，通过新技术、新方式、新工艺等再现曾经的文化辉煌，让"沉睡"的文化宝藏再次大放异彩。"中国历代绘画大系"的实践和探索让我们看到，在激活传统文化宝藏、推动中华优秀传统文化的创造性转化和创新性发展方面，数字科技大有可为。

栖息不妨落高枝

——读散文集《愿随所爱到天涯》

　　胡晓军的《愿随所爱到天涯》收录了75篇千字散文，或是论艺，或是品戏，或是记忆，或是写人，每篇文章都赋诗(词、曲)，少则一首，多则五六首，文章标题选自其中的一句，文章最后以诗结尾，"文以诗引，诗收文魂"，诗情、诗趣充盈字里行间，提升篇章境界。这种形式类似古典章回小说的"入话诗"，或是传统曲艺的"定场诗"，在散文中运用确不多见。

　　精致的形式承载了精致的情思。文章托物言志、寓理于情，凝练节制、意境悠远，以散淡飘逸的文字表达细微丰沛的心思，似乎什么都没说，似乎又什么都说了，匆忙间尝味寡,闲暇时品意浓。《蓦然入黑瞳》里幻化为一只野生羚羊,犹如庄周之于蝴蝶,为追慕羚羊挂角之艺术境界,蓄力、跃起、再蓄力、再跃起;《淤泥偏自出芙蓉》里以莲颂君子,每每抄诵周敦颐《爱莲说》时的脱口应和,其率真和随性,跃然纸上;《勾红描黛娥眉秀》里把戏曲的化装、戏台、行当、歌舞点画数语,于寻常处见奇崛,精到透彻。

《甚伤人梦疾太沉沦》对京剧《曹操与杨修》作了精彩评论,特别是对政治人物的文才与政才的关系作了鞭辟入里的分析。面对文才高于自己的杨修,曹操如何从爱才、惜才,到妒才、恨才,再到毁才、杀才,把戏剧中曹操的心理变化通过文字生动呈现出来。此篇评论成为原作戏剧的最好注解,发挥了启迪和升华之功用。评论最后还把曹氏的头痛怪病"风涎"的症结归于其中,既匪夷所思,又合情合理。

全书中我最喜爱的部分是"愿随所爱到天涯",这也是该书书名。这里写的都是作者曾经交往的人,有白先勇、徐中玉、尚长荣、钱谷融、王元化、杜宣等名人雅士,也有普通文艺工作者,还有自己的师长、同学、朋友。作者运用白描笔触，在聊天般叙述中，故事就展开了，原本很生活化、碎片化的场景却看起来很完整。最打动我的，是人物交往中的讲究。作者在拜访白先勇时，特地填一阕《定风波》，写的是白先勇即将首演的《玉簪记》里的"追舟"，应时应景，白先勇很高兴，谈话很自然就开始了。大学诗词老师钱乃荣对作者十分器重和爱惜，嘉勉总是很慷慨，甚至不惜自贬，只因热爱诗歌并坚持下来的学生确实不多了，此等"老式"师恩似乎已不多见，让读者好生唏嘘。书法家张森为不让求书者尴尬，了无痕迹地避开内容中的问题诗句，又不让当事人所知，为人的厚道与仁爱，令人感佩。这些礼仪讲究，现代人已经淡漠了，人与人的交往直截了当，更多像市场法则中的利益交换，效率高了，韵味没了，人情也就淡了。栖居是群居不是独居，没有讲究的礼尚往来，就难有动人诗意。

日本作家村上春树以"小确幸"提醒人们关注"微小而确实的幸福"。源于细节的小幸福，就散落在生活的各个角落，当你逐一把它们拾起的时候，就找到了最简单的快乐。作者很善于发掘和享受"小确幸"，偶遇的包子、传统的喜糖、后院的玉兰、迟到的玫瑰等有意思的生活小事，他都饶有兴趣地记录下来，成为书中篇章。《家住低层》是写作者居家楼层的故事，面对家住低层的种种烦恼：阳光稀缺、蚊蝇滋扰、电梯受气、抛物受惊等，却因为读到报纸一篇名为《因汽车尾气居高，楼层越高毒害越大，有高处不胜毒之诫》的文章，从此生活剧情反转，烦恼烟消云散。生活是艺术的源头活水，生活也是诗意的酿造工坊。只有热爱生活、投入生活，才能发现身边的"小确幸"，品味栖居的诗意，即便是所谓文化人，也概莫能外。

《愿随所爱到天涯》也许只是本普通的小书，却闪烁着可贵的光芒。它提醒人们是不是应该重新拾起曾经拥有的精神财富和文化意义，是不是别让"诗意地栖居"的生活理想渐行渐远。

《问苍茫》：史、思、诗浇筑的电视剧高峰之作

电视剧《问苍茫》的播出引发了新一轮的收视热潮，它的成功值得研究和讨论。《问苍茫》以32集的长度，通过聚焦大革命时期及前夕的历史风云，展现了青年毛泽东在错综复杂、矛盾丛生的革命现实下不断向外求索、向内叩问的精神之路，在历史事件与人物命运的相互联系中昭示了中国革命的发展规律与前进方向，讴歌了伟大的革命精神，塑造了伟人形象，把厚重的历史、深邃的思想与高妙的艺术熔为一炉、相得益彰，共同成就了重大革命历史题材影视作品的高峰之作。

"问苍茫"出自毛泽东的《沁园春·长沙》。所谓"问

苍茫大地",本是"上下求索"的意思,毛泽东出生的那个年代,具有5000多年文明历史的中国在帝国主义与封建势力的夹击下已经逐步成为半殖民地半封建社会,资产阶级自身的软弱性与妥协性,使他们无力将反帝反封建的斗争进行到底。国内形势动荡,人民痛苦不堪,内忧外患,再一次将这个民族抛入了痛苦的深渊。中国共产党的成立顺应了近代历史的发展,是中国人民在救亡图存斗争中顽强求索的必然产物,标志着中国革命有了正确的方向和光明的前景。《问苍茫》通过史、思、诗融合呈现的方式,描写和反映了在这种新的斗争形势下,青年毛泽东如何发扬"问苍茫"的求索精神,同各种错误倾向作斗争并深刻总结中国革命经验、探索中国革命道路的艰辛过程。

从"史"的角度来看,《问苍茫》对1921年至1927年的这段历史的叙述和描写,坚持唯物史观和正确的党史观。电视剧以大革命运动背景下中国共产党早期的成长史为主要线索,对中国共产党成立以后开始发展党员、成立党组织、发展工人运动,并在领导工人运动的过程中不断加强自身建设,因地制宜发动广大农民投身革命,积极推动国共合作等,进行了丰富的演绎和深入的刻画,体现了中国共产党把握和参与历史发展的主动性。电视剧把国共合作的大革命运动作为叙事中心，这一重大历史事件生发的合作与共识、矛盾和冲突作为故事展开的脉络，忠实反映了大革命从兴起到失败的历史过程，以及反映了中国共产党从中吸取的历史经验教训，包括革命的领导权、革命依靠的力量、武装斗争、土地革命等。电视剧很好地分析了当时的历史背景和历史环境，抓住这段历史的反帝、反封建军阀的主题和本质，清晰勾勒了历史发展主流。

除了历史大势的准确把握外，电视剧对历史细节的钩沉与还原填补了以往作品的空白。比如，共产党员以个人身份加入国民党并发挥重要作用的历史，以往少为人知。电视剧在这方面下了更大功夫：在合作中与国民党里的左派、右派关系问题，共产党内部的左派、右派关系问题，合作过程中分分合合、枝枝蔓蔓，充斥着复杂矛盾的历史细节。此外，中国共产党成立后到秋收起义前，这段历史也少有艺术表现，特别是对毛泽东个人活动的历史呈现中，这段历史也是稀缺的。许多观众通过电视剧学习了这段历史，而历史本身就是价值。由于历史大势的准确把握与历史细节的生动还原，电视剧反映了正确的史实、史识和史观，对于革命历史题材的影视剧而言，凭此一点已可谓成功。

从"思"的角度来看，"问苍茫"就是对中国革命前途的叩问，毛泽东发出三问：革命道路在哪里？我们该不该在革命道路中追求革命领导权？以及，最后他问出了"微斯人，吾谁与归"？毛泽东坚持"向大本大源处探讨"，通过对中国革命的性质问题、农民问题、分清敌友问题以及革命领导权问题等重大问题的探索和追问，循序渐进、环环相扣，推动了剧情的发展。从对中国社会各阶级的宏观把握到湖南农民运动的微观分析，毛泽东把马克思主义基本原理同中国具体实际相结合，由点到线、由线到面、由面到体，形成了由实践到理论，再从理论到实践，实现了马克思主义中国化的第一次历史性飞跃，毛泽东思想开始形成。

青年毛泽东最大的特点就是不受教条的束缚，善于"用两条腿走路"，在对实践经验的总结、提炼、概括、分析中打破教条的边界，在对形势的分析和比对中调试着自己的思路与方向，尤其是在同右倾机会主义思想作斗争的时候，条分缕析、针锋相对，既显示出了强大的真理力量，也突出了他无人可及的斗争艺术与领导才能。运用艺术语言表达激烈的思想斗争是本剧的一大特点,其中的精彩程度不亚于现实的军事斗争。越是外部情势危急的时刻,观点的冲突、思想的碰撞、阵营的对立就越激烈,如蒋介石和汪精卫先后背叛革命,在共产国际的盲目指挥下,共产党内部就是否发动武装斗争爆发了激烈的争吵,毛泽东发扬斗争精神,对这一形势进行了有理有据、客观全面的分析和研判,在不同观点的争论中起到了振聋发聩的警醒作用。电视剧通过高度理论性和极强逻辑性的台词脚本,还原政治斗争和思想斗争,展现了"理论教科书"般的独特魅力,具有很好的理论价值。以电视剧的艺术形式,把中国革命理论讲清楚、讲透彻,这是《问苍茫》得以成功的第二大因素。

从"诗"的角度来看,本剧在表现革命人物的艺术手法方面可圈可点,作出了许多有益的探索。比如表现毛泽东与杨开慧这对革命伉俪之间的情感,以及这种革命式家庭的日常生活。《问苍茫》力求真实还原当时的历史情景,将中国共产党人的崇高理想和坚定信念投射到日常生活之中,以日常细节表现崇高的革命情怀与精神品质。如毛泽东与杨开慧母子三人拍合照的一幕,一方面是不能拍照的组织纪律，一方面是家庭亲情，毛泽东同志恪守原则的同时也展现了铁汉柔情的一面，在毛岸英的呼唤下，他展现了丈夫和父亲的担当，决定陪他们拍照，关键时刻，杨开慧同志显示出了作为革命者的理解和包容，只是让毛泽东陪自己"站一站"，最后的照片依旧是母子三人，这个生活细节包含丰富内涵和意味，在观众体会温情脉脉的同时，又感受其中余韵绵长。崇高精神的日常化表达，不是降低精神高度去表现伟人形象，而应是抓出内在精神的外在呈现，并进行典型化表达才是其中之义，《问苍茫》得其要者。

意象化的场景设置和镜头运用是本剧值得称道的地方。毛泽东在得知汪精卫即将叛变时，回湖南组织革命武装进行坚决斗争，这时陈独秀一通电话让他回武汉。电视剧设置了毛泽东在瓢泼大雨中木然呆坐，任凭大雨湿透全身，自己认定的真理和行动遭到上级的反对和制止，革命即将遭受重大损失，毛泽东心中极度郁结、苦闷、无奈，这种心境通过这个场景表现得淋漓尽致。毛泽东与陈独秀、李大钊坐马车冲破暴风雪的场景，是对中国革命领导者接续奋斗的一种象征，突破了传统意义上的坐而论道的范畴，表现了宏观的历史走势和共同的革命目标。电视剧最后，陈独秀立足河畔，对毛泽东的一句对白"我累了，就不陪你走了，向前走吧，润之"，象征着在孙中山、陈独秀、李大钊等人的前赴后继下，经过建党以来整整六年的探索与奋斗，苍茫大地之上，道路逐渐清晰，毛泽东也正式开启了探索革命道路的新历程。为特定的表达内容找到相匹配的艺术形式，史、思、诗浑然一体、高度统一是《问苍茫》得以成功独到之处。

本剧除了对主要人物的成功塑造外，其他人物依然精雕细刻。剧中有三四百个人物形象，对他们的塑造既符合历史人物的基本性格特点，没有跳脱观众的已有认知，同时又有表演的鲜活、生动、质感，甚至还有新意别裁，如陈独秀、周恩来、瞿秋白、蒋先云等人物的塑造面目清晰、神采飞扬，让人印象深刻。反面人物也一样丰满立体，如蒋介石，电视剧紧紧抓住了他寡淡、缺少情趣的性格，又将杀伐决断的一面展现得淋漓尽致，为他永丰舰救孙中山、讨伐陈炯明、任黄埔军校校长、发动"四一二"反革命政变等一系列行为埋下了伏笔，一个没有执念、没有理想的投机主义者形象得以树立。

一场点史成诗的舞蹈想象

历史与艺术是一对奇妙的关系。历史是事实的记录，有记录就有缺失，历史越久远缺失越严重。艺术是想象，是基于事实的虚构。历史与艺术相互取长补短，历史给艺术想象予可靠的事实，艺术可以填补历史的疏失和缺漏。

2022年2月11日至13日，庆祝中国共产党成立100周年优秀舞台艺术作品展演剧目，由中共北京市委宣传部、新疆维吾尔自治区党委宣传部出品，北京演艺集团联合北京市援疆和田指挥部、和田地委宣传部共同制作，北京歌剧舞剧院、新疆新玉歌舞团演出的历史题材舞剧《五星出东方》（许锐编剧，王舸导演）在国家大剧院圆满完成了全国巡演北京站演出。这部作品的灵感来源是两千多年前的

"五星出东方利中国"汉代织锦护臂,作为国家一级文物,它的历史信息极其稀缺。由于它跨越千年的历史预言和巧合高度契合中华民族的时代图景和美好期待,是文艺创作的珍贵题材,也由于它的历史信息极其稀缺,给文艺创作留下了巨大的想象空间。这个题材首先被舞蹈这一艺术样式"捕获"是幸运的。

舞蹈是最原始、最本真、最普泛的人类艺术形式。《毛诗序》有言:"情动于中而形于言,言之不足,故嗟叹之,嗟叹之不足,故永歌之,永歌之不足,不知手之舞之,足之蹈之也。"在俄国芭蕾大师米哈伊尔·福金看来,舞蹈要为表达人类内心世界找到最完美的形式。可见,舞蹈是表达人类思想情感最有力量的艺术样式。用最有力量的艺术样式来表现历史信息缺失的文艺题材,是非常合适和必要的。该剧高水平地编排创演出一场融通古今的舞蹈想象,钩沉文物深邃的历史积淀,释放出其中丰厚的文化蕴藉,揭示出中华民族绵延发展的历史真理,表达出当代各族人民构建中华民族共同体的共同心声,开创了文物题材舞剧的新形式,是坚定民族文化自信、彰显时代崭新气象的优秀舞剧。

笔者认为，这部舞剧首先成功在对文物IP的艺术解读和释放。该剧以新疆和田尼雅遗址出土的"五星出东方利中国"织锦护臂为核心IP，生发出汉朝戍边将领"奉"在精绝古城与北人首领之子建特、精绝首领之女春君之间，从剑拔弩张到并肩携手，从素不相识到深深认同，结下深厚情谊的动人故事。这个故事设定符合生活逻辑，在历史上游牧民族与农耕文明的结构性矛盾的语境下，"奉"、建特、春君的个人关系从情感认同到文化认同再到价值认同，最后到命运认同，但个体的命运难以超越时代的宿命，因而"奉"最后为北兵所杀，这是历史的结果。由于这个悲剧结局深化了作品主旨，提纯了精神境界，增强了戏剧张力，这也是戏剧的需要。舞蹈艺术是形象强于叙事，舞剧《五星出东方》通过用舞蹈塑造形象的方式，成功地塑造了人物。天真烂漫、取汉名向往东方的精绝首领之女春君，忠诚勇毅、尽心守护西域安宁的汉戍边将领"奉"，彪悍耿直、最终心归大汉的北人首领之子建特，都给人留下深刻印象。观众在欣赏多彩多姿的舞段和精良考究的服化道灯光舞美设计的同时，记住了人物，记住了故事，记住了这块汉代国宝级文物，进而中华民族共同体的主旨为观众所接受也是润物无声、水到渠成、自然而然的了。

其次,该剧成功在以正确的历史观尊重历史、还原历史、想象历史。一部中国史,就是一部各民族交融汇聚成多元一体中华民族的历史,就是各民族共同缔造、发展、巩固统一的伟大祖国的历史。该剧以汉代文物为构想之源,通过讲述一段虚构的故事,很好地还原了边疆地区民族融合的历史。当观众在现实生活中邂逅这块"五星出东方利中国"织锦护臂时,也会不由自主地联想到舞剧中的人物和故事,仿佛故事是真实的。这当然与主创团队高超的艺术手段有关。比如,考古队员在尼雅遗址现场考古发掘的首尾呼应给观众造成极强的代入感。再比如这部作品充分尊重历史事实,还原了一千多年前西域即古代新疆的历史人文风貌。从精绝古国的国名,到参考克孜尔石窟中"龟兹壁画"里"伎乐天人"的灯舞,再到剧中服装从颜色、样式、纹样等设计都结合了出土文物中的元素,以及提取自织锦护臂色彩的灯光设计等,都充分汲取了历史素材。还比如故事的构造符合民族融合的历史大势,这是最后也是最重要的一点。

最后,该剧的成功还表现在舞蹈艺术本体的创新发展上。舞剧中的舞蹈往往可分为两类，一类是抒情式，另一类是叙事式。而该剧中的舞蹈不光是为渲染情绪或营造气氛，更不是单纯地为舞而舞，而是恰到好处地递进了情节，这样的舞蹈是为讲述故事、塑造人物而服务的，让观众不觉得费解，才是有灵魂的舞蹈，才能打动人心。威武雄壮的将士持钺舞、婀娜灵动的精绝女子捧灯舞、刚劲有力的修筑城墙舞、诙谐幽默的洗澡舞、活泼娇俏的春君独舞、情意绵绵的双人舞、富有禅意的僧人三人舞，都有效地推进了故事情节，既让观众觉得好看好懂，又使舞剧的结构更为紧凑。特别是"奉"向众人"讲述"长安景象一段，随着"奉"的讲述，端庄雍容的仕女舞、插入汉乐府《长歌行》吟诵的丰收舞、面具舞等轮番上演，尽显大汉都城的风华和气象，与西域舞蹈形成鲜明的风格对比，既丰富了舞段的视觉呈现，又烘托了奉的英雄人物形象，还使一心向往东方的春君人物形象变得真实可感。这些舞蹈已经形成了核心舞段，具有标示性的舞蹈动作设计，具有明显的历史渊源和民族特色，有鲜明的时代气息，极具感染力和冲击力，是对当代中国舞蹈艺术的特别贡献。

这还原历史的文学切片，叫《家山》

切片，是用特制刀具把生物体切成的薄片组织。如果将五千年中华文明作为一个生物体的话，那么，王跃文以文学为刀具，把20世纪上半叶中国湖南乡村沙湾的故事制成了切片。这段切片叫《家山》。

长篇小说《家山》约54万字，100余个主要人物，行文针脚细密、叙事交缠繁复，即使用显微镜放大，如同观察一块16纳米芯片，纹理依然清晰可辨。革命、救亡、启蒙、进步的时代气象是小说背景，械斗、乡讼、抗租、减赋、水利、兴学、匪患、扩红、征兵等是故事主体，地貌、景致、婚娶、丧仪、稼穑、山林、田亩、村规、民约、乡风、人情等是小说环境。对这些背景、故事、环境进行高度还原，是《家山》最大的特色，也是这段切片的最重要价值。

小说更多使用了乡言土语，这是语言还原。妻子叫阿娘，娶媳妇叫抬阿娘。小孩叫陀，明陀、美陀、高陀等，名字加陀就是孩童的称谓。有地位的老人称公，佑德公、逸公、达公、放公。还有知根老爷、乡约老爷是有特定含义的称谓，小说没有直接解释，而读者在阅读中可以了解大概其意思。知根，应该是知道根源之意，知根老爷应是本村历史记录者。乡约老爷封给了代表全村打赢官司的桃香，推测是村里功臣之意。语言不仅是表达载体，也是语义方式，更是审美样式，乡言土语成为中国小说家流行的选择，这是小说审美掘进发展的结果。乡言土语的使用，奠基了小说地域美学风格的语言底座，准确传递小说文本的意蕴特色，构筑独有的阅读体验，焕发出极具个性化的审美情景。作为文学切片的小说文本，乡土语言的选择是还原的必然选择，当然其中还要不违背可读性原则，而王跃文的把握是精准的。

刻画属于这块土地的典型，这是形象的还原。小说中的桃香作为一个普通农妇，能言善辩，擅长四六句，村里遇到官司无人敢上公堂,她挺身而出,公堂上不卑不亢、从容论辩,赢得官司,被乡人称誉为乡约老爷,年轻女人被命名男性尊称是一个极大荣耀。一个泼辣精明、担当敢为的湖南女性形象跃然纸上。然而,桃香并没有跳出时代的局限。她本人虽然因为天性没有缠足,但封建的观念依然根植骨髓,反而残忍地强迫自己的女儿缠足。女儿多次反抗、乡人多次劝说都无果,在缠放之间造成女儿跛脚,女儿最终遁入空门,酿成一个家庭无法挽回的悲剧。一个愚昧固执的乡妇形象又让人憎恨。应该说,泼辣精明、担当敢为与无知愚昧、固执野蛮绝非毫无关系,这可能是人物性格在不同情境下的显现,王跃文精准把握了内在联系,使得人物塑造脱离了表面化,既贴切鲜活又立体丰满,让人过目不忘。桃香只是小说一个边缘角色,但王跃文的塑造毫无生硬设计之感,猜测人物后面可能有生活原型,而这是作家深入生活的功夫。除了桃香,其他的人物,比如佑德公、逸公、五疤子、扬卿等,人物形象的塑造也是上乘的。

真实再现传统乡村治理,这是对传统文化的还原,也是小说很大的贡献。陈氏宗族下佑德公、逸公、达公、知根老爷等乡贤，是沙湾乡村治理的核心层。其中佑德公无疑是代表人物，他德高仁厚、仗义疏财，在沙湾有很高威望。在国民党横征暴敛中，佑德公为了全村的利益，多次抵制，出头反对，跑到县里慷慨陈词、据理力争，甚至不怕被政府利用。他大力支持家乡兴学，捐献自家山林树木作为学校课桌，为乡民长久利益计。佑德公睿智持重、老谋深算，在处理本村与邻村青年械斗中，他私底下与邻村乡贤暗中合作，巧妙拔出"炸药"引信，既维护双方颜面，又避免再次冲突，让沙湾龙灯顺利通过。这种乡贤形象的塑造是正面的，反映了传统乡村治理的内在合理性。不同以往一些乡土文学的批判叙事，《家山》对乡贤具有更为客观的认知和评价、对传统文化价值的珍视和自信，从这点看来，这部小说无疑有独到的价值。

更难能可贵的是，小说的乡村叙事参与了革命叙事，传统文化与革命文化开始合流与融通，这是对革命历史的还原。老一辈(佑德公、逸公、修根)作为乡贤，子一辈(邵夫、扬卿、齐峰)作为革命者，乡村治理、家庭伦理、革命道理交叉叙事，呈现复杂深邃的小说景观。在扩红运动中，许多沙湾子弟参加红军，反动派要夜袭沙湾，佑德公得到共产党齐峰同志的情报后，暗中传话通报，并提供躲避住所，将十多位参加红军的村民子弟藏在自己山中别业，避免了一场大屠杀。知根老爷齐树向来配合县乡税赋，在反动派倒行逆施时拒绝交出田亩册书，被乡公所深夜掳走杀害，激起民愤，从此保甲长无人肯做，反动派统治基础动摇。乡民与反革命力量决裂，在地下党的领导下，实行乡民自治，彻底摆脱反动派的统治。当革命武装缺少经费时，乡民们捐钱、捐物、捐粮食，体现了民心所向、民意所归。这些故事设定，反映了乡民如何一步一步从同情革命到拥护革命，再到参加革命的逻辑线，情节合理、叙事精当、铺陈充分，时代大潮的起起落落明晰可见。这部小说坚持人民史观，重申了人民群众是社会历史的创造者这一真理，同时揭示了民族精神与革命精神的内在一致性，有力说明了马克思主义与中华优秀传统文化相结合的历史必然性。

小说切片毕竟不是真实历史，它无法提供全部的信息，再现所有的生活。但王跃文在有限的文学空间里，尽情抒发才情，努力以艺术真实还原历史真实，为读者奉献了一部值得反复阅读的优秀长篇小说。

人人都藏着稻草人

"经历了惊心动魄的乡村奇案后,袁茵回到城里的家,在痛痛快快洗个热水澡,彻底向一切不幸和惊吓告别时,门外突然响起了惊悚的敲门声……"这是7月13日在爱奇艺、乐视、腾讯、优酷等各大视频网站上线的悬疑电影《夺命稻草人》暗藏玄机的尾声。

"这时,我确定,那个稻草人你甩不掉。因为,他一直藏在每个人的心底。"这是《夺命稻草人》告诉我们的真相。这部影片备受好评,近期荣获北京大学艺术学院"学院奖"最佳编剧奖。

故事发生在一个偏远贫穷而破落凋敝的大柳树村。村里青壮年都进城打工,只剩下老弱病残。女主角袁茵带着年幼的女儿来到村里寻找失踪的老公,却发现村子里正在闹鬼,两个人已经死去。稀松平常的日常所在,却隐藏着一个令人胆寒的骇人秘密……电影剧情扑朔迷离、环环相扣,充满惊悚、悬疑、紧张、刺激。影片以有躯体、无灵魂的稻草人隐喻重物欲、轻精神的当代人,聚焦精神挫败、情感饥渴等当代社会问题,串接铺陈整个剧情。

影片中有两出爱情悲剧。周乐与刘露从小情投意合,然而因周乐家贫,他们的爱情得不到刘露家里的支持。因为家里还有一个傻弟弟刘川,刘露被迫嫁给了镇上有钱的屠户人家。大龙与村长的女儿小蒙初中同学时就好上了,高考后大龙榜上有名,进城上大学,顺理成章留在城里工作、结婚、生子,而小蒙名落孙山,只能留在村里务农。人生的不同际遇拆散了这两对鸳鸯。

这种爱情悲剧在当今农村并不鲜见。自然生长的情感之花,与生活现实相抵牾时,只能败落枯萎,似乎不必因此过于纠结,这只是一次情感轮回,因为还可以等待下一次阳光雨露的滋润后再次绽放。然而没落凋敝的农村,人口锐减,生活寡淡,还能有多少感情的机会?当人们的情感生活出现真空时,精神世界开始扭曲,直接导致行为的乖戾。

周乐外出打工感觉一直找不到心灵归宿，面对身边繁华世界却无人交流、无人理解，陷入了热闹的孤独。于是他回到大柳树村，做出常人不能理解的举动——日日夜夜扎稻草人，并把它们放在村里路口、麦场、田间，扎稻草人是周乐内心的痛，也是他的"秘密"。周乐的怪癖行为引起了村民的恐慌。村里有人听说周乐在外面打工时犯事杀了人，一些人认为村里命案与周乐扎那些稻草人有关。而小蒙则因爱生恨，迁怒于薄情寡义的大龙和"抢"他男人的袁茵，她对稻草人的秘密有所察觉，但任由罪恶蔓延发展。二宝因喜欢并纠缠小蒙而被小蒙的父亲打断了腿，从此成为坐在轮椅上的废人，每天坐着轮椅在村里游荡，过着没有希望的生活。这些人物，每个人的生命都是如此鲜活而又脆弱，每个人都有着自己的秘密，也有可能是幕后隐藏的"坏人"。

这个故事发生的环境与几年前的远洋渔船命案有类似之处。在遥远的东南太平洋上，一群本该相依为命、同出同归的船员，却反目成仇，拔刀相向，每个人都被恐怖笼罩，因愤怒而杀人，因柔弱而丧命，朋友相互猜疑，同伙转眼内讧。一个猜忌，一个眼神，都可能引来一场杀戮。是什么将人性的恶夸张释放？是极端的环境？还是人性使然？惨案告诉世人，在远离世俗的约束后，人类往往会出现丧心病狂不可理喻的行为。在农村"空心化"背景下，影片《夺命稻草人》中的大柳树村偏僻、破落，如同脱离社会、远离人群的远洋渔船，村民们孤独而无奈，如同已漂泊数月的精神困顿的渔民，而村里率先发难的鬼脸稻草人无疑就是渔船中精神率先崩溃的杀人犯。

马尔库塞认为，现代科技进步和市场经济发展，通过"消费控制"把人的物欲需求无限度刺激起来，造就了只有物质生活，没有精神生活，没有创造性的麻木不仁的"单向度的人"。"稻草人"其实就是"单向度的人"的形象表述。

在现代社会，一部分人在过度追求物质生活的同时也给自己带来了精神压力甚至异化，影片中的稻草人就是物欲的隐喻。比如大龙在城市里是一名售楼职员，工作压力大，工资收入低，不仅物质生活窘迫，还经常受到老板的苛责和顾客的刁难，没有得到爱与尊重，精神需求长期得不到满足，做梦都盼望一夜之间发达发财、大富大贵。大龙的想法是当前社会大变革、大转型当中，人们再普通不过的想法。但这种想法却潜藏着危险，这个危险就是，一旦出现这种机会，人们会为了抓住它，罔顾一切、不择手段，极易走向违法犯罪，滑向沉沦和毁灭。这是稻草人所代表欲望的外在表现，物欲膨胀充斥整个人的身心，即所谓"猪油蒙了心"。每个现代人身上都深藏着欲望稻草人，当遇到适合的环境、土壤和温暖，就会滋生蔓延，赫然暴露出来。

改革开放以来经济发展、社会进步、国家富强，这一切随着城乡巨变、社会转型以及人们精神世界的嬗变，衍生出前进中出现的种种问题。把"稻草人"的出现归咎于经济社会发展是荒谬的，对人的精神健康缺乏关怀，对现代人格构建缺乏自觉，才是我们应该真切反思的问题。

鲁迅先生曾说过："是故将生存两间，角逐列国是务，其首在立人，人立而后凡事举；若其道术，乃必尊个性而张精神。"鲁迅所说的"立人"，强调人格的独立自主和全面发展，反对人性的萎靡、扭曲与异化，体现了对理想人性和强健人格的文化关怀。在一个多世纪后，中国的历史条件和社会性质不断发生巨大而深刻的变化，但"立人"的命题依然没有消解。当前，在日常生活和公共领域表现出来行为举止种种不堪，折射出浮躁虚妄、粗俗愚昧、寡廉少耻、急功近利等社会精神疾病，已经成为精神文化领域的痼疾。凡此种种，皆可在每个人格里找到稻草人的注脚。

  这部电影完全不同于当前网络大电影盛行的"鬼怪片"，它是在坚守传统叙事基础上对现代人内心世界的探索。《夺命稻草人》并没有给出清除每个人内心所隐藏稻草人的良方，这当然不是一个电影所能担负的责任。然而，影片无疑是成功的，它最大的价值就是用深刻的人物刻画、精彩的故事情节告诉我们应该如何去正确获取人生的幸福。

冷峻背后的细腻丰饶

——读《守拙集》有感

《守拙集》是我国民法学家王利明教授的人生随笔集，于 2021 年 9 月正式在商务印书馆出版，书名《守拙集》取自陶渊明《归园田居》："开荒南野际，守拙归园田。""抱朴守拙"也是作者数十年治学为人的人生感悟。本书 9 个篇章的内容是作者在繁忙的教学科研与行政工作之余，在出差的飞机上、高铁上、汽车上，以日记的形式记录其对过去 40 年治学生涯的回顾、闲暇之余游览山川河流的耳闻目遇、对人生经历的感悟、诗词鉴赏及读书札记等。

法学虽属人文社科类，却犹如自然科学，要求概念准确、表述清晰、逻辑严密。然而，法学家王利明的《守拙集》说明，冷峻理性的头脑里可以有丰饶细腻的情思。

这是王利明的人生随笔集。作为师者，他的人生故事自然是从讲坛上铺展。《"饭碗法学"当休矣》讲法律内部专业条块分割、壁垒森严，存在缺乏联系与综合的弊病。其实，这不仅是法学的问题，在其他学科也存在，当属现代知识体系的大问题。于是，又有了《只懂法律而不懂其他的法律人是不成功的》，反对把法律视为一种封闭性的知识，认为任何一个学科都无法单独达成对人的全面把握，解决人所遇到的全部困境。笔者揣摩，在"理一分殊""殊途同归"的科学认识下，在法律实践中灌注人文关怀，找到价值理性与工具理性的统一路径，应该是王利明一以贯之的治学观念。

正因此，认识社会、理解人生成为《守拙集》的主线。无论是谈人生成长、伦理哲思，还是谈家国情怀，或是干脆投入文艺海洋谈诗词鉴赏、读书感悟，王利明试图全方位多角度了解生活全貌、理解人生真谛、掌握社会规律。

王利明从小有文学梦，是误打误撞才走上法学之路。他品读古诗词，《长安一片月 万户捣衣声》《我言秋日胜春朝》《寒山寺的钟声》《我辈岂是蓬蒿人》等文章深入堂奥、情思飞扬，引经据典、信手拈来，完全沉浸在无我的审美意境中，呈现出非常专业的诗词鉴赏水平。

"读书札记"里吸引我的是《人文主义和契约精神——〈威尼斯商人〉读后感》，这是一篇法学家撰写的文艺评论文章。王利明不落窠臼，没有停留在对夏洛克贪婪无度的批判，而是着重从"契约正义"历史性认知的角度开展评析，字里行间充盈着对人的尊严和权利的关怀，鲜明体现了他的唯物史观和人民立场。

集子里谈人生、谈社会的篇章，给我的第一感觉是出自伦理学家之手：《守拙是一种美德》《感念贵人》《厚道：为人处世的基本准则》《弘扬坚忍不拔的民族品格》《靠什么致君尧舜》，这些文章都有守正持中、向上向善、开放包容的正大气象，与国家主流意识形态建构的方向高度一致。

诗词鉴赏、读书札记、人生感悟反映了一位法学家的内心世界和精神形式，这种个体人格赋予了他参与起草的法律文本的价值向度和人文底色。王利明参与了改革开放以来许多重要民商事法律的起草特别是《中华人民共和国民法典》的编纂工作。因对中国的法学教育和法治建设作出重大贡献，他两度获评"CCTV 中国年度法治人物"。

《中华人民共和国民法典》是新中国成立以来第一部以"法典"命名的法律，是新时代中国特色社会主义法治建设的重大成果，不仅在国内影响深远，也得到国际法学界的高度评价。让人意外的是，国外评价比较集中于它对人格权的保护和规范。法国蒙彼利埃大学教授、民法学家雷米·卡布里亚克（Rémy Cabrillac）认为中国的《民法典》"设置人格权编是非常合理的选择，这代表了人法最现代的立法成就"。德国明斯特大学法学院教授托马斯·赫恩（Thomas Hoeren）和律师斯特凡·皮内利（Stefan Pinelli）认为："民法典中的信息保护规定改善了个人信息和隐私保护的法律地位，从而在民法典层面提升了信息保护的意义。"欧洲国家是近代民法典的发源地，中国人权事业的发展和进步，通过法治建设特别是民法典的制定，开始得到西方有识之士的中肯评价，其中就有王利明的宝贵贡献。

从吾土吾民中生发

吴涛毅刻了方印,铭曰:六十学艺。他想退休后,开启新一轮艺术之旅。对于中国画家而言,艺术的成长离不开生命的体悟,离不开历史的传习,离不开自"我"的修为,这都需要时间的累加、陶冶、静养和积淀。六十学艺,不是放低身段的自谦,而是不懈追求的初心。

然而,无论吴涛毅如何看淡走过的路,这40多年的绘画生涯已然足够厚重,取得的成就着实令人瞩目——第九届全国美展金奖、第十届全国美展银奖、中国人民解放军第八届文艺大奖、建党80周年全国美展优秀作品奖、建军70周年全军美展优秀作品奖……这当然是条成功的艺术之路。在我看来,这个成功在于画家个人艺术生命与所生存的社会紧紧结合在一起，从切实的生活中生发出绘画风格、绘画技法和绘画语言，在扎根传统的同时，自由地表达着独特的艺术观念，并在大众审美的回应上实现艺术的价值。

吴涛毅的艺术生涯一大半是在部队度过的。自1974年入伍起，先在部队基层画速写和幻灯片，后在部队报刊搞插图和连环画创作。在长达30年的时间里，吴涛毅的笔触始终描画如火如荼的部队生活，在创作出一个又一个精彩部队形象的同时，逐渐形成了具有军旅特色的笔墨韵味。

豪迈雄浑、意蕴悠远是一大特点。苍茫的山壑、荒凉的原野、古朴的村落、韧忍的人像，常常出现在笔下。在《民兵史话长卷》中，在同一画框内里把不同情景汇聚一体，实现多空间聚合交叉，表达了紧密的叙事关联，画面仅以浅墨皴擦、勾勒、晕染，用刚猛笔力层层积墨，给人以壮美的感受。在《静静的艾敏河》系列、《大地母亲》、《静谧的秋夜》中表现蒙古族的传统生产生活场景，画面在水墨基础上设以冷色调，人物表情冷峻、形体刚劲，环境格调斑驳、迷蒙，散发出悠远、静谧的神秘蒙古民族气息。

这种艺术气质除了军旅画家的自有特性外，还得益于苏联插画艺术风格的影响。苏联插画秉持现实主义的艺术风格，画家不仅要考虑整个系列的人物形象及在当时所处的社会背景，更要思考如何抒发人民情感，真实还原甚至提升文学文本的思想性和艺术性。在部队期间，吴涛毅受苏联杂志《星火》中插画很大的影响，在如何表现宏大主题，提升作品思想性，提升艺术表现和绘画技巧等方面得到许多启发。比如在环境的渲染、构图的隐喻、人物的关系上，他吸收了西方木刻、炭画的手法，并使之嵌入中国传统笔墨体系，成为独具个性的表现方式。

吴涛毅转业到中国美协工作后，绘画体裁从插画、连环画、速写到水墨写意人物画，题材从军旅生活到民族民间生活，绘画手法从综合多样到中国传统技法，实现了明显的转型变化。在这变化之中，吴涛毅追求史诗品质、生活原味的艺术观念一直未变。俄国作家车尔尼雪夫斯基说，"美是生活"。吴涛毅从民族民间的生活出发，在理解生活、参透生活中，采撷绘画元素，提炼绘画主题，把人民群众生产生活最基础、最共通、最日常的情形呈现出来，把最纯净、最动人、最深沉的情感表达出来。吴涛毅成长于内蒙古地区，汉蒙民族生活他都很熟悉，为了保持对社会生活的紧密联系，在工作之余或休假时自费到乡野山中，一蹲就是几个星期。清瘦矍铄的老者、圆胖敦实的孩童、娴静清寂的少女等民间人物形象，挤奶的老阿妈、放牧的牧羊女、芭蕉树下的村姑等民族人物形象，成为吴涛毅笔下的主角。这种童话般的画面具有明显的时代特征，但从民族民间生发的艺术形象，却能让人听到历史的回响、现实的心跳和未来的召唤，因而具有格外的感染力和传播力，得到人们的喜爱。

东晋顾恺之《论画》有云："凡画，人最难，次山水，次狗马。"人物肖像造型是国画的基本功，这方面吴涛毅受"浙派人物画"影响很大。他将西画素描改造为适于中国画的造型训练，只要有碎片时间，都利用起来，家人、朋友、同事几乎都当过他的模特。几十年的刻苦修习，他的人物造型颇为老辣，已具相当功力，寥寥数笔便活灵活现。尤其以"孩童"题材为一绝，三五童子嬉戏，或放风筝、或玩草虫、或捉迷藏，在野地坐、卧、跑、蹲、立，表情天真、姿态各异，搭配野石、树丛、杂花等，盎然有趣，满纸生机，仿佛听见孩童的嘈杂喧闹声，带来一种强烈的生命搏动感，让人们对生活充满向往和希冀。

中国画是中国文化的形象表达，没有文化积淀作基础，很难有笔墨隽永、意蕴绵长的作品。唐代画家张璪有云："外师造化，中得心源"，意为造外像就是画内心，揭示了绘画主客体之间的关系。培育丰沛情感、澄澈美好心灵、提升高蹈境界，让自我丰富起来，是传统画家不可绕过的必经道路。作为一名国画家，吴涛毅把学习中国绘画传统当作毕生功课，读画论、品经典、学大家，以最大的勇气"打进去"，学习历代大师的经验和技法，揣摩吸吮中华美学精神，努力以传统去铸造、焊接、烙印自己的艺术基座。他又以最大的勇气"打出来"，不盲从，不守成，勇于突破固有观念模式，大胆冲破自我设定，在艺术探索的大道上永不停步。吴涛毅尚古不唯古，除了深耕传统外，他还系统研读国内外美术理论，冷静审视当代美术发展实践，特别是近年主持中国美协研究部工作，参与撰写年度中国美术发展报告，得以博览群观、鸟瞰大化，有效开阔视野、提升格调，为他的未来创作带来更大的空间。

　　艺术是奇妙的，它一方面是艺术家精神世界的外化，很自我、很独特，另一方面，艺术的意义和价值却依存于社会，很群体、很普遍。成功的艺术家之所以高明，无非是他们很好地把握了个人与社会的关系。吴涛毅的绘画从吾土吾民中生发，始终在社会生活中寻找美、创造美，游走平衡于个人与社会之间，既表达了自我，又实现了社会，其成功之道，值得我们思考。

后 记

大学时读哲学专业。哲学很难读，很长一段时间里不得要领，如同老牛拉车，艰难寸进。还记得是上辩证唯物主义课的一个下午，头脑突然顿悟，整个思维明媚透亮，仿佛是真理之光、智慧之光照亮我的精神世界。从此后，思维犹如打通任督二脉，哲学书籍似乎不难读了。那段时光，思维的体操锻炼了理论思维能力。

工作以后，先后在省部级、地市级、县处级单位，从事宣传、街道、纪检工作多年，理论文字编辑工作没有断过，学会从全局高度看待各种问题，也懂得从基层群众的角度处理事情。

来到文联，从事文艺理论研究和文艺评论工作10余年。由于工作性质，较多观看文艺作品，感性能力得到补充和丰富，体验到动人心魄、沁人心脾的艺术是如此美好，经常会在艺术欣赏时泪流满面。才发现原来我对文艺存在偏见。

正是这些学习背景、工作经历，无意中构成一个文艺评论工作者必备的要件，所谓的德、才、胆、识、力。尽管这些要件并不完备。文艺评论工作者，应该是我职业（甚至人生）最终的角色。在这个角色里，这些年写过的文艺理论、文艺评论以及其他文体文章，发表在报刊、杂志、新媒体累计达 60 余篇。

我从来没想到自己出书，没计划自己出书。2023 年，我参与了国家社科基金艺术学重大项目"中国式现代化背景下艺术理论发展研究"，负责其中一个子课题。课题的成果转化为著作是通行的做法，于是就有本书的诞生。

感谢一路走来，指引我成长的师长、领导、前辈，陪同我前行的朋友、同学、同事，究其根源，你们也是本书的作者。

感谢北京大学艺术学院唐宏峰研究员、中国文联出版社尹兴董事长的鼎力支持，感谢本书的责任编辑张凯默的辛勤付出，谢谢你们对本书的面世给予直接帮助。